Sabará 18

Carlos Gentil Vieira
Sabará 18

romance na Minas colonial

vececom

Copyright © 2012 by Carlos Gentil Vieira

Proibida a reprodução total ou parcial, por qualquer meio, sem a permissão expressa do autor. Todos os direitos reservados.

Editoração eletrônica: Barbara V. Gonzaga
Revisão: Fernanda Teles

Esta é uma obra de ficção. Todos os personagens, situações e diálogos são frutos exclusivamente da imaginação do autor.

Primeira edição: 2012

email do autor:
vececo@hotmail.com

ISBN 978-1469990255

Catalogação na Publicação (CIP)
Ficha Catalográfica feita pelo autor

V665s Vieira, Carlos Gentil, 1943-
Sabará 18 / Carlos Gentil Vieira. - Estados Unidos: Carlos Gentil Vieira, 2012.
270 p. : 23 cm.

ISBN: 978-1469990255
1.Romance 2.Minas Gerais 3.Século XVIII I. Título

CDD: 869   CDU: 821.134.3(81)

"Porque onde estiver vosso tesouro, aí também estará vosso coração." (Mateus, 6:21)

*Inscrito no púlpito do Evangelho, Igreja do Carmo, em Sabará.
Obra do Mestre Antônio Francisco Lisboa, o "Aleijadinho".*

1

O silêncio foi sepulcral. Eu fiquei quieto no meu canto, bem lá no fundo da sala do consistório como convém a um noviço, esperando alguém dizer alguma coisa.

O primeiro a falar, é claro, foi o padre-comissário. Ele olhou demoradamente a Mesa da Ordem, composta só por homens, alguns com as mãos calejadas do trabalho no garimpo ou na roça, e disse gravemente: "Precisamos saber como foi que desapareceu esta imagem de São José de Botas". Quem havia comunicado aos irmãos esta estranha ocorrência foi o nosso tesoureiro, capitão Armindo Barbosa, homem temente a Deus e cioso de suas responsabilidades para com os membros da Ordem do Carmo.

A imagem de São José de Botas, em si, não era assim coisa tão valiosa. Consta que era uma cópia de outra maior, existente em São José d'El Rey. Fora um presente da Ordem Terceira de lá para a nossa, quando conseguimos nos separar daquela de Ouro Preto e tivemos autorização para construir nossa própria capela.

O problema era o furto. Disse alguém ao meu lado que era bem capaz de ter ouro escondido dentro da imagem, como muita gente antiga fazia para proteger as riquezas ou fugir do quinto. Portanto, devia ser algo mais sério que estava deixando o nosso tesoureiro pálido e o padre-comissário de semblante carregado.

Os irmãos da Venerável Ordem Terceira de Nossa Senhora do Monte do Carmo do Sabará, criada oficialmente em 1761, eram quase todos brancos e homens de posses. Chamam-se aqui homens bons. Digo quase todos, porque alguns irmãos são mais de posses que brancos, na realidade.

Nós durante muito tempo usamos a Matriz de Nossa Senhora da Conceição como lugar de nossas devoções, por especial deferência da titular daquela igreja, a irmandade de Nossa Senhora do Amparo dos Homens Pardos do Sabará. Foi lá que frei José de Jesus Maria, visitador-geral e reformador da Ordem do Carmo, solenemente havia instalado a nossa Ordem Terceira.

Posto que os irmãos do Carmo são pessoas de bem, e com posses, por que alguém faria desaparecer uma simples imagem de São José? Já tínhamos escolhido o local onde ela ficaria, perto do altar do arco cruzeiro, e bem ao lado daquela projetada de São Simão Stock. É claro que não poderia ter sido ninguém da Ordem Terceira do Carmo. Talvez algum ajudante dos mestres que estavam executando a construção da Igreja.

O padre Correia olhou firmemente para os irmãos, sentados em volta da mesa do consistório e decretou: "Vamos resolver este assunto aqui entre nós, nada de sair por aí espalhando esta notícia. O assunto é sério e nós vamos descobrir como desapareceu esta imagem de dentro da sacristia. Sozinha ela não saiu andando, por mais que eu venere a figura de São José. E ele não está de botas para sair por aí andando a cavalo".

Vosmicês não fazem nem ideia da força e da influência que o padre José Correia da Silva exerce sobre todos nós. Dizem que é homem muito rico, vindo lá das terras do Curvelo, e muito culto. Dono de lavras e da botica onde minha mãe busca alívio para as dores da perna. Bem, eu sinto um pouco de vergonha em dizer isso aqui, mas ela não é propriamente a minha mãe natural, já que eu sou o que se chama aqui um exposto. Fui colocado, logo que nasci, à porta de uma casa da Vila, envolto em cobertas. Fui adotado por uma senhora muito boa, alma boníssima, e recebi no batismo o sobrenome da família dela, Miranda. De meus pais sei apenas que são brancos, pela minha cor, e que minha mãe verdadeira, ao me conceber, era ainda uma moça solteira, portanto impossibilitada de me apresentar como filho. Eu entendo.

A casa do padre Correia na Vila do Sabará é maior e melhor do que as casas de muitos senhores antigos. Fica ali na Rua Direita, perto da Rua do Fogo. Casa de mesa farta, e de muita devoção também. O padre Correia mandou até construir uma ermida especialmente para suas orações matinais e vespertinas, quando se recolhe depois de suas múltiplas atribuições como Vigário-Geral da Vila do Sabará.

Nós permanecemos calados, mudos, estarrecidos, até que alguém arriscou um palpite: "Isto só pode ter sido coisa lá do Arraial do Piolho". Foi aí que começou um vozerio infernal, e o padre-comissário fez sinal para pararmos de falar. Parecia que todos haviam despertado do choque ao mesmo tempo. O velho Seabra mascava fumo feito um louco, e cuspia para o lado, como a excomungar todos os malvados desta terra e junto os profanos, os assassinos, os ladrões, os facínoras, e, de sobra, um pouquinho para o Marquês de Pombal. Mas, a verdade é que continuávamos sem entender por que cargas d'água alguém entraria na Igreja do Carmo para furtar uma imagem quase insignificante de São José de Botas, feita em madeira lá nas terras do Rio das Mortes. Além disso, eu achei muito curiosa a palidez no rosto do irmão-tesoureiro, palidez de quem vira um fantasma ou descobrira um rombo nas finanças da Ordem.

Padre Correia decidiu entregar a investigação do fato ocorrido para o irmão que estava sentado lá no final, bem distante de mim, muito calado, muito ensimesmado. Foi para o velho doutor José Teles, antigo prior do Carmo e pessoa muito conhecida no Sabará, que recaiu a missão de apurar aqueles fatos tão estranhos. Eu morria de curiosidade, mas achei que não ficava bem, por eu ser ainda tão moço, me meter nesta investigação.

O senhor José Teles é um homem respeitável, com uma grande família, um casal do primeiro casamento e cinco filhas do segundo, gente lá das bandas do Caeté, de muitas posses, muitos escravos, e que controla várias lavras no Rio das Velhas. Eu tenho um grande respeito por ele. Homem de físico mais para o avantajado, gosta de uma boa comida, segundo dizem, mas nunca toma uma aguardente, nem se o dono da casa disser que é para beber como remédio. Nas cerimônias anuais da Ordem do Carmo sempre ocupou uma posição de destaque na procissão, e parece que mais de uma vez foi Imperador do Divino do Sabará.

    A escolha dele como uma espécie de ouvidor para descobrir o paradeiro da imagem levantou muitas suspeitas na minha cabeça jovem. Era muita munição para um bacamarte só. Até eu era capaz de perceber isto. Sinal de que havia alguma coisa a mais nesta história.

    Minha curiosidade aumentou muito quando eu percebi que o semblante do irmão-tesoureiro desanuviava e ele suspirou aliviado. Aliviado de quê? É exatamente o que eu gostaria de saber. Se não fosse o temor que eu tinha do padre Correia, sairia correndo dali mesmo para comentar este assunto com meu amigo Túlio. Ele haveria de pensar uma razão para tudo aquilo.

    São José de Botas, São João d'El Rey, José Teles, padre Correia, irmão-tesoureiro, eram peças de um verdadeiro quebra-cabeças naquela Vila Real, com tão poucas novidades. Fiquei de pensar mais tarde. Por ora, apurei os ouvidos para escutar o que o padre Correia dizia ao senhor José Teles.

    "Temos que descobrir o paradeiro desta imagem o mais rápido possível, mas temos também que descobrir as reais intenções de quem entrou aqui na sacristia deste templo do Senhor para subtrair um bem da Ordem Terceira do Carmo. Isto não pode ficar impune. Confio que o doutor José Teles usará de toda discrição possível para descobrir o culpado, ou os culpados, e isto sem envolver, por enquanto, o senhor Ouvidor-Geral da Vila Real."

    A reunião da Mesa foi encerrada em seguida e saímos em pequenos grupos. A conversa logo mudou para as coisas do dia a dia da Vila. Ninguém parecia se importar muito com o São José de Botas, ou com o fato de ter havido um furto na nossa capela.

    A Capela do Carmo, o último dos grandes templos a serem

construídos no Sabará, muito depois da Igreja Grande, e da Igreja das Mercês, e da Igreja do Rosário, mesmo depois da Capela de Santa Rita, e daquela dedicada a Nossa Senhora Rainha dos Anjos, haverá de ser certamente a mais bela. Os irmãos da Ordem escolheram um local totalmente inusitado. Voltada para as bandas do Rio Sabará, de porte comparável à da Matriz, num local ainda ermo, estabelecendo um caminho novo entre o Largo das Mamoneiras e a Lagoa. Sua execução foi entregue ao mestre pedreiro Thiago Moreira. Levará ainda muitos anos para ser dada como terminada.

Eu me destaquei do grupo, apurei o passo pela ladeira e fui direto para a Casa Cinza. Disse um "ô de casa" tímido, olhei de soslaio, e entrei pela porta dos fundos. Dei de cara com a escrava Joana, que fazia qualquer coisa no braseiro. Ela disse baixinho um "basnoites" e continuou a sua tarefa, revirando a comida no tacho.

A Casa Cinza, como nós a chamamos, é onde se reúne outro grupo da Vila, do qual eu faço parte. Algumas pessoas da minha família se referem a este grupo como *esnoga*. Não tenho a menor ideia de onde surgiu este termo. A motivação aparente é um joguinho de pedras às sextas-feiras, mas na realidade fazemos sempre um pouco mais. Um prato constante é falar mal do senhor D. José I, El-Rey de Portugal, que nos impõe cada vez mais restrições ao comércio.

Quando entrei no quarto dos fundos onde nós costumamos nos reunir, já lá estavam Manoel Vilar, João Marciano, dona Francisca Georgina, Domiciano Rodrigues, e meu primo João Miranda. Antes de me sentar, passei a mão pela mesinha do canto onde estavam biscoitos de polvilho e um bule de café. Estava com muita fome.

Enquanto esperamos chegar mais gente para a reza, falamos da vida. Eu não quis comentar nada sobre o furto da imagem lá na Igreja do Carmo, atento às recomendações do padre Correia. Mas perguntei se alguém ali sabia se furtos estavam acontecendo na Vila. Dona Francisca disse que um escravo havia comentado que sumiram dez oitavas de ouro da mineração de Roça Grande. Achei que era irrelevante para minhas preocupações.

Fui interrompido em meus pensamentos pela chegada brusca de Ribeiro da Costa, que desabou em cima de uma cadeira de canto, limpando o suor do rosto. Ele disse mais ou menos o seguinte: "Estão esperando a chegada ainda hoje ou amanhã do doutor Cláudio Manoel da Costa, de Vila Rica, que vem da parte do Governador-Geral, para preparar a Vila para mais uma visita do Conde de Valadares. O objetivo é o mesmo de sempre. Continuamos longe da arrecadação das cem arrobas de ouro que El-Rey espera das Minas. Parece que agora para compensar a baixa na extração vão-se taxar outras coisas, como por exemplo a aguardente das fazendas".

"Ou tem alguma coisa a ver com aquela doação que a Câmara do Sabará aceitou fazer, por dez anos, para a reconstrução de Lisboa, e que acabou faz tempo. Dizem que o querido Marquês quer mais. O Senado da Câmara está meio revoltado e dizem lá que se for por isso eles não vão aceitar. Quero ver aqueles áulicos comunicarem isso ao próprio Conde de Valadares."

Houve uma desaprovação geral. Mas também um certo conformismo. Todos sabíamos que era impossível satisfazer a cobiça de El-Rey D. José I, e de seu malfadado ministro D. Sebastião José de Carvalho e Melo. Assim mesmo, por extenso. Nome temido nas Minas, sobretudo depois da expulsão dos jesuítas, o que nos deixou sem quem nos desse uma formação católica e cultural. O próprio padre Correia mantinha uma escola de jesuítas, sabe-se lá como. De qualquer forma, a chegada do Conde de Valadares no Sabará não era uma coisa corriqueira. Cercava-se sempre de grande pompa, ele que era o representante de El-Rey em nossas terras. Como sempre, também agitavam-se os grandes da Vila, com a possibilidade de festança, e de novos negócios. Todo mundo estava procurando meios de compensar a perda crescente na exploração das lavras e dos rios. As bateias já não faiscavam como antigamente. Era uma boa oportunidade para o comércio de escravos, por exemplo. Escravos que seriam usados na plantação do feijão e do milho. Os índios, definitivamente, não seriam mais usados no cultivo da terra.

Eu, que sou ourives de ofício, pensei que poderíamos fazer mais coisas em ouro, como palmas para enfeitar as igrejas, por exemplo. Eu sabia que havia um bom mercado no Rio de Janeiro e Paraty. O Conde de Valadares, com ideias avançadas para um nobre da casa real, talvez pudesse ajudar, ao invés de apenas pensar em arrecadar impostos. Queriam, segundo se comentou ali na reunião, começar a cobrar imposto sobre as rendas dos artífices como eu. É o fim.

A nossa esnoga é composta de 18 membros. Homens e mulheres. Não sei de onde veio este nome, nem este número, mas sempre me cheirou a uma espécie de sociedade secreta. E eu gosto disso. Neste lugar ermo, meio parado, onde só se pensa no trabalho do ouro, é bom ter um grupo que pensa diferente e se diverte um pouco, embora tudo meio dissimulado, não sei o porquê. Talvez medo do falatório do povo. Isso eu aprendi com meus pais José e Rosa Miranda, que faziam um certo mistério deste joguinho das sextas-feiras, desde quando eu era muito criança.

Quando completei treze anos fui admitido no círculo dos dezoito da Casa Cinza. Sempre senti um grande orgulho disto, e nem o Túlio sabe direito o que se faz lá. Há um acordo de nunca comentarmos com pessoas estranhas. Acho que existem outros grupos assim, com diversos objetivos, no Serro do Frio e Vila Rica.

Enquanto as pessoas falavam, quase ao mesmo tempo, sobre o Conde de Valadares e seus prepostos, eu deixei meu pensamento vagar até Minga, a mulatinha sapeca que eu conhecera quando fui levar umas encomendas no Bom Retiro de Santa Luzia, às margens do grande Rio das Velhas. Ela é uma escrava na casa do coronel Domiciano Lima, um rico dono de lavra na região.

Essa menina me encantou desde a primeira vez, quando trouxe uma bilha de água fresca para que eu me refrescasse, depois da viagem. Naquela noite mesmo ela me procurou no quarto, pulou a janela, cheirosa, e se aconchegou junto ao meu corpo, quase explodindo de tanta excitação. Fizemos amor a noite inteira. Uma mulata adorável, suculenta, amorosa, de fala mansa e peitos abundantes. Eu me apaixonei por ela e prometi voltar muitas vezes, o que tenho feito com frequência. Quando as conversas na Casa se tornam entediantes, ou viram discussão, eu me refugio na imagem de Minga. Linda escrava, que sabe fazer amor como nenhuma outra mulher nesta Vila do Sabará. Não que eu conheça muitas, elas que mal aparecem às janelas, por detrás das cortinas, mas tenho certeza que nenhuma destas raparigas pode comparar-se à minha Minga. Assim que eu conseguir um dinheirinho extra eu vou propor comprá-la e vou trazê-la para o Sabará. Nem quero saber o que vão dizer lá em casa.

A verdade mesmo é que a população negra nas Minas excede muito a de brancos ou até dos pardos. A extração do ouro exige muito trabalho escravo. Ninguém mais, a não ser os africanos, aguentaria trabalhar sob sol intenso, o dia inteiro, e com uma comidinha muito básica. Eu concordo. Quem, branco e bem nascido, iria se dispor a trabalhar deste modo? E como conseguiríamos dar a El-Rey o que ele pede com tanta insistência? Imaginem. Reconstrução de Lisboa. O que eu tenho com isto?

Os membros do Senado da Câmara do Sabará são muito pouco dispostos. Falavam pelas costas, reclamavam, batiam pé, mas na hora do vamos ver, todos abaixavam a cabeça para o governador-geral.

As inconfidências nas Minas não são propriamente uma novidade. Muito se falava daquela do Curvelo, de que teria participado o próprio padre Correia. Foram movimentos espasmódicos, sediciosos até um certo ponto, mas com uma coisa em comum. A ojeriza ao senhor Marquês de Pombal. Este homem tem parte com o demo. Como pode ter tido a coragem de expulsar os jesuítas de Portugal? E expulsá-los das Minas também?

O padre Correia estava meio envolvido com tudo isto, porque tinha muitas ligações com a Companhia de Jesus. Eu nem sei como isto vai terminar. Ele é muito respeitado aqui, não é à toa que é o comissário do Carmo. Todo mundo gosta dele, mas dizem que é muito enérgico. Eu só não entendo de onde vem esta riqueza toda. Deve ser de família. Dizem até que o mestre Antônio Francisco tem trabalhado na casa da Rua Direita, aproveitando a estadia aqui para executar as obras do Carmo.

Já ia longe a noite quando eu finalmente deixei a Casa Cinza. Fui caminhando com vagar, passei pelo Chafariz do Kaquende, bebi água fresca, e notei que havia ainda muita vela acesa dentro das casas. Mas uma me chamou a atenção. O que fazia o Móti acordado até agora? Eu sabia de seus hábitos de dormir logo depois da ceia, tendo pitado um fumo trazido lá de Paraty. E, olha só, tem mais gente lá com ele. Fui me aproximando devagarinho, protegido pelas sombras.

Eu ainda não disse aqui, mas sou muito curioso. E esta curiosidade, desde menino, tem me rendido.

Uma vez peguei o frei Manuel de Santa Maria, homem piedoso e muito respeitado aqui na Vila, lá por detrás da capela de Santa Rita apertando uma negra no escuro, que dava uns gritinhos muito estranhos. Estaria dando algum consolo espiritual? Não sei, mas ele, que me percebeu de longe, passou a me tratar com grande deferência naquela época, e até me deu um pouquinho de ouro em pó para que eu comprasse alguma coisa na botica. Só me pediu que eu não comentasse nada, coitada da escrava, estava apenas dando um adjutório à pobre coitada, mulher muito sofrida. Coisa que os homens de Deus devem fazer, sem olhar cor ou origem. Só isso, claro.

E eu tenho sido muito discreto sempre, respeitoso com as autoridades da Vila, o que certamente influiu para minha admissão como irmão do Carmo.

O que estaria fazendo o Móti a esta hora? Cheguei mais perto. Havia umas cinco pessoas em volta de uma mesa, pesando alguma coisa. Ouro, eu pensei. O Móti era também um ourives como eu e relojoeiro. Deu para perceber, pela cor, que não se tratava de ouro. Era coisa mais brilhante. Talvez diamante. Diamante? Eu nunca tinha visto um diamante bruto, daqueles que dizem que são encontrados lá para os lados da Vila do Príncipe. Como ourives, fiquei mais curioso.

Aquelas pessoas em volta da mesa não eram do Sabará. Gente desconhecida, talvez tivessem chegado só para ouvir ou vender alguma coisa para o Móti. Mas como podem ter trazido diamante – se forem diamantes – para tão longe da região diamantina? Na mesma hora percebi que deveriam ser baianos, fazendo contrabando de pedras. Devem ter vindo pelo sertão, descendo pelos rios, passando por Conceição do Mato Dentro, daí até Curvelo, Caeté e Sabará. Uma longa viagem para fugir ao cerco de El-Rey. E devem ter trazido belos exemplares de pedras. Eu continuei nas sombras, observando.

A rua estava absolutamente deserta, eu podia ficar relaxado. Os homens esfregavam as mãos, nervosos, enquanto o Móti virava e revirava cada uma das pedras. Eram muitas.

O comércio de pedras, digamos informal, era bem conhecido por nós ourives. Os mineradores tratavam de colocar as pedras, no nosso caso pepitas de ouro, em diversos apetrechos, de maneira que pudessem chegar a salvo até o litoral, e de lá para a Europa, sem passar pelo fisco. Havia muita coisa de pouco valor, e por isso era importante fazer uma avaliação correta.

O Móti era uma pessoa bem escolhida, conhecedor profundo de pedras e honesto. Por isso muitos forasteiros vinham procurá-lo, e sempre da forma mais discreta possível. De repente, notei que o Móti ficou inquieto com alguma coisa que lhe foi dita. Sacudia a cabeça em desaprovação, e os homens ficaram mais perto dele, como a fazer algum tipo de ameaça. Ele parou de olhar as pedras e se afastou um pouco da vela, de maneira que não pude ver bem para quem ele se dirigia. Apenas percebi que havia um clima tenso, e começou uma discussão, até que um dos homens desfechou um soco na mesa de avaliação, com violência.

A vela tremeu, as sombras se misturaram, e ouviu-se um grande estrondo para o lado da Barra, que sacudiu o vidro das janelas. Eu quase morri de susto.

2

O senhor José Teles, homem sábio, colocou a mão no único bolso do gibão apertado, e despediu-se dos irmãos que ainda conversavam na porta da sacristia inacabada da Igreja do Carmo. Montou em sua mula e saiu matutando em direção a casa, que ficava longe, lá no arraial de Tapanhoacanga, em uma ruela que começa bem de frente à Igrejinha do Ó.

Era seguido de perto pelo negro Clemente, seu auxiliar para todos os ofícios. Ia devagar, preocupado com a incumbência que acabara de receber na Ordem do Carmo. Nem sabia por onde começar. Apenas desconfiava. Era homem de falar pouco e de muitas decisões.

Seu pai participara do levante de Caeté contra os paulistas que estavam dominando as Minas, lutara ao lado do famoso Manuel Nunes Viana, e ajudara a proclamar a independência do território. Tinha antecedentes para gerar confiança no padre Correia. Era homem devoto, fazendo grandes doações para as festas do Divino, e vinha ajudando enormemente na construção da capela da Ordem.

Foi pelo caminho conjecturando duas coisas. Por que alguém sumiria com uma imagem de madeira, aparentemente sem maior valor, e por que ele teria sido escolhido para fazer uma investigação, tão pouco comum naquela Vila. Acontecia realmente que negros fugidos, ou mesmo forros, ficassem sem ter o que fazer pelos caminhos e ruelas, e algum tipo de furto acontecesse. Mas era furto de algum animal como porco, ou era furto de algumas onças de ouro. Nada muito significativo. Havia gente que era assaltada em viagem, naqueles caminhos do sertão, próximos a quilombos. Mas roubar uma imagem de São José, padroeiro dos construtores, não fazia sentido.

Coisa para discutir com dona Amélia, sua mulher, enquanto tomava um mingau de fubá bem quente.

Apeou da mula, entregou as rédeas para o Clemente sem dizer nada, limpou as botas e entrou em casa.

"Vosmicê voltou de cara fechada, seu Zé. Caiu alguma coisa em vosmicê?"

"Não, dona Amélia. Fui na reunião da Mesa só para fazer número, e sai de lá com um trabalho que me deu o padre Correia. Trabalhinho complicado. Num tá me cheirando bem."

"Uai, gente. Que trabalhinho foi esse?"

"Encontrar um ladrão de imagem."

"Seu Zé, num fala isso. Até imagem estes negros estão roubando agora?"

"Dona Amélia, ninguém disse aqui que foi um negro."

"Uai, seu Zé, quem mais vai querer roubar uma imagem de igreja, se não são estes infelizes? Mas que imagem é esta, minha Nossa Senhora?"

"Uma imagem de São José de Botas que a nossa ordem terceira recebeu de presente daquela de São João d'El Rey. Já tinha até um lugar escolhido no altar mor, bonitinho, pronto para ela ser colocada."

"Seu Zé, isto é motivo assim tão grave para vosmicê ser escolhido para descobrir o paradeiro dela? Será que tão achando que foi vosmicê que pediu emprestado para a Igreja Grande?"

"Dona Amélia, eu acho que tem alguma coisa mais nesta história. O irmão-tesoureiro, capitão Armindo Barbosa, tava muito nervoso na hora de anunciar esta perda. Não pode ser só pela imagem. Que mais pode ser, meu Deus do céu?"

"Seu Zé, vosmicê vai descobrir direitinho. Tenho certeza. Conheço vosmicê. Se quiser, começo indagar aqui pela vizinhança se alguém viu uma imagem destas em alguma casa."

"Não toca neste assunto, pelo amor do Cristo, mulher. O padre Correia não quer nem que o Ouvidor fique sabendo. Também não sei por que, ele nem explicou, vosmicê sabe como é o padre Correia."

"Então, como vosmicê vai desenrolar este novelo?"

"Eu vou começar lá pela nossa igreja. Quero saber direitinho onde ficava esta imagem, quem entrava nas partes mais de dentro, quem tem a chave da entrada, e outras coisas. Tenho que começar pela irmandade, claro, embora eu não acredite que alguém de lá pudesse ter algum interesse nesta imagem. Depois, quero saber do sô Armindo porque a nervosia. Vou também mandar um recado pelo Clemente para gente minha em São João d'El Rey para descobrir quem foi que fez a imagem. Quero saber se não tem nada de diferente nela. Vamos ver se não é mais um santo de pau oco."

"Seu Zé, eu se fosse vosmicê conversava também com o povo das Mercês. Tem havido muita conversaria entre as mulheres que a irmandade das Mercês anda sem uma pataca para fazer qualquer coisa. E se alguém resolveu pegar esta imagem para vender para algum reinol? Eu ouço dizer que tem gente comprando outras coisas daqui para levar para a Europa."

"Dona Amélia, mulher entende só de fazer mingau de fubá. Não entende de mais nada."

"Ai, seu Zé, sai pra lá. Eu entendo muito bem destas coisas. Eu tenho olho, seu Zé, eu enxergo muito bem. Posso até não ouvir direito, mas enxergar, enxergo longe."

"Pois então, vosmicê fique sabendo que amanhã saio para caçar lá pelas bandas da serra da Piedade."

"De novo, seu Zé? Vai levar mais alguém?"

"Só o Clemente. Vou passar uns dois dias fora. Cuida de tudo aqui."

José Teles não foi imediatamente dormir. Queria procurar alguma coisa naquelas caixas guardadas lá fora, numa espécie de oficina. Levou uma lamparina, revirou coisa para cá e para lá, até que encontrou o que queria. Dava para perceber um ligeiro sorriso matreiro. Guardou uma caixinha, parecida com caixa de rapé, no embornal que carregava, e voltou para casa. Antes, deu rápidas instruções ao Clemente, que pitava encostado na parede da palhoça, e foi deitar. Se pensava em dormir agora, seu desejo durou pouco. Alguém, embrulhado numa espécie de capa escura, veio bater à sua porta. Batidas leves, para não serem ouvidas a não ser por quem era procurado. Nem tinha ainda começado a se despir.

Saiu do cômodo que servia de quarto de dormir, deixou dona Amélia grudada no terço, e foi ver quem era. Era alguém que ele esperava, porque abriu a porta devagar e mandou entrar.

Era uma mulher jovem. Olharam-se sem dizer uma palavra e ela lhe passou um saquinho de couro, amarrado com um cordel. Ele pegou, colocou na palma da mão para avaliar o peso, e sacudiu a cabeça em aprovação.

A mulher não disse uma palavra. Saiu como entrou, e caiu na escuridão da noite de Tapanhoacanga.

Já podia ser umas quatro horas da manhã, nem galo tinha cantado na vizinhança, e dona Amélia começou a quentar o bule com um líquido escuro que servia para espantar o sono, misturado com rapadura. Estava ensimesmada, conforme fez questão de dizer logo ao marido.

"Seu Zé, esta história de imagem de santo tá me parecendo esquisita. Passei a noite pensando nisso. Não teria nada de mais, se vosmicê não fosse escolhido para fazer uma apuração. Será que não é uma maneira do padre Correia tirar vosmicê da grande festa da Senhora do Carmo? Vosmicê foi Imperador do Divino, é muito ligado ao povo da Matriz, é gente de posse, não pode ser isso?"

"Dona Amélia, num tô com cabeça para pensar nisso. Tem muitos negócios de ouro pedindo a minha atenção agora. Vou mascar um fumo e rezar um pouco."

Dona Amélia não era de desistir tão fácil. Estava louca para contar para Belinha, vizinha para todas as aflições, os motivos de suas preocupações. Já tinha percebido tudo. Era a festa de Nossa Senhora do Carmo a razão de o marido ter recebido esta incumbência. Queriam afastá-lo dos festejos, se possível que ele tivesse que ir para bem longe, lá para os lados de Aiuruoca. Ele que gostava tanto de carregar o andor da Virgem, e falar ao povo em frente à porta da Igreja. Queriam tirar dele este prazer. Devia ser coisa de gente invejosa.

Se ela pudesse contar tudo para Belinha, as duas saberiam como desfazer estas intrigas, na hora da novena. Ora, vejam só. Que importância podia ter uma imagem de madeira de São José de Botas, feita por lá se sabe que mestre desconhecido de São João d'El Rey, que se podia comprar, pagando muito bem, por uma oitava. Essa não. Tem intriga nisso.

Dona Amélia era conhecida pelos quitutes e quitandas que fazia no terreiro, em forno de barro, e que aos sábados saía distribuindo pela vizinhança. Esta broa é para dona Rosita, esta milharada para dona Mulce, esta paçoca para a senhora dona Efigênia. Todas moradoras ali perto, gente afeita ao trabalho duro das minas, companheiras nas rezas de tarde na Matriz. Uma delas guardava em casa, com grande zelo, a chave que abria a Igrejinha do Ó, cheia de preciosidades, um orgulho de Tapanhoacanga.

Ah, se ela pudesse ao menos falar com Belinha. Mas que coisa ridícula, pensava ela, enquanto passava para uma escrava as panelas pretas de barro da primeira refeição do dia. Não poder dizer que uma imagem foi roubada da Igreja do Carmo, que nem pronta ainda está. O que tem isso?

Dona Amélia tinha elaborado, durante a noite, uma teoria muito simples. A imagem não havia sido roubada coisa nenhuma, alguns irmãos do Carmo, entre eles o padre-comissário, criaram esta história para afastar o marido das preparações da grande procissão que celebraria o dia de Nossa Senhora do Carmo. Claro, haveria de ser isso. Mas eles certamente não contavam com a matreirice de Dona Amélia, pensava ela. Eu não nasci ontem. Nasci na beira do Ribeirão de Santa Bárbara, na região do Caeté, fui criada com muito mingau de milho verde. Este povinho aqui não me engana. Este padre Correia é um santo homem, pensava e fazia o sinal da cruz, mas só porque é muito rico acha que é mais esperto. Comigo não.

E assim ia tocando, enquanto supervisionava as escravas da casa, os afazeres do dia. Para o almoço, que deveria estar pronto lá para umas nove horas da manhã, já determinara que fosse servido frango *com ora-pro-nóbis*, uma verdura abundante nos quintais e nas roças ali perto. Era preciso demonstrar tranquilidade e inocência. Ninguém deveria perceber o que rondava lá no seu íntimo. Nem o padre Tirrino, um italiano perdido nas Minas, auxiliar do vigário da Matriz, e muito amigo de José Teles.

Depois do almoço, tendo descansado uma meia hora deitada numa grande almofada na sala de dentro da casa, enquanto a escrava Faustina abanava para amenizar a quentura da manhã, ela decidiu falar com Belinha. Se não falasse, morria. Arrumou-se devidamente, e saiu acompanhada de Faustina, como se fosse comprar alguma coisa no armazém do seu Antônio, perto da Matriz. Foi direto falar com Belinha. Quando entrou em casa desta, quase teve uma síncope. Belinha falou primeiro: "Soube que roubaram uma imagem da igreja do Carmo?"

"Não, siá Belinha, minha filha, não soube. Mas roubaram como?"

"Os detalhes eu não sei, mas parece que tinha alguma coisa muito valiosa dentro dela, não posso dizer quem me disse, nem insista, dona Amélia."

"E quem te contou, Belinha?"

"Foi uma escrava de dona Fafá, que ouviu o sô Pedro contar baixinho em casa, e correu aqui para dizer para a minha Neguinha, que me contou imediatamente. Dona Amélia, se as mulheres desta Vila não disserem o que está acontecendo, a gente nem fica sabendo que chegou o Natal."

"Inda é o que vale, siá Belinha."

Dona Amélia voltou rapidamente para casa, arrasada. Como é possível isto? Belinha já sabia de tudo e ela não sabia de nada. Chegando em casa, convocou imediatamente toda a criadagem, e todos rezaram, em uníssono, um responso de Santo Antônio:

"Se milagres desejais
Contra os males e o demônio
Recorrei a Santo Antônio
E não falhareis jamais.
Pela sua intercessão
Foge a peste, o erro e a morte
Quem é fraco fica forte
Mesmo o enfermo fica são.
Rompem-se as mais vis prisões
Recupera-se o perdido,
Cede o maior dos furacões.
Penas mil e humanos ais
Se moderam, se retiram:
Isto digam os que viram,
Os paduanos e outros mais.
(Gloria ao Pai)
Rogai por nós Santo Antônio
Para que sejamos dignos das promessas de Cristo."

Santo Antônio, protetor de toda a região das Minas, de Roça Grande a Caeté, haveria de ajudar a encontrar a imagem perdida, e o senhor José Teles poderia se livrar do encargo recebido. Meu Deus, como é possível? Dona Fafá sabia de tudo, e ela, dona Amélia, não sabia de nada, ingênua, boba, burra, idiota. Intolerável. Mas agora a coisa seria com ela. Agora, quem sumiu com esta imagem vai se haver comigo, por tudo que há de mais sagrado neste mundo. Parou por um instante para ponderar se não estava sendo muito severa. Concluiu que não.

Coitado do Zé. Além do serviço duro a que era obrigado fazer todos os dias, para fazer a mineração e a roça produzirem, ainda tinha que se preocupar com a armação dos outros. Será que valia a pena ter se tornado um irmão do Carmo? Bem, não poderia ter sido de outra forma, sendo ele um homem bom, quer dizer, branco e rico. Paciência.

Dona Amélia chamou, então, uma negrinha de canelas finas, muito esperta, por nome Ofélia e mandou que ela fosse levar um recado para certa Antônia Firmina, lá no Arraial da Esperança.

Estava determinada. Gritou para a negrinha: "Chispa!".

3

Minga uma vez sussurrou no meu ouvido "gostava de morá no arraiá da Barra". Acho que ela queria dizer mesmo era que gostaria de morar na Vila Real. O Bom Retiro de Santa Luzia fica a muitas léguas daqui, com poucos fogos e uma igreja. Minga, mulatinha afoita, queria largar aquela vida para lá e progredir. Eu também tinha vontade de trazê-la, já disse isso. Nas noites frias do Sabará, sozinho no catre, eu ficava pensando no corpo quente e nos seios duros de Minga. Era preciso jogar água fria nos pulsos, como me ensinaram quando fiquei adolescente, para não enlouquecer.

O coronel Domiciano Lima já havia percebido o meu interesse por Minga. Se eu chegava de repente, ele tratava logo de arrumar um serviço para ela bem longe do terreiro. Era sempre uma enorme cesta de roupa da casa para lavar no rio. Eu já tinha matutado que o coronel queria reservar Minga para ele mesmo. Mas acho que antes disso ela sumiria dali.

Estava eu, uma certa vez, descansando debaixo de árvore frondosa, faltava ainda uma meia légua para chegar no Bom Retiro, e Minga me apareceu. Vestia só um vestidinho de chita por cima da pele, e nada mais por baixo. Vinha com um ar indolente – coisa rara nesta mulatinha – e carregava um cesto com ervas do mato. Tinha ido longe buscar umas plantas que curam para a botica do coronel. Eu fiquei olhando, parecia um sonho. Era um sonho. Estava tão longe do meu destino, cansado, molhado de suor e aparece Minga. Ela me viu primeiro, e sorriu. Deixou a cesta no chão e veio correndo me abraçar. Arranquei sua pouca roupa e fizemos amor ali mesmo, naquele mesmo instante, por cima do mato molhado. Queria que nunca mais acabasse.

E foi assim, corpos úmidos de suor se abraçando, eu beijando aqueles seios maravilhosos, que ela me contou um segredo que talvez nunca devesse ter contado. Eu fiquei estarrecido. Havia um grupo de negros no Bom Retiro planejando uma fuga em massa, cujo objetivo seria cair no sertão e chegar até um novo quilombo na Serra do Caraça. Antes, porém, planejavam matar os feitores, e até os senhores, se fizessem qualquer oposição. Mas por que Minga foi dizer isto para mim? Suspeito que aquilo estava perturbando sua cabeça, e quando ela se viu livre ali, relaxada, resolveu desabafar. Ai, meu Deus. Eu sou branco, não posso saber destas coisas. E logo agora que eu estava cheio de planos de levá-la para o Sabará, e até já a via postada próxima à janela, sorrindo com aquele sorriso tão lindo de menina, atenta ao movimento da Vila. E, nas noites, nós passaríamos horas nos braços um do outro.

Coloquei-lhe as mãos na boca, e olhei para os lados, com medo.

"Minga, não fala mais sobre isso, nem para mim, nem para ninguém. Vosmicê corre risco de ser morta pelos escravos, ou ficar no tronco até contar tudo ou morrer no chicote."

Eu sabia que o coronel Domiciano Lima era um português bravo, vindo lá de Viana, e não ia deixar passar nada. Com ele não haveria contemplação. Ao dizer isto, eu tremia. Porque na mesma hora percebi que eu também corria perigo, por causa de Minga. Ficamos abraçados um longo tempo, e eu sentia aquele cheiro gostoso que ela tem. Não queria perdê-la, e comecei ali mesmo a pensar como poderia levá-la para o Sabará. Meu Deus, que confusão. O que diriam os irmãos do Carmo e os amigos da esnoga? E a família Miranda, como iria aceitar Minga, uma forra morando comigo? Naquele momento mil coisas se passaram pela minha cabeça, mas eu senti que tinha que terminar aquela cena de amor e tratar de voltar para a Vila, sem perder muito tempo.

Mandei Minga voltar para o Bom Retiro, com a cesta de

ervas, e não dizer para ninguém que havia me encontrado. E muito menos comentar com as outras negras do coronel qualquer coisa sobre o plano de fuga. E não comentar nada com ninguém, pronto. Mas eu sabia como Minga gostava de falar, e contar para as outras o que fazia comigo, um pobre diabo em suas mãos hábeis de mulher-menina. Eu sabia perfeitamente dos riscos que estava correndo, então, e queria tratar de sumir o mais rápido possível.

Foi uma volta difícil. Triste e abalado, além de muito cansado, pois planejava passar pelo menos uns três dias no Bom Retiro. Pernoitei na fazenda do major Joaquim Mariano, um amigo de meu pai, e onde eu eventualmente dormia, nestas viagens daqui para ali. O major, depois da ceia, me dizia como os negros estavam agitados nestes tempos, e era preciso ter muita cautela. Parecia até que ele adivinhava. A população de escravos, forros e mestiços nas Minas era muitas vezes maior do que a de brancos. Com a diminuição da produção nas lavras, era preciso trazer mais gente do Rio de Janeiro para o trabalho, que havia praticamente dobrado. Se não fosse assim, seria a derrocada de muitos senhores, pessoas respeitáveis e bons cristãos, sem condições de enfrentar as despesas. Eu acenava a cabeça concordando com tudo, mas ela – a minha cabeça – estava longe, lá com Minga, talvez agora encostada no corpo de algum negro fujão, e isto começou a me encher de um sentimento esquisito que eu não conhecia, uma raiva dentro do peito.

Major Mariano, que tinha poucas visitas com quem conversar, mascava mais um pouco de fumo, e reiniciava a contar as revoltas que estavam acontecendo, não apenas no sertão, e não apenas dos negros, mas também dos índios, dos brancos e dos jesuítas. Quando ele mencionou os jesuítas, dona Ana Jacinta, sua mulher, persignou-se e lançou um olhar suplicante para o Cristo na parede. A se levar em conta tudo que o major me confidenciava, as Minas estavam a ponto de explodir. E eu só me importava com Minga. Fui tomando uma decisão ali mesmo, acocorado no chão de terra batida da casa do major Mariano, perto de um braseiro que amenizava um pouco o frio que o vento trazia lá do rio.

Decidi voltar ao Bom Retiro. Louco, louco, louco. Sim, mas louco de amor. Dia seguinte, ainda madrugada, despedi-me do major e dona Ana, carreguei um saco com um pouco de carne seca e umas broas de milho, e caí no caminho, voltando para Minga. Enquanto a mula me levava, eu pensava como poderia fazer para tirá-la deste plano de fuga. Ela não podia fazer isso comigo. O major me emprestou um moleque, que me acompanhou até chegar nos limites do arraial, e eu pude fazer o caminho bem rápido. Cheguei a tempo de almoçar com a gente do coronel Lima. Ele me saudou verdadeiramente feliz, porque andava muito precisado de um avaliador para algumas pedras que tinham aparecido por lá.

Quando pude respirar um pouco, saí à cata de Minga. Por onde andaria a minha loucura? Encontrei-a no terreiro, com outras escravas, debulhando milho. Fiz um ar de superioridade da raça, olhei por cima o trabalho sendo executado, e dei com aqueles olhos de jabuticaba olhando fixamente nos meus olhos. Fiz que não entendi, mas percebi, apavorado por dentro, um risinho cúmplice das mulheres. Elas já estavam cansadas de saber sobre mim, não adiantava enganar. Fiz um sinal para ela, o mais discreto que eu pude, mas quase derrubei uma panela enorme na passagem entre uma palhoça e outra.

Minga levantou-se, e veio com aquele gingar de onça do mato, os peitos quase pulando para fora de um pano branco que lhe envolvia a cintura e o colo. Queria agarrá-la ali mesmo, e já ia fazendo isso. Foi Minga mesmo quem me deteve. Fez sinal que alguém poderia estar nos vendo. Apavorei de novo. Pensei naquele negro fujão de minhas fantasias, fiquei enlouquecido. Dou-lhe um tiro de bacamarte. Minga desfez minha intenções com um sorriso. Ah, que sorriso tem aquela menina. Capaz de aplacar as mais santas iras, e acabar com as mais sérias desavenças.

Foi aí que contei meus planos de levá-la para morar no Sabará. Iria conversar com o coronel naquele dia mesmo, e perguntar diretamente quanto queria para alforriá-la. Iria abrir o jogo de peito aberto, e nem quis pensar nas reações. Eu percebia muito bem as segundas intenções do coronel para com a minha Minga. Eu não podia esperar mais e correr o risco de vê-la escondida em um quilombo qualquer, sujeita a ser morta e decapitada por um capitão do mato. A conversa com major Mariano me deixara muito alerta. Vinha chumbo grosso por aí. A tensão nas Minas era crescente.

Minga só respondeu: "Não carece, não, meu sinhô".

"Como não carece? Não quer morar no Sabará, a melhor vila desta região, sede de Comarca que vai até os confins do Paracatu? Já sei. Decidiu mesmo fugir para o quilombo. Quer falar ubuntu com os negros, quer dançar aqueles batuques doidos, quer ter um monte de negrinhos barrigudos e de pé no chão. É isto que vosmicê quer, Domingas?"

"Não, meu sinhô... O coroné vai me mandar morar lá na Barra com a filha dele que vai casá, e aí eu vou ficá mais perto de vosmicê."

Quase chorei de alegria. Minha boca deve ter ficado aberta uns dez segundos, sem que eu pudesse pronunciar uma única palavra. Ao invés de falar, eu beijei. Beijei loucamente aqueles lábios carnudos e quase a sufoquei. Apertei seus peitos e quis segurar aquelas coxas grossas e fortes. Ela não deixou. "Aqui não, meu sinhozinho."

Depois disso, eu terminei o meu trabalho de avaliação, agradeci ao coronel efusivamente – ele ficou meio sem entender direito – montei em minha mula, agradeci a companhia de uns tropeiros e voltei feliz para a Vila Real.

Havia ganho o mundo.

4

Aquele barulhão todo despertou a Vila. Ainda consegui ver, pela janela, o Móti recolhendo os instrumentos, e os homens nervosos meio apalermados, com cara de espanto. Achei melhor descer correndo pela Rua do Kaquende até a ponte, porque de lá se poderia ver melhor o que estava acontecendo. Seria um ataque botocudo?

A Vila Real havia sofrido com estes ataques no passado, dizem, o que havia trazido muitos problemas para as lavras. Os ataques dos índios haviam diminuído bastante nos últimos tempos, mas sempre chegava uma prosa do sertão contando um fato novo. Se fossem mesmo os botocudos nós todos teríamos que ajudar a tropa ou os escravos que estivessem defendendo a paliçada.

Quando cheguei à altura da ponte sobre o Rio Sabará e olhei na direção do Arraial do Fogo Apagou vi um vermelhão no céu. Já havia muita gente ali espiando. Com medo. Nós sempre estávamos com medo, porque havia uma boataria enorme correndo as casas. Ainda mais que o governador das Minas estava programando uma visita à Vila, e esta seria uma boa hora para começar um levante. Pensei onde estaria o Túlio, que numa hora destas fazia muita falta com suas deduções. O clarão e o estampido indicavam que algum paiol de pólvora havia explodido. Se fossem os índios já estaríamos ouvindo um grande alarido e tiros de bacamarte. Mas não. A noite continuava serena, a menos dos comentários das pessoas. Alguns soldados da tropa regular começaram a atravessar a ponte, com bastante cuidado.

Olho para o lado e vejo a figura esquálida do Túlio, com uma camisola por cima da calça e um ar incrédulo olhando para o infinito.

"Pensei que fosse um ataque de quilombolas." Eu sorri. O Túlio vivia com medo que os negros se revoltassem. Mas, para isso havia os capitães do mato, os feitores e os senhores do sertão em busca de terras devolutas. Concordamos que alguma coisa havia explodido, mas por obra de quem? Eu apostava no acaso, embora este não fosse um grande personagem por ali, e o Túlio em alguma mão mal intencionada.

Logo ficamos sabendo o que havia, de fato, acontecido. Uma barcaça que descia o rio das Velhas havia batido em uma chata que transportava barris de pólvora, e uma lamparina havia se encarregado do resto. Dois negros morreram na explosão.

Eu e o Túlio ficamos ali ainda algum tempo, olhando para dentro da noite, sentindo o vento frio que soprava do rio. O Túlio me perguntou de supetão: "Por onde andou, rapaz? Procurei vosmicê para tomarmos uma caninha no fim da tarde, e ninguém havia visto a vossa pessoa".

Expliquei minhas obrigações na Ordem do Carmo, tantas coisas para serem feitas, algumas avaliações, e omiti minha passagem pela esnoga. Então, me lembrei da casa do Móti, e comentei com o Túlio sobre o que eu vira pela janela. Ele acha que abriram uma nova rota para o contrabando de pedras lá do distrito diamantino, e que o Móti deveria estar sendo usado para avaliar as pedras.

Como as nossas lavras estavam a cada dia trazendo menos ouro, todo mundo procurava novas formas de ganhar o sustento. Eu ponderei que o Móti era entre nós ourives o mais sério e o mais antigo, e que ele não iria se aventurar com contrabandistas baianos.

"O dinheiro faz milagres, rapaz", filosofou o Túlio. Continuei firme na minha posição, defendo o Móti, e por extensão toda a nossa sofrida classe da ourivesaria. Nós somos muitas vezes consultados para comprarmos isto ou aquilo, e é claro que não pedimos certificados de quitação com a Coroa. E, quando fazemos avaliações, nem sempre somos remunerados por isso.

O nosso trabalho é transformar o ouro em peças de ornamentação, em joias, coroas para as santas, amuletos para os negros. Se querem transformar pepitas em barras, existem algumas casas de fundição escondidas nos quintais por aqui. Não exatamente aquela lá no Morro da Barra, porque esta El-Rey resolveu reativar há alguns anos, sem muita esperança. Mas El-Rey é sábio. Preferiu substituir a renda eventual dos quintos de tudo que se extraísse por um valor fixo anual de cem arrobas para todo o território das Minas. É um absurdo.

O Túlio, que já havia perdido completamente o sono, agora me parecia excitado com a possibilidade de a Vila estar na rota de contrabando de diamantes. Ele, que exercia a função de rábula, gostava de ficar elaborando teses complexas. O seu único problema no exercício de sua atividade tinha nome e sobrenome. Era o doutor José de Góes, Ouvidor-Geral da Comarca do Sabará, unha e carne com o padre Correia. Ambos eram ricos, muito ricos. Um era funcionário da administração do reino e outro era o Vigário-Geral. Formavam uma dupla com múltiplos interesses, assim comentavam. Certamente a riqueza deles não provinha só de suas respectivas funções. Talvez riqueza de família, pensava eu, com benevolência.

Será que eu conto para o Túlio o furto da imagem de São José? Uma coisa tão pequena, tão insignificante, mas que carecia de um homem bom do Sabará como o senhor José Teles para investigar, e um segredo para ser guardado até para os ouvidos do ouvidor-geral? Muito estranho, eu continuo achando. Conto ou não conto?

Túlio tirou-me de meus pensamentos, dizendo casualmente: "Já conheceu *Mademoiselle* Diane?".

"Quem?", não consegui disfarçar o meu espanto. Eu conhecia muito bem aquele ar *snob* do meu amigo. Ele estava louco para me contar aquela novidade. Afastei do pensamento a imagem de São José, persignei-me mentalmente, e quis logo saber quem seria esta *"Mademoiselle* Diane", perdida ali na Vila de Nossa Senhora da Conceição.

"Túlio, deixa de entremeios e diz logo quem é esta mulher."

Foi então que fiquei sabendo, em detalhes, que a francesa *Mademoiselle* Diane d'Anjour acabara de chegar no Sabará, vindo de Vila Rica, para ser professora de música. Até que enfim alguma coisa relevante aconteceu nesta praça. Perguntei logo ao Túlio, que continuava com aquele ar casual de quem não quer demonstrar muito interesse, como ele teria conhecido esta senhora Diana.

"*Mademoiselle* Diane", corrigiu-me o Túlio, "é uma moça solteira. Ela faz questão disso. Não quer ser confundida com uma reinol qualquer. Veio acompanhada de uma aia, e está hospedada no Hospício da Terra Santa".

"Túlio, sem mais delongas, por favor. Já vai tarde a noite. Como conheceu esta senhora, que nem bem acabou de pisar na Vila Real?"

Ele, então, deu um salto e começou a gesticular freneticamente. Tive que acalmá-lo. Não era todo dia que tínhamos uma francesa, solteira, andando pelas ruas, rezando nas igrejas, cantando talvez no coro do Carmo. Entendia perfeitamente a agitação dele. Eu mesmo nunca conheci ninguém deste país distante chamado França. Queria conhecê-la. Falaria ela a nossa língua? Túlio contou tudo, depois de algumas ameaças da minha parte. Ele foi chamado por frei Francisco, do Hospício da Terra Santa, para regularizar a estadia de *Mademoiselle* entre nós.

Túlio, além de rábula, também trabalhava no cartório. Era preciso fazer alguns papéis e petições ao Senado da Câmara para que ela pudesse oferecer aulas ao povo da Vila. Então, com ajuda da aia, ele fez algumas perguntas, anotou dados (foi assim que ficou sabendo o nome todo dela) e prometeu encaminhar logo os papéis para as assinaturas necessárias. Ela murmurou, segundo ele me disse confidencialmente, um "*Merci, Monsieur Tuliô*" que chegou a arrepiar os pelos do braço. Ai, meu Deus, até que enfim uma coisa boa nesta terra castigada pela Providência Divina.

Achei melhor esquecer esta francesa e ir me deitar.

Despedi-me do Túlio e corri para casa. Ainda não falei dela. Já falei? Eu durmo no quarto que meus pais construíram como um puxado na casa principal, e que chamamos de barracão, para cima da igreja do Rosário, com uma entradinha independente.

Do ponto onde eu estava conversando com o Túlio, perto da Capela de Santa Rita, até em casa é uma subida e tanto. Cheguei respirando fundo e repassando este dia tão movimentado. Pelo caminho, muita gente me indagava sobre o que havia acontecido lá na Barra, eu tinha que explicar tudo. Notei que o povo estava realmente meio assustado, tenso, e as mulheres estavam nas janelas tagarelando com as vizinhas, coisa incomum aquela hora da noite. Os escravos iam e vinham trazendo mais notícias. Eu não queria saber de mais nada, queria apenas descansar um pouco. Pressentia que muita coisa estava para acontecer ainda em nossa Vila.

Antes de entrar no meu quarto, passei pela copa e comi um pedaço de pão assado sem fermento que minha mãe fazia, especialmente no fim da semana. Costume dos antigos. Os escravos ainda limpavam a cozinha, passei direto e desabei na minha cama. Chega por hoje.

Fui chamado bem cedo, ainda estava escuro, por uma ligeira batida na porta. Alguém deixara um papelucho pregado no portal. Estranhei demais. Levantei-me totalmente alerta, embora parecesse que tinha acabado de adormecer. Nestes dias atuais, estamos sempre preparados para tudo. O papelucho dizia que necessitavam de meus serviços de avaliação, com urgência, lá nas lavras do Arraial de João Velho. Trabalheira, pensei logo.

A Vila já começava a sua agitação, olhei pela janela entreaberta, vi uma fumacinha saindo das cozinhas, era o pequeno almoço sendo preparado. Passavam mulas carregadas de fardos que os comerciantes recebiam ou mandavam para outras vilas. E vi, perfeitamente bem, um dos homens que ontem confabulavam com o Móti. Era um homem grande, mais para o mulato, baiano possivelmente, ou de origem moura. E, de novo, me bateu aquela curiosidade que ainda haveria de me complicar um dia. O que estaria ele fazendo ali no Rosário, mascando um fumo de rolo, e puxando uma mula com várias caixas.

    Foi descendo devagarinho, até onde pude divisar de minha janela, procurando alguma coisa pelo chão. Claro que não perdi tempo, coloquei minha roupa – a mesma de sempre – apanhei minha caixa de ferramentas de avaliação e saí para a viela, sem comer nada. Apurei o passo e ainda consegui ver o forasteiro sumir pela Rua de São Pedro. Tudo indicava que voltava ao Móti. Eu também.

    Cortei caminho pelo Beco da Estalagem e cheguei antes dele. O Móti já estava no trabalho, com vela acesa. Pedi licença para entrar. Móti me olhou com aqueles olhos azuis, desviando atenção da bancada, onde estava trabalhando alguma peça de ouro. Assuntei se ele também havia recebido pedido lá dos lados da ponte do João Velho, e ele disse que lá era muito longe para ele. Preferia que trouxessem as peças a serem examinadas ali mesmo, em sua oficina. No máximo, uma vez por ano, se dispunha ir até o Santuário do Senhor Bom Jesus de Matosinhos, para participar da festa do Jubileu, que já está virando uma tradição nas Minas, e que atrai muitos peregrinos.

    Fiquei ali sentado, distraidamente, esperando o estranho, que já deveria estar chegando, se eu estivesse certo. Estava.

    Ao vê-lo, Móti sorriu e disse: "Vai entrando, senhor padre". Padre? Então o homem era um padre? Seria algum jesuíta disfarçado? Todo mundo sabia que os jesuítas haviam sido expulsos do Reino de Portugal, mas que ainda persistiam atuando nas Minas. Eu fui logo apresentado como sendo a maior promessa da ourivesaria do Sabará. Fiquei contente que o Móti tivesse este conceito de mim, mas eu estava longe de ser um grande ourives. Leva tempo de prática e é preciso ter muito relacionamento pessoal.

    O padre Sarmento – José de Mariz Sarmento, foi como ele se apresentou, ao que o Móti acrescentou "um ex-soldado da Companhia de Jesus" – sorriu com interesse, mas demonstrou logo impaciência para tratar do negócio que fora interrompido na noite anterior. Eu já adivinhava. Padre Sarmento não era baiano nem português. Era nascido no Rio de Janeiro, e vivera muito tempo na Vila de Sebolas, região do Caminho Novo. Como o Móti não me dispensou, eu fui ficando. A curiosidade mata, já dizia minha mãe. Padre Sarmento perguntou-nos como era o nome do padre Correia. Eu me adiantei e disse o nome todo: José Correia da Silva. Ele tirou qualquer coisa da algibeira, e pegou uma pena do Móti para anotar. Pensativamente, voltou-se para mim e me perguntou:

"Mas é Corrêa ou Correia?"

O Móti me olhou incrédulo e indagou do padre Sarmento se aquilo fazia alguma diferença.

"Ah, meu caro, faz toda a diferença."

A minha curiosidade estava aumentando a cada segundo. O que teria o eminente padre Correia a ver com a reunião de ontem? Quase tive que lembrar aos dois de que eu era um irmão do Carmo do Sabará, e como tal, devia lealdade ao nosso padre-comissário. Não foi preciso, porque o padre Sarmento desviou a conversa perguntando ao Móti se era possível fazer um colar de pedras, com um pingente – coisa fina – para presentear uma senhora de Vila Rica, de nome Gabriela, que acabara de chegar da Nova Inglaterra. As pedras seriam diamantes. O Móti fez que entendeu tudo e mostrou ao padre Sarmento vários modelos de pingentes e colares. Eu me desinteressei logo da conversa, porque percebi que não diriam mais nada na minha presença. Pedi licença e me retirei. Tinha muita coisa a fazer.

A minha ida para o Arraial do João Velho precisava ser feita em lombo de burro, e ajudado por um escravo lá de casa. Levava um tempão, embora não fosse tão longe assim. Primeiro, nós íamos margeando o Rio Sabará, passávamos pelo Arraial do João de Souza, daí chegávamos à Igreja Grande, continuávamos às margens do rio, passávamos pelo

Arraial da Igreja Velha, depois pelo Arraial do Piolho, até alcançarmos a ponte do João Velho bem lá na frente. São algumas poucas léguas de viagem, por um caminho tortuoso, e eu devia ter paciência. Chegamos lá no fim da tarde, suarentos e empoeirados. De comida, só umas broas de milho que havia colocado no embornal e água fresca recolhida nas nascentes pelo caminho.

A família do senhor Manoel dos Santos já me esperava para o terço e um mingau de fubá. Foi o suficiente para me fazer adormecer, logo depois de uma conversinha que tive com o dono da casa. À mesa, só nos sentamos eu e ele. O resto da família comeu na cozinha. Eu escutava o falatório das meninas, excitadas com a presença de um estranho na casa, elas que viviam trancadas a sete chaves. Da conversa, em voz baixa, entendi que ele havia encontrado um novo veio de ouro, coisa boa, e dali extraído algumas pepitas para que eu examinasse. Segredo absoluto, foi o mínimo que ele me pediu, mordiscando a farta barba. "Amanhã cedo veremos isto, seu Manoel", e fui dormir.

Era ouro do bom. Seu Manoel tinha acertado desta vez. Nas lavras era assim. Muito trabalho, de sol a sol, e as pepitas escasseando. Há muito anos, aqui no Sabará, o ouro era encontrado com facilidade. Era só abaixar e apanhar na bateia. Foi por isso que El-Rey ficou tão entusiasmado com a região das Minas, e tanta gente veio de Portugal, da Bahia, e de São Vicente para cá. Depois, o ouro foi escasseando e agora era preciso muito trabalho escravo, muita paciência, para se tirar alguma coisa. Às vezes acontecia de alguém ter sorte e dar de cara com um veio inexplorado. Aí era a fartura e a felicidade. Mas, ao mesmo tempo, era preciso cautela. Havia muitos interessados na riqueza dos outros, a começar pela Real Fazenda.

Seu Manoel estava certo em exigir sigilo absoluto. Mas ele queria mais do que a minha avaliação de ourives. Ele ouvira falar que tínhamos relações com um pessoal de São João d'El Rey, e que este pessoal sabia como fazer sumir das

Minas grandes quantidades de ouro e diamantes. Pensei "aí vem coisa".

De fato, a nossa esnoga tinha contatos com outras esnogas existentes na região das Minas, e havia uma rede secreta de comércio de ouro e pedras preciosas entre todos nós, em geral dedicados à ourivesaria.

Tínhamos gente conhecida, sim senhor, em São João d'El Rey, e sabíamos que muita coisa se fazia sem o conhecimento da Real Fazenda e do Governador-Geral. Onde seu Manoel havia conseguido esta informação? Eu desconversei, e me fiz de desentendido. Seu Manoel insistiu, falou das dificuldades, dos dotes para as filhas, falou mal do Marquês de Pombal, desancou os governadores em geral, desde os tempos do Conde de Assumar, e eu impassível, a tudo escutando. Aí ele me convidou para visitar a lavra, num último esforço para me comover. Eu estava preocupado. Este tipo de informação é muito séria. Eu precisava ter certeza de que o seu Manoel não estava jogando verde, para colher maduro. Continuei me fazendo de desentendido, disse que conhecia vários ourives em Vila Rica, na Vila do Príncipe e em São José d'El Rey. Poderia dar os nomes deles e uma carta de recomendação.

Não era o que seu Manoel queria ouvir, sua expressão contrariada já demonstrava isso. Mas eu era matreiro. Aprendera isso desde cedo. Não se pode sobreviver aqui sem se desenvolver uma forte dose de esperteza. Acho que isto ainda será reconhecido no futuro, quando falarem dos mineiros.

O jeito foi empurrar um pouco mais para frente, e tentar descobrir de onde seu Manoel tirara a ideia de que eu poderia ajudá-lo a sumir com o ouro.

Foi aí que eu contei duas coisas. A explosão de pólvora na Barra, na noite anterior, e o sumiço de imagens na Vila. Seu Manoel ficou surpreso com a explosão, mas não com o sumiço de imagens. Sinal de que alguém havia passado por ali oferecendo coisa para comprar. Será que estava em andamento um comércio ilegal de obras de arte? Olha que roubar peças sacras deve ser considerado pecado mortalíssimo.

Voltei a me lembrar do rosto lívido de nosso tesoureiro da Ordem ao comunicar o desaparecimento do São José de Botas, imagem da qual eu nem me lembrava direito, e enquanto seu Manoel dizia aquela ladainha de razões para proteger o seu ouro, eu estava associando várias coisas que me aconteceram recentemente.

Sim, com certeza, havia alguma coisa mais séria em andamento, e da qual nem eu nem o Túlio, sempre bem informado, tínhamos conhecimento. Seu Manoel continuou se lamuriando, mas não deu nenhuma pista do porquê da minha presença ali. Só dizia que precisava encontrar uma forma de fazer sumir o ouro, em segurança.

Prometi pensar no assunto, mas com um pressentimento muito ruim lá dentro de mim. Será que alguém com quem minha família comerciava havia nos delatado? Isto estava se tornando comum estes dias. Muita gente, para conseguir sesmarias ou o perdão de dívidas com a Real Fazenda, fazia denúncias de possíveis crimes cometidos ou inconfidências em andamento. E o sargento-mor estava sempre pronto a conduzir pessoas para a cadeia pública, a pedido do senhor ouvidor-geral. Havia muita gente descontente com este doutor José de Góes, por causa destes ímpetos em mandar prender este ou aquele, com ameaças de degredo para Angola.

Terminei as avaliações do ouro do seu Manoel, e disse-lhe da minha impressão. Ouro bom. Daria muito dinheiro para o dono da lavra. Recolhi meu pagamento em oitavas, juntei minhas coisas, dei uma última olhada para as meninas escondidas nas janelas, e peguei o caminho de volta. Não sem antes prometer, duas vezes, que tentaria descobrir – tudo muito na surdina – como fazer desaparecer o ouro todo. Será que o seu Manoel nunca soube como fazer isso?

Coloquei o burro na trilha, dei umas instruções para o escravo, e mergulhei em minhas conjecturas. Amanhã, sexta-feira, seria dia de nos encontrarmos na esnoga. Em geral, conversávamos, comíamos alguma coisa, jogávamos e trocávamos informações. Era uma forma de termos um mercado próprio para ouro e pedras. Ali ficávamos sabendo de vendas feitas, preços, e possíveis clientes.

Os Miranda tinham, também, uma tradição de rezar. Não uma reza tradicional, uma litania, como se fazia nas irmandades e nas datas festivas, mas uma coisa intimista, com citações de passagens bíblicas e dos profetas do antigo testamento.

Diziam que esta tradição vinha lá de Belmonte, em Portugal, e que havia sido passada de mãe para filha há muito tempo. Em geral, nestes momentos, era costume acender-se uma vela e entoar cânticos em voz baixa, quase inaudível.

Eu nunca consegui entender direito a letra destes cânticos, mas sempre acompanhava o tom da música. Para mim, a esnoga era um lugar de aconchego, de encontro e de fraternidade. E uma oportunidade de fazer negócio também, porque não?

Já era quase metade do dia, quando chegamos à Vila. Fui direto para casa comer alguma coisa, porque precisava desesperadamente voltar à minha oficina de ourives. Tinha muito trabalho para fazer, algumas coisas para entregar, e esta conversa do seu Manoel não me saía da cabeça. Será que eu poderia ajudá-lo? Suponho que isto teria um bom preço. Mas, antes de passar na oficina, resolvi voltar no Móti e arriscar um palpite. Já o encontrei debruçado sobre uma peça de ouro, retocando. Fui direto ao assunto.

"Bastardes, Móti. Eu gostava de fazer uma pergunta a vosmicê". O Móti me olhou por cima dos óculos, ar meio cansado, e disse: "Pode dizer".

"Apenas uma hipótese. Se eu tivesse uma grande quantidade de ouro, ou diamante, e quisesse fazer chegar até Paraty ou o próprio Rio de Janeiro, em segurança e sem que ninguém desse conta, como eu poderia fazer?".

O Móti ficou uns dois minutos me olhando, e me disse:

"Olha, já tem muito tempo que eu vivo aqui no Sabará, trabalhando de ourives, e nunca me ocorreu tirar uma grande quantidade de ouro, e muito menos diamante, por estas estradas cheias de quilombolas e facínoras, sem que houvesse uma tropa para me apoiar. O mais certo seria recorrer ao Ouvidor-Geral ou até mesmo ao Governador, recolher o quinto, e despachar um carregamento pela Estrada Real. É preciso ter muito cuidado. Ouvi falar de um tal de Mão de Luva que apareceu nos sertões de Macacu, muito audacioso e com um bando bem armado, e que tem dado uma grande dor de cabeça ao Reino. Meu filho, me escuta. Não entre vosmicê nisso."

Eu insisti.

"Mas, Móti, vosmicê deve ter ideia de por onde se pode passar em segurança."

Ele respondeu secamente "não tenho".

Aí, pensou um pouco, e disse:

"Talvez o padre Sarmento possa te ajudar. Ele viveu muito tempo lá para os lados do Caminho Novo, e talvez saiba como chegar ao Rio de Janeiro mais rápido do que a Paraty, e evitando o Macacu. Talvez pelo Rio Paraíba do Sul. Chega, já falei demais, vai embora que eu tenho mais o que fazer."

Eu sorri. Agradeci mentalmente à minha intuição de ir procurar o Móti. Então era isso que este senhor José Sarmento estava discutindo naquela noite da explosão, com aquela gente desconhecida. Deve haver uma rota segura para a saída das Minas, eu não sabia nada disso. Como sou inocente. Claro, tem que haver uma outra saída para o que se extrai nas lavras. Os grandes senhores das Minas não querem transferir o suor de seu trabalho assim de graça para El-Rey. Eu sabia. Mas continuava na dúvida de por que o seu Manoel mandou me chamar. Logo eu, que nem conhecia o padre Sarmento. Não conhecia antes, mas agora passei a conhecer.

Só fiz uma última pergunta ao Móti: "Onde encontro o padre Sarmento, aquele que não é mais padre?".

Ele respondeu, sem me olhar, "no Hospício da Terra Santa". Saí imediatamente e deixei o Móti grudado naquela peça de ouro.

Resolvi deixar a oficina para mais tarde, e fui caminhando morro acima. O Hospício da Terra Santa é um casarão muito bonito, mandado construir pelos frades capuchinhos há muitos anos, tem uma capela lindíssima, dedicada a Nossa Senhora do Pilar, com obras de mestre Antônio Francisco Lisboa, o mesmo que vem trabalhando no Carmo. Já houve até casamento nesta capela, prova de muito bom gosto das famílias.

Fui entrando e logo perguntando pelo senhor José Sarmento. Um escravo me disse que ele estava orando na Capela. Ajoelhei-me no banco de trás e fiquei esperando pacientemente que ele se levantasse. Para mim, levou uma eternidade. Devia ter muita coisa mesmo para falar com Deus.

Assim que ele se curvou diante do altar eu fui ao seu encontro.

"Padre, preciso muito falar com vosmicê".

Ele respondeu serenamente: "Meu filho, a esta hora não há mais confissões aqui, só na Igreja Matriz, e além disso, para todos os efeitos práticos, eu não sou mais padre".

Eu ataquei logo, "Não é nada disso, senhor Sarmento. Preciso falar de negócios".

Ele me pareceu um pouco surpreso, e talvez só aí tenha me reconhecido da casa do Móti.

"Mas o que eu posso entender de negócios, meu filho?", ele respondeu.

Eu comecei a pensar que este padre Sarmento devia ser muito esperto. Deve ter sido assim tipo primeiro aluno, chefe de classe no seminário. Já vi que ia me dar um trabalhão. Mas, como eu disse, sou matreiro. Decidi ver até onde ele resistia.

"Senhor Sarmento, o Móti me disse que vosmicê conhece bem os caminhos para o Rio de Janeiro, principalmente a região próxima ao Rio Paraíba do Sul. Eu queria saber como é possível se chegar com segurança ao litoral com uma boa carga das Minas, e depois despachá-la para Amsterdã."

"Não, acho que o Móti exagerou um pouco os meus conhecimentos, eu sou apenas um ex-servo da Companhia de Jesus, meio escondido aqui neste ermo, para evitar a minha expulsão para a Europa ou para a América espanhola", respondeu ele gravemente.

Não me deixei intimidar. Ataquei novamente: "Padre, eu estou falando de coisa grande, e isto pode render muitas terças para as obras sociais de qualquer irmandade, ou até para se criar uma escola aqui neste ermo. Pode até render uma justa aposentadoria para um servo do Senhor", arrematei com malícia.

O padre Sarmento, então, mudou de atitude. Acho que meu arremate falou, digamos, ao seu coração mais do que obras sociais para uma irmandade qualquer. Os jesuítas ficaram famosos no Reino por suas ações independentes. Dizem que fizeram o diabo, Deus me perdoe a heresia, nas Índias, transportando especiarias por conta própria e fazendo devastadora concorrência a El-Rey.

E dizem, por favor não me incriminem, que eles andaram envolvidos em várias inconfidências contra El-Rey D. José I de Portugal, o que levou o nosso amado ministro Marquês de Pombal a decretar sua expulsão. Eu não sei de nada, só de ouvir falar aqui, nestas terras longínquas das Minas. Mas que os jesuítas são terríveis, isto são. Para não comentar, aqui bem baixinho, o envolvimento deles com a santa, santíssima, Inquisição, e com os Povos das Missões, Deus nos livre e guarde.

O padre pegou-me pelo braço e conduziu-me para os jardins do Hospício, bem longe de possíveis testemunhas. Dizemos aqui que as paredes, e os corredores, os tetos, tudo têm ouvidos. Só me perguntou o seguinte: "É coisa realmente grande?".

Esbocei um vago sorriso e assenti com a cabeça afirmativamente. Seus olhos, juro, brilharam. Foi nesta hora que percebi que um grande futuro se abriria para mim e para Minga, se ela for esperta o suficiente e me agarrar logo, coisa que, diga-se de passagem, eu estou doido para que aconteça.

5

Ofélia ouviu atentamente as instruções de dona Amélia, fez que entendeu tudo sacudindo a cabeça (aqueles olhos negros como jabuticaba brilhavam), e partiu correndo em direção ao arraial da Esperança, que fica a uma légua de distância de Tapanhoacanga, na margem esquerda do Rio Sabará. Dá para fazer em coisa de meia hora. Foi seguindo o caminho do rio, evitando as grotas, e de olho na trilha para não ser surpreendida por alguma cobra ou bicho do mato. Seu peito arfava, e sua expressão era de muita seriedade. Siá Amélia não queria conversa pelo caminho.

A casinha de mãe Antônia, como o povo a chama, não era difícil de se encontrar. Quase todo mundo a conhece por ali, e os negros nutrem um grande respeito por ela. Pertence a uma família de grandes videntes e babalaôs na África, e dizia-se que tinha aprendido muita coisa com Luzia Pinta, uma forra que veio de Angola há muitos anos como escrava para morar no Sabará, e acabou punida pela Inquisição de Lisboa. Isto depois de um bem montado Auto de Fé, apesar das incipientes provas de feitiçaria e práticas demoníacas. Luzia foi denunciada ao bispado do Rio de Janeiro por um branco do Sabará, insatisfeito com as previsões que ele próprio havia encomendado – consta que Luzia Pinta viu mais do que devia.

Mãe Antônia exerce seus talentos no terreiro que fica para dentro do mato, um pouco afastado do arraial, onde nas noites de quinta-feira muitos negros forros e mulatos se encontram para dançar ao som dos atabaques, num ritual que é chamado aqui de *calundu*. Ela ocupa um lugar de honra nessas cerimônias, e distribui bençãos e conselhos aos frequentadores. É muito respeitada, por negros e brancos, como é o caso de dona Amélia, que até já usou seus serviços para curar várias doenças que acometiam os seus escravos, e para encontrar um *pedantif* perdido.

Ofélia se lembrava que mãe Antônia havia curado uma moléstia de pele dela mesma, umas bexigas que apareceram na perna, só com reza e algumas ervas do mato. Nessas horas, mãe Antônia se transformava, seu rosto assumia uma expressão diferente, e ela falava uma língua da África desconhecida para Ofélia e outras pessoas dali.

A relação de dona Amélia com mãe Antônia era muito discreta. Outras brancas também usavam, em segredo, os seus serviços, sem que ninguém, nem mesmo o próprio marido, pudesse desconfiar disso. Ela mesma, dona Amélia, nunca havia pisado naquele terreiro, e nunca havia comentado isso com o senhor José Teles. Caso contrário, seria um desastre. Seria inaceitável que uma mulher branca, da maior distinção na Vila do Sabará, esposa de um próspero minerador e apoiador da Santa Madre Igreja, viesse a frequentar religiões africanas. Por muito menos, no passado, gente havia sido mandada em degredo.

Ofélia tinha bem consciência disso, tantas vezes havia escutado as recomendações de dona Amélia, a quem respeitava como uma verdadeira mãe. Nunca comentar com ninguém a sua ida até a Vila da Esperança, nunca mencionar o nome de mãe Antônia, nunca entregar recado a outras pessoas. Nem que fosse para o tronco. Dona Amélia sabia impor, também, um certo medo em suas escravas, embora fossem sempre muito bem tratadas. E retribuía a lealdade com comida farta, roupas, descanso, e até com alforria.

Ofélia foi rápida. Conhecia o caminho e era uma negrinha esperta. Falou apenas no ouvido de mãe Antônia, para que nenhuma das escravas da forra, auxiliares naquele ministério, pudesse escutar.

"Sinhá precisa muito saber onde está uma imagem de São José de Botas que sumiu da igreja do Carmo ostro dia e quer saber quem foi que levô. Paga por isso cinco oitavas de ouro."

O recado era só esse. Mãe Antônia saberia encontrar as respostas. Ela balançou a cabeça, e sussurrou: "Suncê diz para Sinhá que a nega vai preguntá e despois manda dizer".

José Teles, homem sábio, mentiu para dona Amélia. Era melhor mentir do que explicar. Saiu cedo acompanhado do escravo Clemente, e foram os dois lá para os lados do arraial da Lapa, que mais tarde seria conhecido como Ravena. Ninguém ali foi caçar.

"Vosmicê trouxe o que dei para guardar?", perguntou ele ao escravo.

"Tá aqui mesmo, sinhô, igualzinho suncê me deu. Nem toquei", respondeu Clemente, segurando um saquinho de couro, amarrado na extremidade. O mesmo saquinho que o Teles havia recebido de uma moça encapuzada em sua casa. José Teles mantinha aquele semblante carregado de quando as preocupações tomavam conta dos seus pensamentos.

Tocaram os animais pelas léguas que os separavam do arraial, e chegaram a tempo do almoço. José Teles foi diretamente para uma casinha quase à beira do caminho, apeou e entrou sem bater. Era conhecido da casa, porque logo vieram dois moleques segurar as rédeas e colocar a mula debaixo de uma árvore. Clemente se encarregaria do resto. José Teles entrou, deu boa tarde, e dirigiu-se a uma velha senhora, sentada num banco, com olhar distante. Era quase cega.

"Boa tarde, seu Zé, o que o trás aqui, tão longe da Vila do Sabará e de seu trabalho?", perguntou a velha.

"Vim aqui, siá Donde, trazer uma encomenda de sua filha."

"Vosmicê sabe que eu não tenho mais filha, o mundo levou ela."

"Eu sei, mas vim assim mesmo. Ela foi lá em casa uma noite dessas me entregar um saquinho, e eu sei que faz de coração. Vosmicê deve estar precisada de muita coisa, e umas oitavas de ouro são sempre bem vindas. Ela tem muita preocupação com a saúde de vosmicê, me disse outro dia."

"Seu Zé, vosmicê é testemunha que vivo aqui no arraial como posso, ajudada por Deus, e por estes negros que me servem. Já não posso mais cuidar da roça, nem fazer uma aguardente, porque não tenho muitas forças, nem consigo enxergar mais quase nada. Só uma sombra e vultos. Muitos vultos, seu Zé. Muita gente antiga que volta aqui para conversar comigo e me consolar. Me alembro muito de minha sogra, a senhora dona Madalena, lá da Vila da Rainha, família de Vila Rica. Gente boa, seu Zé. Muito brava, muito brava."

"Pera aí, seu Zé, vou mandar trazer um pedaço de queijo para vosmicê. Queijo feito aqui em casa mesmo, queijo fresco. Dona Madalena muitas vezes me aparece em sonho, e me previne sobre as coisas que vão acontecendo. Coisa boa e coisa ruim. É assim que fico sabendo de tudo muito antes dos outros, e eles ficam espantados quando eu digo que já sabia."

"E falaram alguma coisa de mim, siá Donde?", perguntou José Teles, traindo um pouco de ansiedade.

"Falaram sim, seu Zé. Eu sabia que viria aqui por estes dias. Me disseram que tem coisa ruim rondando vosmicê. Tem gente ruim querendo fazer mal, seu Zé. Abre os oios. Eu não sei direito o que é, mas alguma coisa deve estar acontecendo com vosmicê. Agora, por exemplo, estou olhando para o lugar de onde vem a sua voz, e vejo muitas sombras. Coisa ruim rondando, seu Zé. Será alguma coisa com aquela menina?"

"Não, siá Donde, não aconteceu nada com ela. Ela está bem. Só não vem aqui porque vosmicê, velha muito ranheta, diz que não quer ver mais ela. E ela sofre com isto. E se preocupa muito com vosmicê."

"Ah, seu Zé, eu tenho rezado muito. Peço sempre à Senhora do Amparo e à Senhora da Conceição que me dê forças para continuar lutando. Eu não tenho muito tempo mais de vida não, seu Zé, mas enquanto estiver aqui vou lutar muito. Tem gente aqui que precisa de mim, tenho netos para ajudar. Mas, essa menina me fez muito mal, seu Zé."

"Siá Donde, vou dormir aqui hoje, se não se importa. Falei com Amélia que ia caçar na serra da Piedade, não quis dizer porque vim até o arraial falar com vosmicê. Então, devo voltar só amanhã, pelo menos. Enquanto isso, vou dar uma volta por aí com o Clemente, quero ver em que estado estão a sua roça de milho e o seu gado."

José Teles depositou o saquinho de que era portador no colo da velha senhora, e saiu para o terreiro. Respirou fundo. Então, seus pressentimentos estavam certos. Até siá Donde já tinha um aviso. Havia alguma coisa de sério nesta incumbência do padre Correia e da Ordem do Carmo. Deveria ficar alerta, para não cair da mula.

Siá Donde era sua irmã mais velha. Um pouco mais velha que ele, na realidade. Ele já estava beirando os sessenta, e ela talvez uns sessenta e oito. Sempre se trataram com uma certa formalidade, ela que ajudara a mãe a criá-lo. Esta filha, uma menina que ela tinha adotado, fugiu com um português que passou por estas bandas, e que a abandonou por uma mulata, já com dois filhos, na Vila do Sabará. O senhor José Teles olhava por ela sempre que podia, e ajudava a vender as peças de roupa que ela costurava.

Siá Donde nunca mais tinha colocado os olhos nela, e todos sabiam de seu sofrimento nas noites de insônia, quando os olhos vermelhos denunciavam o choro convulsivo que tomava conta do corpo, até a manhã raiar. Mas Siá Donde era orgulhosa. Sangue daquele povo duro do Caeté. E a menina, mesmo assim, sempre dava um jeito de mandar um agrado para ela, na esperança de desfazer aquela barreira aparentemente intransponível. Até agora, sem sucesso.

O senhor José Teles era muitas vezes o intermediário. Normalmente sem o conhecimento de dona Amélia, que sempre deu razão a siá Donde, e maldizia a hora em que ela tinha feito a adoção. Menina exposta não podia dar em boa coisa, dizia.

Dia seguinte, José Teles tomava uma caneca de café, perto do fogão, quando a velha senhora voltou a tocar no assunto.

"Seu Zé, vosmicê deve ter cuidado com alguém que usa

uma capa vermelha. Este vermelho, seu Zé, é a cor do demônio."

"E o que mais, Siá Donde?", assuntou o Teles, assumindo um ar despreocupado. Mas era por isso mesmo que ele tinha vindo até o arraial da Lapa. Ele, católico, apostólico, romano fervoroso, acreditava nestes dons que a irmã tinha, desde pequena. Dom de premonição. Só não podia comentar com dona Amélia, que adotava uma expressão escandalizada, e dizia logo que a família dele devia ter alguma parte com o demo, que fosse se confessar com o padre Tirrino, e ficava geralmente a tarde inteira falando nisso. Era esse o motivo pelo qual não comentava nada em casa, há muitos anos.

"Esta noite voltei a sonhar", continuou a velha senhora. "Eu vi uns cavaleiros muito bem vestidos, todos de capa preta e chapéus de abas largas, pareciam paulistas, se acercando de uma ponte, e sendo parados por um outro homem de capa vermelha, com a espada empunhada, e um grande séquito, que os fez pararem. Este homem de capa vermelha parecia alguém do Reino, porque tinha um ar de autoridade. Ele desferiu um golpe mortal no primeiro cavaleiro, o que vinha exatamente à frente dos outros, este deu um grito, e caiu. E de dentro dele saiu uma luz, e desta luz surgiu um velho de barbas brancas."

"Siá Donde, vosmicê entende isso?" retrucou José Teles.

"Sei não, seu Zé. Mas pode ter alguma relação com vosmicê, porque vosmicê veio até aqui, comeu e dormiu aqui em casa. Eu sonhei tudinho esta noite. E acordei com o coração batendo forte. Só posso lhe dizer, seu Zé, que tome cuidado. Nem sei com o quê, mas vou saber qualquer hora. E só espero que não seja tarde."

"Pelo amor de Deus, siá Donde. Creio em Deus Padre", disse o Teles, persignando-se.

"Aqui nestas terras, seu Zé, tem muita maldade. O ouro tira a paz do coração desta gente, e vosmicê sabe muito bem que este povo lá do Reino, esta corte de Lisboa, só pensa em nos tirar a riqueza, a riqueza das Minas e do Brasil."

"Mas nós já não somos crianças, siá Donde. Tudo há de

se arranjar. Tem muita gente nova por aqui, gente trabalhadeira, disposta a plantar e colher, e já sabemos que o ouro vai se acabar um dia, pelo menos aquele ouro fácil de extrair dos aluviões. Nós vamos ter que plantar e criar gado, como os índios. Isto aqui vai ser uma terra maravilhosa, mas não será para nós. O que não vai mudar é a ganância dos homens. Se El-Rey tirasse o governador-geral e desse total liberdade para as câmaras das vilas ia ser até pior. Todo mundo quer tirar mais um pouco de quem produz. Eu vejo isso lá nas minhas coisas. E, tem mais. Se não fosse esta quantidade de escravo por aqui, a gente não se aguentava. Em geral, os brancos querem enricar rápido. Trabalho duro não é do agrado de ninguém. Cada dia temos que botar mais escravo nas lavras, e isso vai ter um fim, eu sei disso."

"Para não falar dos ingleses, seu Zé. Êta povinho danado. Se a gente já fala mal dos reinóis, que são nossos antepassados, o que dizer destes homens arrogantes que querem mandar em Portugal? Lá no Caeté os antigos diziam que os ingleses eram os verdadeiros reis de Portugal. Eles mandavam nos mares, e não havia navio que viesse das Índias ou de África que os ingleses não tomassem conta. Diziam isto. Eu mesma, seu Zé, nunca saí aqui do meu canto. O mais longe que andei, ainda mocinha, foi até a Vila do Príncipe, viagem muito cansativa. Não conheço Vila Rica nem Mariana."

"Eu queria dizer mais uma coisa para vosmicê, siá Donde", disse o Teles pensativo, "trata de mandar esconder a sua aguardente, e o que puder do milho, porque estão dizendo que o governador vai recolher um quinto das coisas todas que se produzem nas terras, assim como se faz com o ouro e o diamante das lavras."

"Vão recolher as coisas e levar para onde, seu Zé?", disse a velha senhora com ar incrédulo.

"Vão transformar os quintos em oitavas de ouro e mandar recolher à Real Fazenda."

"Prumode de quê?", disse a velha senhora imitando o jeito de falar dos negros.

"As Minas não conseguem chegar às cem arrobas de ouro

que El-Rey determinou que fosse arrecadado, e o governador quer complementar com outras fontes de renda. É a tal de derrama."

"Mas todo ano dizem a mesma coisa. Será que eles não pensam que precisamos viver?"

"Siá Donde, El-Rey acha que tudo isso, esta imensidão que Deus criou, esta natureza toda, foi dada a ele de herança. Ele apenas nos deixa viver e morrer aqui. Mas tudo por uma concessão da real pessoa e de seus irmãos e irmãs."

"Esta terra toda, siá Donde, lá do Norte até Colonia do Sacramento, é uma enorme quinta, e nós somos apenas meeiros."

"Eu acho que tudo isso está errado. O que temos nós a ver com a reconstrução de Lisboa, que já há dez anos estamos a mandar dinheiro, retirado do nosso trabalho e da nossa luta?"

"E estes homens da Igreja, Deus me perdoe, que a tudo assistem com condescendência, de olho na parte deles? Eu nem gosto de tocar nestes assuntos, vosmicê sabe, mas a verdade é que são gananciosos também. Abro uma exceção para o padre Tirrino, alma boníssima, e outros lá da Vila do Sabará."

"Nosso pai veio lá das terras do Minho, onde a família dele sempre trabalhou de sol a sol, sem descanso. Veio para o Brasil com dezesseis anos, um rapazinho, deixou pai e mãe, que Deus os tenha. Nunca mais os viu. E veio porque não era o morgado, e não havia terra para lavrar, e nem comida para todo mundo. Chegou na Bahia, trabalhou no comércio e depois se embrenhou neste sertão das Minas, à cata do ouro. Esperança de ficar rico, e voltar para Portugal. Teve que lutar contra os paulistas, teve que lutar contra os índios, teve que lutar contra os castelhanos, e teve que lutar contra os enviados do Reino que vieram para cobrar a parte de El-Rey."

"Mas que parte é essa? Quem foi que disse que El-Rey é o senhor e dono disso tudo, que nós estamos desbravando? Quando os portugueses aqui chegaram, estas terras já tinham dono. Foi preciso lutar muito para conseguir sair um palmo da beira do mar. E quem fez isso não pôde ou não quer mais voltar. Porque não nos deixam em paz, a trabalhar simplesmente?"

O senhor José Teles viu que era melhor acabar com aquela conversa, se não daqui a pouco os dois dariam início a uma nova inconfidência, e para isso lá estava o senhor ouvidor-geral, pronto a enviar quem quer que fosse para um degredo na África equatorial.

Se o Duque de Viseu, nos tempos de El-Rey Dom João I, não conseguiu atingir as terras de Preste João, certamente o Brasil estava trazendo agora, em tempos de El-Rey Dom José I, uma riqueza igual. Foi só uma questão de tempo e, talvez, de latitude e longitude.

Ele decidiu permanecer mais um dia ali, ajudando nos assuntos da roça de siá Donde, e procurando algum lugar mais distante para esconder o milho e a cachaça. Era preciso ter muito cuidado para não ser denunciado, ele que era um homem de destaque na Vila do Sabará. Não poderia ficar exposto sem mais esta nem aquela. Apesar de suas muitas relações de amizade, inclusive com os doutores Cláudio Manoel da Costa e Manoel Manso da Costa Reis, ilustres juristas de Vila Rica, era preciso ter muito cuidado. Siá Donde não teria mais como fazer estas coisas, supervisionar o capataz da fazenda. Ele mesmo teria que tomar as providências e foi o que fez logo. Precisava retornar ao Sabará, e com alguma caça, para dona Amélia não implicar com ele.

Junto com Clemente foram se embrenhando no mato, perto da Vila da Lapa, até atingirem uma construção de pedra, uma espécie de refúgio, bem disfarçado, difícil de ser divisado da trilha. Esta construção era usada, no passado, como defesa contra ataques de índios e foi mandado construir pelo próprio marido de siá Donde, o finado sô Juquinha. Era um local apropriado para se esconder as coisas. Tendo inspecionado o único cômodo e avaliado a segurança do local, o senhor José Teles retornou à Vila e determinou a imediata transferência do que fosse possível para lá. O capataz faria o resto. Deu conta de suas providências à velha senhora, que esboçou um

ligeiro sorriso e disse:
"Ah, seu Zé, me faz muito bem estas suas visitas."

O Teles despachou Clemente e outro escravo de siá Donde com a missão de encontrarem alguma caça para levar para casa. Servia tatu, macaco barbado ou até coisa maior que eles pudessem arrastar. Clemente foi treinado, desde jovem, para caçador, e era dos bons. Tinha orgulho nisso e a confiança do senhor.

Teles havia decidido passar antes no Arraial da Barra e procurar logo o irmão-tesoureiro. Precisava passar ao ataque, o que poderia prevenir alguma surpresa, se é que realmente havia alguma má intenção como desconfiava dona Amélia e havia sonhado siá Donde. Ele só não acreditava, como ela dona Amélia, que fosse para afastá-lo de qualquer coisa da igreja. Se houvesse motivo, este tinha que ser outro. Maior, muito maior. Uma razão poderia ser gente de olho nas suas lavras. Elas ainda rendiam bastante, e ele tinha muitas terras na beira do Rio das Velhas, até perto do Arraial de Raposos.

O irmão-tesoureiro, homem respeitável, recebeu-o com um largo sorriso e uma saudação cordial. "Salve doutor José Teles, que bons ventos o trazem?"

"O Senhor esteja com vosmicê, senhor Armindo Barbosa. Estou começando as minhas diligências para executar a missão que me confiou o padre-comissário. Quero começar ouvindo vosmicê. Tenho cá muitas dúvidas, seu Armindo."

"Então vamos se assentar aqui, seu Teles, que eu já ia terminando meu trabalhinho com os livros na sacristia. Pode dizer suas dúvidas, sim senhor."

"Seu Armindo, quem exatamente fez a doação desta imagem para a Ordem do Carmo do Sabará?"

"Foi alguém de São José d'El Rey, eu não me lembro bem o nome, mas era alguma coisa parecida com Silvino ou Delfino. Esta imagem chegou aqui trazida por uns comerciantes, que receberam esta incumbência da Ordem Terceira do Carmo de São João d'El Rey. Nem cobraram nada, fizeram isto de bom grado, porque era uma gentileza com a nossa ordem."

"Sei, sei", respondeu o Teles pensativo. "E o porquê desta preocupação com o desaparecimento da imagem?"

"Ah, seu Teles. Tem muita coisa aí. Primeiro, é o sumiço de um bem da Ordem, de dentro da sacristia. Segundo, que eu sou o tesoureiro, e temos muitas oitavas de ouro guardadas lá dentro para pagamentos dos mestres e das pedras que vêm lá do Caeté. Terceiro, que o padre comissário anda muito cismado com gente estranha que fica rondando por onde ele vai. Vosmicê sabe como andam as coisas nas Minas. Ele pensa que o bispo de Mariana ou algum magistrado de Vila Rica quer apanhar ele no laço. Nem entendo muito a razão, mas que ele fica cismado, isto fica."

"Onde estava a imagem, antes de desaparecer?"

"No mesmo lugar de sempre, onde estão todas as que ainda não foram expostas na igreja. Trancadas à chave no armário grande da sacristia. E só eu tenho a chave."

"Esta imagem tinha alguma coisa de especial, um valor desconhecido para nós?"

"Olha, doutor Teles, é uma imagem bonita, toda talhada em madeira lá do Rio das Mortes, reproduzindo uma outra que existe lá, ao lado do Chafariz de São José. Mas não creio que tivesse um valor maior do que umas vinte ou trinta oitavas de ouro. Tem o grande valor de ter sido um presente da Ordem do Carmo, essas coisas. Mas valor assim que atraísse a cobiça de algum negro ou branco, não tem."

"Sumiu mais alguma coisa?"

"Nada mais que fosse notado até agora."

"Vosmicê está me escondendo alguma coisa, seu Armindo Barbosa?"

"Eu nunca faria isto com vosmicê, doutor José Teles", respondeu Armindo, demonstrando já um certo desconforto com o interrogatório.

"Não acha vosmicê que alguma coisa nesta história não está combinando?"

O capitão Armindo Barbosa, tesoureiro da Ordem Terceira do Carmo do Sabará, responsável pelos bens da irmandade, ficou apenas olhando pela janela e mudo. Não disse mais nada nem lhe foi perguntado.

6

Encontrei o Túlio aparvalhado, perto da igreja do Rosário. Ele me olhou com um olhar distante, meio embaçado, e disse só uma frase: "Ela é maravilhosa".
Nem precisava explicar. Percebi que o meu amigo já estava perdidamente apaixonado pela francesa. Isto é mau. Muito mau. Nós, ali na Vila do Sabará, não podíamos nos dar ao luxo de ficarmos apaixonados. As moças eram poucas e todas a ponto de casar. O casamento, em geral, era arranjado. Entrava em conta muita coisa, muitos interesses entre as famílias. Eu, por exemplo, se dependesse dos Miranda só me casaria em Vila Rica ou Mariana. Lá eles tinham muito boas relações comerciais, e o meu casamento poderia estreitar estes laços. Eu, por mim mesmo, ficaria com a Minga a vida toda.
Então o Túlio me disse que *Mademoiselle* tinha muitas ideias para o Sabará. Eu fiquei só olhando para ver até onde ele ia chegar.
"Vosmicê sabe que ela vai propor ao Senado da Câmara que se faça uma remoção da capela de Santa Rita, para que ali se possa abrir uma grande esplanada com um coreto no centro, onde aos domingos uma banda de música tocará?"
"Remoção de uma igreja?", comentei sem acreditar no que ouvia.
"É, segundo ela, para se criar um espaço que facilite o diálogo social."
"Ô Túlio, nós estamos no Sabará do século XVIII, que história é essa de diálogo social e remoção de igreja? Esta mulher é louca. Ela deveria se chamar Diana, a louca."
"*Mademoiselle* Diane, *s'il vous plaît*." O Túlio andou aprendendo um pouco de francês com a aia, e está se achando

um Voltaire do Rio das Velhas.

"Ela já tem até um nome em mente para esta banda que vai ser criada no futuro, quando tivermos encomendado os instrumentos e ela tiver preparado os músicos: Banda Santa Cecília."

"Túlio, meu amigo", retruquei, tentando aparentar calma. "Esta mulher é louca. Daqui a pouco vai querer remover a capela de Nossa Senhora Rainha dos Anjos, a igreja Velha, e sabe Deus mais que outras igrejas. Será que ela percebeu que existem aqui as irmandades e um senhor chamado bispo de Mariana? Conta para ela."

"Ela é maravilhosa", era única frase que o Túlio repetia sem cessar. Aquilo já estava me dando nos nervos. Até uma banda esta mulher queria criar no Sabará. Mas este projeto de remoção de igreja, numa época em que as igrejas eram construídas antes das casas, é simplesmente hilário. Esta mulher é definitivamente louca, e eu, que até tinha ficado bem impressionado com a possibilidade de termos aulas de música na Vila, acho que vamos continuar sendo apenas uma grande lavra. Depois desta banda, é possível até que ela queira criar uma casa de ópera, como aquela que dizem existir em Paris. Acorda, Túlio. Esta mulher é louca. Mas agora eu seria capaz de dizer umas verdades para ela.

"*Bonjour, Monsieur Tuliô*", ouvi uma voz vibrante, alegre, acompanhada por um doce perfume, vindo pelas minhas costas. Minhas pernas bambearam.

Realmente, a francesa não era pouca coisa. Esbanjava charme. Ela usava um chapéu grande de palha, com uma fita amarela amarrada e caindo pelas costas. Meus pelos do braço arrepiaram-se como os do Túlio. E este sorria bestificado. É verdade, ela tinha um poder quase sobrenatural de nos fazer arrepiar. Eu tratei de cumprimentá-la, cerimoniosamente como imaginei que os franceses devem fazer, e ela passou por mim quase sem me ver. O que será que o Túlio tinha falado de mim? Certamente que eu sou um idiota qualquer, que sou enrabichado por uma mulatinha também qualquer, um joão-ninguém, um exposto. Como que por encanto me esqueci de todas as verdades que eu pensava em dizer para ela há menos de dois minutos. Que coisa estranha estava acontecendo conosco?

Ela pegou o meu amigo pelo braço, abriu uma sombrinha totalmente despropositada para se proteger do sol, e saiu pela rua Direita falando sem parar, rindo em voz alta, em direção à Casa Azul do padre Antônio Correia. O Túlio, obviamente, nem olhou para trás e nem se despediu de mim. Para eles eu não existia.

A aia de *Mademoiselle* tinha uma grande dificuldade em ir traduzindo tudo que ela falava, mas percebia-se que o Túlio, inebriado, pouco se importava com isto. Ele queria apenas estar perto daquela mulher, que tinha tanta energia e – reconheço – tanta simpatia. É, continuei pensando, não vai ser fácil convencer o Túlio a voltar ao cartório.

Os dois entraram pela casa do padre Antônio Correia a dentro e eu decidi voltar para minha oficina e cuidar de minha ourivesaria, a coisa mais sensata que me ocorria naquele instante. Imediatamente comecei a pensar em Minga. Perdi de vez a concentração no trabalho e em minhas outras preocupações. Eu tinha que trazê-la para o Sabará, mas sem me comprometer demais. Eu precisava muito daquela mulher. Assim pensava eu, mas como se verá mais adiante, não era exatamente o que pensava ela. Ora, bati com a mão na mesa, estas mulheres estão nos tirando do sério. Acho que a melhor solução será a Minga logo comprar a sua liberdade, com a minha ajuda, naturalmente.

Meu plano, que eu vinha arquitetando há algum tempo, era muito simples. A Minga proporia ao seu senhor, coronel Domiciano Lima que já conhecemos, uma alforria por *coartação*, um sistema que está muito em moda em toda a região das Minas. A coartação é uma espécie de auto-alforria, em que eu entraria como avalista. Ela proporia pagar cem oitavas de ouro em quatro anos, divididas em oito pagamentos semestrais, quantia que eu mesmo iria arranjar não sei onde. Enquanto isso, ela se mudaria para a Vila do Sabará, e prestaria serviços de ama à filha do coronel. Ao fim dos quatro anos ela receberia a carta de alforria. Muito simples. Só tem um pequeno porém. O sacripanta do coronel Domiciano Lima, que há muito tempo vem deitando um olhar meloso para cima da minha Minga, teria que concordar com os detalhes da coartação. Se ele não concordar, eu mato aquele velho filho da puta.

Enquanto eu fazia meus planos de alforria para a Minga, alguém bateu na janela da oficina. Era o Túlio e *Mademoiselle*. Levantei-me rápido, fiz uma mesura, indicando que entrassem. Pela primeira vez, Diane d'Anjour colocou aqueles olhos faiscantes em mim, notando a minha presença. Também não tinha mais ninguém na oficina, ela tinha que notar. Senti uma satisfação íntima e boba com isto. Ela possui os olhos castanhos claros e uma pele muito branca. Um bonito contraste, pensei. Ela começou olhando, detalhadamente, cada instrumento de trabalho que tenho. As balanças, as lentes, os martelos, as facas, o cadinho. Eu só olhando. Então, para minha surpresa, ela disse: "Muito *interressante*".

Ao que o idiota do Túlio, derretendo-se todo, acrescentou: "Eu falei, eu falei. Ele não é má pessoa não. É só um pouco tímido".

Foi aí que eu abri a boca, pela primeira vez: "Parece-me que *Mademoiselle* está se referindo aos instrumentos da oficina, Túlio. Não sabia que ela falava o português". "Só um pouquinho", ela mesma respondeu. "Mas *Monsieur* Tuliô prometeu me ensinar tudo." Safado, murmurei baixinho. O Túlio continuava com a mesma expressão abestalhada do início deste meu relato. Estava totalmente aos pés desta *Mademoiselle*. Se quisesse, ela passaria pisando por cima dele e ele nem perceberia.

Tratei de descobrir o porquê daquela ida até à Casa Azul. Túlio me explicou que Diane pensava em começar suas atividades musicais pelo coro da capela de Santa Rita, e queria pedir o patrocínio do padre Antônio. Como ele é irmão do padre Correia, e este é o Vigário-Geral do Sabará, ficaria mais fácil se contasse com uma recomendação oficial. Tudo isso, claro, deve ter sido orientação do idiota do Túlio. Já imaginou quando os fiéis da capela souberem que ela vai propor a remoção, seja lá o que for isto, para outro sítio? Será que o Túlio pensa que todos são serviçais como ele? É óbvio que vão denunciá-la ao bispado do Rio de Janeiro, como herética. E eu espero que ela seja deportada por isso. Exagerei. Afinal ela trouxe ares novos para a Vila. Se não para Vila toda, pelo menos para mim e para o Túlio.

"E o padre Antônio concordou?", eu disse aparentando um ar despreocupado.

"Não só concordou, como ainda por cima falou com ela em francês, e disse que ele pessoalmente vai tomar todas as providências", adiantou-se o idiota do Túlio. Pensei comigo mesmo, "mais um atrás de *Mademoiselle*".

Dava para se perceber que Diane d'Anjour era uma moça educada, muito diferente das raparigas do Sabará, criadas nas coisas rudes da terra e sujeitas a um sistema que tentava protegê-las de todas as maneiras das pessoas estranhas. Era ativa, despachada, mandona. Como ela havia surgido ali entre nós ainda era um mistério. Mesmo que ela explicasse, coisa que não fez, seria incompreensível para nós. Tinha um certo interesse pelo ouro e diamante, e não apenas pelas joias. Olhou atentamente as pedras que havia retirado do armário, examinou-as com olhar crítico, sentiu o peso, e indagou valores em libras esterlinas. Surpreendente para uma mulher.

A aia, cujo nome é Maria Gertrudes, também não é de se desprezar. É uma portuguesa bonita, com larga vivência em França, segundo nos contou rapidamente. Servia não apenas como intérprete, mas também como criada de quarto de Diane, o que me levou a concluir que esta Diane deve ser de origem nobre na França, uma moça bem nascida.

Ela continuava a revirar minha oficina, enquanto conversávamos com a aia, e isto começou a me deixar meio de pé atrás. Os ourives são muito ciosos de suas oficinas, cada ferramenta em seu lugar. Em geral, não gostamos que os fregueses saiam colocando a mão em tudo. Diane não estava nem aí para isso. Continuou revirando, aparentemente em busca de alguma coisa. Perguntei a Maria se ela sabia o quê. Maria me disse: "Não é nada específico. Ela tem uma curiosidade infantil por tudo".

Em seguida, da mesma forma como entrou, e sem se preocupar em voltar as coisas para os devidos lugares e fechar as gavetas que abrira, *Mademoiselle* disse um *au revoir* e partiu com sua pequena *entourage*, constituída da aia e do Túlio. Pobre Túlio. Estava mesmo perdido.

Voltei meus pensamentos para Minga. Acho que a presença de Diane ali na oficina, com aquele perfume inebriante para mim (eu só conhecia até então os perfumes das flores), me deixou um pouco excitado e despertou em mim um sentimento de grande solidão. A verdade é que eu sentia falta de Minga. Não era possível continuar desta forma, ela tão longe e eu sedento de seus beijos.

Fiz as contas novamente. Cem oitavas parecia um preço justo por uma escrava jovem. Eu, como fiador, teria que apresentar alguma coisa ao coronel para provar minha *bona fide*. Juntei algumas peças que havia comprado nos últimos tempos para negociar, pesei, não era muita coisa, mas dava para começar a discutir. Minga teria que abordar o coronel primeiro e fazer uma investida. Aí, eu apareceria como fiador para garantir a coartação.

Saí novamente da oficina em busca de um mensageiro para o Bom Retiro de Santa Luzia. Escrevi um bilhete para ser lido para ela, explicando tudo. Encontrei na rua da Cadeia com o meu companheiro de esnoga, João Marciano, que partiria no dia seguinte com um carregamento para o Curral del Rey, e iria pernoitar justamente na fazenda do coronel Lima. Ele ouviu atentamente minhas recomendações de manter discrição e me prometeu que o bilhete seria passado a Minga daí uns dois dias. Respirei aliviado. Agora, havia tomado uma decisão importante na minha vida, não importa o que dissessem na minha casa e na Vila do Sabará. Claro, eu tentaria manter as aparências por um longo tempo. Pensei em colocar Minga numa casinha que estava disponível no arraial de Santana, coisa simples, mas que daria muito bem para nós dois, e não chamaria muita atenção. Lá eu poderia passar longas horas com Minga, brincando no catre, como ela gostava tanto de fazer. Deus, eu não aguento mais esperar por isso.

Encontrei o Túlio, alguns dias depois da passagem dele e da francesa pela minha oficina de ourives, em frente a um copo da aguardente do Zé Pinto, sentado na frente da venda, com aquele mesmo olhar embaçado. Mau sinal.
"Que bons ventos o trazem?", disse o Túlio sorrindo. Respirei aliviado. Vi que ele ainda não havia morrido de amores.
"Túlio, preciso de seu conselho, se é que vosmicê ainda é capaz de pensar", respondi. "Como é que eu convenço um dono de lavra e senhor de terras em Santa Luzia a alforriar a minha Minga?"
"Não convence, rapaz", respondeu o Túlio com franqueza. "Ele não precisa de dinheiro. Tem que pensar uma outra forma de troca de favores."
"Oferece a ele sua recomendação para que seja admitido na Ordem do Carmo. Vosmicê tem como convencer a Mesa a aceitá-lo e ele, homem rico, vai querer fazer parte deste grupo tão seleto do Sabará, do qual nem eu, branco e rábula, faço parte."
"Túlio, seu sacripanta, vosmicê ainda é capaz de pensar, sim senhor. É uma ótima ideia, sem dúvida. Vou colocar em prática. Começarei a conversar com os irmãos hoje mesmo."
"Enquanto isso, eu fico aqui pensando como vou me vestir para a festa do Conde de Valadares."
"Que festa?", respondi surpreso. No Sabará as únicas festas que eu conhecia eram as religiosas.
"*Mademoiselle* teve a ideia de fazer um baile para marcar a passagem do governador-geral pela Vila do Sabará. Ela mandou recado para dois moços conhecidos dela em Vila Rica, Pedro e Sérgio, e eles estão vindo para tocar no baile. Já

conversamos com a Câmara, e todos estão de acordo. *Mademoiselle* está organizando tudo. Ela é maravilhosa..."

Eu não acreditei. Onde seria feito este baile? E quem iria bailar? Eu fiquei estupefato. Esta francesa era capaz de acabar com a Vila do Sabará em pouco tempo. Parecia um vulcão em atividade constante, um verdadeiro Vesúvio.

"Vosmicê, um incrédulo, deve estar se perguntando onde ela vai arranjar lugar para fazer um baile, não está?"

"De fato, estou", respondi.

"Pois bem, seu incrédulo. *Mademoiselle* pensa em tudo. A cabeça dela não para um minuto. Ela já escolheu uma casa perto do Largo das Mamoneiras, com um amplo salão na frente, que ela vai chamar de *L'Oeillet Rouge*. É lá que será realizado o baile, ao som de um cravo e uma rabeca, tocados pelos amigos dela. Segundo ela me explicou, na simbologia das flores este tal de *oeillet rouge*, que nem sei que flor é esta, é a flor do amor. Será uma *nuit magique* no Sabará, como ela diz. O Conde de Valadares vai ficar simplesmente encantado. Quem sabe até desiste de nos cobrar mais contribuições voluntárias para a metrópole", terminou o Túlio com uma risada.

"Eu agora só estou com um pequeno problema, rapaz", continuou. "*Mademoiselle* me pediu que achasse no mato uma fruta que ela chamou de *carambole*. Sei lá que fruta é essa, meu Deus do céu. Ela disse que é uma fruta *exotique* que ela conheceu em Paris, e como aqui é um lugar exótico, deve-se encontrar em alguma parte. Sabe onde?"

"Diga-me, sinceramente", retruquei, "vosmicê acha que isso aqui é um lugar exótico?"

"Convenhamos que não é nenhuma Europa", filosofou o Túlio.

"Diga a esta louca, meu amigo, que aqui só conhecemos jabuticaba, e que tem até gente que aluga o pé. Isto, sim, ela vai achar exótico", completei mal-humorado.

Na Vila do Sabará só se comentava o tal *baile* que seria realizado em homenagem ao Conde de Valadares. Concordo que esta era uma grande novidade na terra, e todas as raparigas solteiras, e mesmo as casadas, estavam alvoroçadas. Estava chegando gente de muitos arraiais e vilas, todos alojados em casas de parentes e amigos. Veio gente de longe, até do Arraial do Tijuco e do Paracatu.

A Vila de Nossa Senhora da Conceição do Sabará fervilhava de excitação. E tudo por causa de *Mademoiselle*, que aparentava estes dias uma grande indiferença pelo que estava acontecendo em torno dela ou por causa dela. Eu estava lá no Hospício da Terra Santa, atrás do padre Sarmento que me prometera uma resposta, e via chegar a toda hora um moleque trazendo pedidos e consultas para *mademusela*, como diziam, que havia se tornado, de repente, uma personalidade local. Eu não conseguia entender. Como esta louca havia, tão rapidamente, se imposto à sociedade do Sabará? Uma mulher. Eu não conseguia entender, mas – confesso – sentia um pouco de inveja do Túlio, o tempo todo para lá e para cá, a serviço dela. Tinha virado uma espécie de pajem, de áulico, de abre-portas. Coitado do meu amigo.

"Vosmicê sabia que *Mademoiselle* já está ensinando um grupo de crianças a cantar em coro, formando uma espécie de grupo coral, na capela de Santa Rita?", disse-me o Túlio dia destes. Eu nem sabia o que era um grupo coral, ele teve que me explicar. A primeira música que estavam aprendendo era muito conhecida no norte de Portugal, sugestão de Maria Gertrudes, e a letra é assim:

"Alecrim, Alecrim dourado
Que nasceu no campo
Sem ser semeado
Alecrim, Alecrim dourado
Que nasceu no campo
Sem ser semeado

Foi meu amor
Que me disse assim

Que a flor do campo é o alecrim
Foi meu amor
Que me disse assim
Que a flor do campo é o alecrim."

"Já assegurei sua pessoa, meu rapaz, na lista de convidados para o baile", disse-me o Túlio. "O número de convites é limitado, o espaço não é muito grande, e o Senado da Câmara quer que apenas as pessoas mais representativas da Vila estejam presentes. Está havendo uma verdadeira briga por convites. Mas o seu e o meu estão assegurados. Na cota de *Mademoiselle*, naturalmente."

Fiquei com o rosto um pouco afogueado, ainda bem que o Túlio não notou. Então Diane d'Anjour havia se lembrado de me incluir na lista de seus convidados? Ela parecia que nem me notava. Não me lembro dela ter me dirigido, diretamente, a palavra nem uma vez. O que tinha me evitado o embaraço de dizer que eu não sabia falar francês. Seria muito desagradável ter que conversar usando a aia como intermediária, coisa que o idiota do Túlio não se importava nem um pouco. Eu preferia falar baixinho com Minga, e dizer todas aquelas bobagens que ela entendia muito bem, e ria sem parar de puro gozo.

Agora eu precisava arranjar uma fatiota adequada para a ocasião. Eu não tinha nada que não fosse para o uso diário, teria que arrumar emprestado com alguém mais ou menos com o mesmo corpo que eu. Repassei mentalmente os meus companheiros da esnoga e não identifiquei ninguém que pudesse me emprestar. Mais uma vez lembrei-me do Móti, cujo filho estava estudando medicina na Europa e tinha uma altura parecida com a minha, talvez tivesse deixado alguma roupa aqui. Eles eram frequentadores das festas da Vila, coisa que eu não era. Foi pura sorte. A senhora dona Albertha, mulher do Móti, abriu um armário e me mostrou um conjunto completo. Perfeito, assim eu pareceria um nobre da corte portuguesa.

A chegada do Conde de Valadares à Vila do Sabará foi cercada de grande pompa, como sempre acontecia nestas ocasiões. Não era a primeira vez que dom José Luís Castelo Branco e Abranches nos visitava. Desta feita, o motivo era meio desagradável, mas fazia parte de suas atribuições. O Senado da Câmara do Sabará, todo formado por leais súditos da Coroa, já estava predisposto – mais uma vez – a concordar com novo pedido de contribuição para continuar a reconstrução de Lisboa. Quem não estava achando muita graça éramos nós, também leais súditos, que deveríamos retirar parte de nossa renda declinante para encher os cofres da metrópole. Havia muita gente descontente, inclusive portugueses de nascimento que aqui viviam e trabalhavam. O padre Correia não escondia sua insatisfação com o Marquês de Pombal, e vivia lamentando a expulsão dos jesuítas, responsáveis em grande parte pelos estudos dos filhos das classes mais abastadas da colônia. Mas, como bem atestava a presença do padre Sarmento ali mesmo no Sabará, nós sabíamos que muitos jesuítas faziam pouco desta expulsão, e continuavam em suas missões pelo interior como se nada houvesse acontecido.

O baile que Diane d'Anjour havia sugerido à Câmara, e esta aceitou de bom grado, será realizado esta noite, dia da chegada do Conde. Este está hospedado, com todas as honras, num casarão da rua do Fogo, e irá a pé até o local escolhido para a festa, acompanhado de uma comitiva e uma guarda de honra. Eu comecei a me preparar cedo, não tenho muita prática nestas ocasiões, não sou muito de ir a festas. Só vou às promovidas pela Matriz e pela Ordem do Carmo.

Sabará respirava um ar de encantamento. As sacadas das casas foram enfeitadas com toalhas bordadas e algumas com tapetes arraiolos. Escravos varriam as ruelas e becos, para que o Conde não tivesse o dissabor de pisar em sujeira. Eu pensei que a francesa tinha tido realmente uma boa ideia. Deveríamos fazer mais vezes este tipo de festa. Era hora de sermos um pouco mais alegres e mais limpos.

A casa escolhida para o local do baile, que Diane chamou de *Cravo Vermelho* (foi Maria Gertrudes quem traduziu para mim aquele nome impronunciável) estava toda iluminada com lanternas e lampiões. Era um bonito espetáculo. As senhoras e senhoritas da Vila estavam com seus melhores vestidos e joias. Os jovens músicos de Vila Rica, os irmãos Pedro e Sérgio, já tocavam algumas músicas do repertório deles quando cheguei, e estavam todos extasiados ao som do cravo e rabeca. A música era uma valsa vienense, segundo me disseram. De repente, parecia que estávamos na Europa.

Quando *Mademoiselle* chegou, acompanhada de seu par constante, o Túlio naturalmente, ouviu-se um murmúrio entre os convidados. Ela estava exuberante. Entrou como se estivesse no próprio Palácio de Versailles. Todos os homens presentes ficaram com uma certa inveja do Túlio. Ela entrou, cumprimentou com um ligeiro movimento de cabeça as senhoras presentes, murmurou um *bon soir* e foi logo falar com os músicos para pedir que tocassem alguma coisa na chegada do Conde. De fato, quando este entrou no salão do *Cravo Vermelho* eles começaram a tocar uma velha canção do Minho, que alguém havia dito que era muito do seu agrado. O Conde sorriu em aprovação.

A sociedade de Sabará havia marcado um ponto, graças a Diane d'Anjour.

7

Dona Amélia voltou da recepção para o Conde de Valadares indignada. Ninguém prestara a menor atenção em sua roupa, em suas luvas imaculadas, em seus sapatos de cetim bordado a ouro, que ela só calçou momentos antes de entrar na casa do baile, e descalçou nem bem desceu as escadas na saída, com os pés em brasa. Isto vinha se juntar a várias amarguras dos últimos dias.

Ela já havia dito ao senhor José Teles, o qual nestas horas adotava um resignado ar de monge em dias de quaresma, que eles estavam perdendo prestígio na Vila, era notório, todo mundo podia perceber isto. Dona Fafá sabia dos acontecimentos antes dela, para não mencionar a Belinha, grande amiga que fazia de propósito, sabia de tudo e só muito de repente deixava escapar alguma coisa. Até a dona Efigênia, mais preocupada com o catecismo na igreja Grande do que com o falatório das mulheres, sabia das coisas. E ela, dona Amélia, onde ficava? Fazendo quitandas aos sábados, enquanto o senhor José Teles, todo lampeiro, arranjava sempre alguma caçada com os amigos na Serra da Piedade. Isto não estava certo. Alguma coisa tinha que mudar.

O Conde de Valadares sequer lhe dirigiu a palavra a noite toda. Nem naquele momento crucial em que ela, ao tentar apanhar um cálice de vinho do Porto, esbarrara no braço dele. Um cavalheiro da corte, um homem fino como aquele, um nobre, teria que lhe fazer uma mesura que fosse, e pedir desculpas. Não, o Conde de Valadares nem se voltara, preocupado que estava na conversa com os áulicos da Câmara. E ela dona Amélia, desconcertada, teve que desistir do vinho e fingiu olhar pela janela para disfarçar.

Ó infelizes, estes com os quais o Conde entretinha a sua noite. Não sabiam, então, que as outras pessoas gostariam de trocar umas palavrinhas com ele? Perguntar como estava o Rio de Janeiro. Como andava a recuperação interminável de Lisboa, uma típica obra pública consumindo toda a riqueza do reino e enriquecendo os bolsos dos empreiteiros. Como está passando a senhora sua mãe, já que ele ainda é solteiro. Nada pôde ser perguntado, porque ora eram aqueles senhores importantes do Sabará, que se julgavam mais importantes que os outros, ora era aquela francesa assanhada – como é mesmo o nome dela? - a dizer palavras em francês que ninguém entende, mas capazes de tirar boas gargalhadas do senhor Conde. E aquele paspalho do doutor Túlio? Um simples rábula, que agora parecia um mordomo de sua majestade o rei de França, a abrir portas para a francesa, a puxar cadeiras para ela se sentar, e um eterno sorriso de demente no rosto.

"Ah, minha Nossa Senhora Desatadora dos Nós me ajude. E o senhor José Teles, que deveria ficar ao meu lado, dando-me o maior apoio, não parava de cochichar no canto com o padre Correia, logo com quem, ou então com o Ouvidor-Geral, aquele fanfarrão. Meu Deus, Nossa Senhora da Conceição, Nossa Senhora do Monte Carmelo, que coisa horrível está se passando comigo? Estou me sentindo péssima."

"Vou passar uma semana sem falar com o Zé, de cara amarrada. Ele vai ver. Vou para casa de mamãe em Santa Bárbara e largo ele sozinho aqui, ele vai ver. Vou dar de chicote na primeira escrava que me fizer um atrevimento hoje."

E assim ruminava, com fel na boca, dona Amélia no dia seguinte à festa, despeitada e sentindo-se enjeitada. As festas no Sabará eram assim mesmo. Eram poucas, muito poucas ao longo do ano, e davam muita margem a disse me disse. Se uma rapariga falasse um pouco mais com um rapaz, ou se desaparecesse das vistas da mãe, era um descalabro. Uma sociedade rígida, pouco afeita aos relacionamentos sociais. Vida dura, voltada para o trabalho e para a Igreja. Mas nem por isso dona Amélia podia perdoar seu aparente abandono. Não poderia aceitar ser passada para trás, que é como ela estava se sentindo hoje. Ela sabia o que precisava ser feito, e já. Foi atrás de Ofélia no quintal.

"Ofélia, minha nega, volta lá no Arraial da Esperança, e pergunta para mãe Antônia se ela já pode me dizer alguma coisa. E toma aqui este saquinho, esconde no peito, e entrega para ela. Só para ela. Em mãos. É o pagamento do serviço."

Ofélia saiu correndo pelo mato, para apanhar a trilha margeando o Rio Sabará. Sabia perfeitamente da importância de suas missões a serviço de siá Amélia, e não perdia tempo.

Voltou à noitinha, esbaforida.

"Siá dona Amélia, trago muitas *novisdade*".

"É novidade que se fala, menina. Deus do céu, a gente vive ensinando e parece que não adianta. Diz logo o que foi que ela mandou dizer."

"Não posso falá aqui não, sinhá. Tem muita gente", sussurrou Ofélia. Dona Amélia olhou ao redor e concordou. Tinha muita gente. Então passaram a uma alcova, um quarto interno sem janela, muito apropriado para conversas particulares.

"Mãe Antônia mandou dizer pra sinhá que já sabe quem sumiu com a imagem. Foi o padre."

Dona Amélia esbugalhou os olhos. Aquilo era muito sério. Pegou Ofélia pelo braço, e disse energicamente para a menina: "Mas como um padre? Todo mundo enlouqueceu? Se for isso mesmo, esquece o que ouviu, entendeu Ofélia? Você não escutou nada disso, nem mãe Antônia disse nada parecido. Entendeu?".

Ofélia fez que sim, sacudindo a cabeça.

"*Quéde* meu saquinho de ouro?", disse dona Amélia, e fez assim com a mão esperando as oitavas de volta.

"Uai, sinhá, vosmicê não disse pra entregá para ela?", respondeu assustada a menina.

"Isto se ela tivesse a resposta para minhas perguntas, Ofélia, e o que ela te disse é um disparate tão grande que não merece pagamento nenhum. Volta lá amanhã e traz de volta minhas oitavas de ouro. Entendeu, Ofélia?"

Enquanto a menina se afastava, aturdida, dona Amélia sentou-se. Suas mãos tremiam. Porque, de repente, ela se deu conta que estava entrando numa grande enrascada, e seu propósito tinha sido apenas ajudar na missão que o senhor José Teles havia recebido da Ordem. Longe dela arrumar alguma confusão por se meter com a mãe Antônia, coisa aliás que ninguém iria entender, e um grande perigo a que ela estava se expondo. O Santo Oficio ainda estava bem ativo no reino de Portugal para assuntos de bruxaria, e o bispo de Mariana era implacável com desvios na conduta religiosa de seu rebanho. O clero é inatacável. Claro, se fosse pessoa de posses sempre haveria campo para negociação.

Ela nem bem tinha passado o lencinho umedecido pela fronte, quando Ofélia voltou com cara ressabiada.

"Tem mais coisa, sinhá", ela disse tímida.

"Mais coisa ainda, Ofélia? Eu não disse para vosmicê esquecer, menina?", respondeu espantada dona Amélia. "Meu Deus, Santa Rita me proteja. Diga então aqui baixinho, Ofélia."

"Ela disse para vosmicê *prucurá* um tal de Sarreipa".

"Mas que Sarreipa é este, Ofélia? E o que ele tem a ver com este assunto?" indagou dona Amélia, meio afobada. Agora aparecia um outro nome. Esta mãe Antônia devia ter ficado louca, pensou dona Amélia, já completamente arrependida de sua ideia de pedir ajuda lá do arraial da Esperança.

"Ela num explicou não, sinhá. Só disse assim."

"Tá bem, Ofélia, chega, pode ir. Olha o que eu te falei. Bico calado, ou então mando cortar sua língua. E amanhã eu te digo se precisa mesmo voltar lá para apanhar as oitavas. Entendeu?"

Dona Amélia precisava, urgentemente, de um copo de água da bilha. A garganta estava seca. Precisava pensar, ou conversar com Belinha. Como falar deste assunto com uma faladeira daquelas, sem correr o risco de se envolver numa confusão ainda maior? Agora, ela estava com receio da reação do senhor José Teles. Embora não acreditasse na visão de mãe Antônia, só o nome envolvido já era muito perigoso. E o Teles não perdoaria se ficasse sabendo que sua mulher, tão religiosa, tinha ido aconselhar-se com uma forra, envolvida com sabe-se lá o que da África.

"Meu Deus do Céu, o quê que eu vou fazer? Já sei", pensou dona Amélia. "Eu vou lá no arraial da Esperança procurar esta mãe Antônia e passar tudo isso em pratos limpos. Não quero mais intermediária neste assunto. Ofélia é boa menina, mas é muito sassafrás. Vai ver que ela entendeu tudo errado, e eu aqui agoniada." Dona Amélia passou, mais uma vez, o lencinho pela fronte que porejava.

"Meu Deus, que coisa. Onde eu estava com a cabeça de procurar a mãe Antônia?"

Os pensamentos vinham em turbilhão à cabeça de dona Amélia. E era um assunto tão delicado que ela não tinha, realmente, com quem trocar uma palavra. Mas ela estava resolvida. Amanhã daria uma desculpa qualquer para o Teles e iria falar com mãe Antônia lá mesmo onde ela morava, arriscando-se a outro escândalo. Mas agora a coisa ficou séria. E ainda por cima havia custado cinco oitavas de ouro.

Dona Amélia, com grande esforço, chegou à casa de mãe Antônia.

"Até que é uma casinha ajeitada", pensou enquanto avaliava os arredores. Não queria testemunhas outras, além da fiel Ofélia e de um escravo que viera acompanhando as duas. Dona Amélia foi direto ao ponto.

"Que história é essa que a menina aqui me contou?"

"Para vosmicê ter vindo até a casa da nega é porque vosmicê ficou preocupada", respondeu mãe Antônia, continuando a mexer e remexer um grande tacho.

"E não era para ficar?", respondeu dona Amélia, baixando o tom de voz. "Me explica direitinho o que é isto".

"Vosmicê pediu para indagar dos *home* quem tinha sumido com a imagem da igreja do Carmo, não foi? A resposta que veio é que foi um padre. Não *pricisa* ele ter roubado.

Pode ter guardado e esquecido. Eles me disseram um outro nome, num entendi direito, um tal de Sarreipa, não sei quem é, preto daqui do arraial não é. Este Sarreipa também está envolvido no sumiço. Vosmicê tem que descubrir primeiro quem é este *home*, para despois entender tudo", continuou calmamente mãe Antônia. Dona Amélia ficou sem voz. Meu Deus do Céu. Como é que ela ia se arranjar agora?

"Tem alguma coisa mais para me dizer?" indagou olhando fixamente para mãe Antônia, e já desesperada para sair daquele lugar.

"Tem só mais uma coisinha que os *home* disseram. Esta imagem é poderosa. Tem que fazê ela aparecê."

Dona Amélia nem pensou em cobrar as oitavas de ouro. Estava vermelha, porejando pela fronte, sabedora que agora ela tinha uma grande novidade nas mãos. O pior é que não poderia contar para ninguém. Ai que raiva. Nem para Belinha. O senhor José Teles tinha sido bem claro. Nem para os ouvidos do Ouvidor-Geral, o que era um verdadeiro absurdo, tratando-se de um furto.

"Mãe Antônia, não comenta com ninguém que eu estive aqui e esquece o que me falou. Isto agora está me parecendo muito arriscado. Este povo de Igreja pode tudo. Muito facilmente vosmicê cai nas malhas da Inquisição como calunduzeira. Lembra do que aconteceu com Luzia Pinta, acabou sendo desterrada para o Alentejo. Olha lá. *Prest'enção* no que estou dizendo para vosmicê. Esquece tudo."

Dito isso, a grande senhora, descendente há não sei quantas gerações dos Serristori de Florença, e de uma certa dona Antônia, medideira do pão no Terreiro do Trigo em Lisboa, voltou rapidamente para Tapanhoacanga disposta a reunir todas as tropas disponíveis para este grande embate, como se fosse a própria generala Fernanda. No caminho, tomou uma decisão drástica. Vou convocar as minhas amigas. Não havia mais porque esconder alguma coisa delas, pelo contrário, ela iria precisar do apoio de todas e de mais quem fosse simpática à sua causa. "*À la guerre!*", bradou intimamente.

Mas *guerre* contra quem? É, de fato, dona Amélia tinha muito pouca coisa nas mãos, e mesmo assim de fonte muito duvidosa. Não poderia dizer, assim abertamente, que havia procurado se aconselhar com uma forra vidente. Teria que procurar, em seguida, o padre Tirrino para confessar-se. As suas amigas ficariam escandalizadas. O Teles armaria uma tempestade. Não, definitivamente não, ela teria que arranjar outra saída.

Que padre poderia ter dado um sumiço na imagem? Coitado do São José de Botas. Traído pelo próprio clero. Seria algum frade despeitado pela construção da igreja do Carmo? Seria alguém do bispado de Mariana que teria apanhado emprestado e esqueceu-se de deixar registrado? Ou será algum revoltado contra o Vigário-Geral? Muitas conjecturas na cabeça de dona Amélia, e poucas respostas. Ela precisava de ajuda e a primeira providência era mesmo convocar as amigas para uma reunião, logo depois da novena. Despachou Ofélia para esta missão imediatamente. Todas estavam convocadas para se reunirem na casa de dona Juju, ali mesmo em frente à Matriz. Dona Juju, sempre prestativa, não se furtaria em servir um pão de queijo com um cafezinho para o grupo. E, para arrematar, este senhor Sarreipa de quem nunca ouvira falar. Seria este o nome do suposto padre? Belinha, sabedora da vida de todo mundo na Vila do Sabará, haveria de dizer de quem se tratava.

Dona Amélia mal teve tempo de passar um pozinho no rosto, apanhar sua sombrinha, e correr para a igreja Matriz, onde já havia começado o terceiro dia da novena de Nossa Senhora da Conceição. No momento em que se ajoelhou ao lado de dona Belinha era cantado *Veni Sancte Spiritus*.

Terminadas as orações, saíram todas em direção à casa de dona Juju, um lindo casarão quase em frente à igreja de Nossa Senhora da Conceição, com jabuticabeiras frondosas no quintal. Como gosta de dizer dona Belinha, uma Maria da Conceição só poderia morar mesmo em frente à igreja da Conceição. Era preciso ir direto ao ponto, pensava dona Amélia, não tergiversar. E foi o que fez, nem bem começaram a tomar uma xicrinha de café.

"Alguma das senhoras conhece um homem cujo nome ou sobrenome seja Sarreipa?"

Houve um momento de estupefação. Primeiro, senhoras brancas, bem casadas, representantes do melhor que a sociedade sabarense poderia oferecer, não deveriam conhecer um homem como dona Amélia havia dito. Em segundo, o que teria dado naquela distinta senhora tão amiga de todas para fazer tal pergunta, logo em seguida à novena de Nossa Senhora. Ninguém entendeu nada.

"Gente, deixemos de entretantos", atalhou dona Amélia, entre o colérico e o impaciente, "este homem não precisa ser conhecido íntimo das senhoras, até porque eu nem perguntaria desta forma, em público. Refiro-me a algum minerador, escravo, comerciante, militar, que vosmicês tenham ouvido falar do nome, pelo menos."

Continuava o ar de surpresa, agora já temperado pela feminina curiosidade, no semblante das senhoras da novena. Foi dona Efigênia quem rompeu o silêncio:

"Uma vez ouvi minha finada mãe dizer que lá na Campanha do Rio Verde havia um senhor muito bem quisto, merecedor de toda a consideração, que vendia uma coisa de madeira, com uns arames, usado para tecer, que havia sido trazido da Europa..." e aí foi interrompida por uma dona Amélia quase chegando ao desespero.

"Dona Efigênia, por favor, eu queria saber de alguém aqui mesmo no Sabará."

Dona Belinha, como sempre, foi além. "Vosmicê poderia explicar melhor esta história e este interesse súbito em um cavalheiro com nome tão estranho? Eu tenho para mim que se alguém tivesse escutado este nome em sua vida, não esqueceria nunca."

Rompido este primeiro momento de surpresa, as senhoras começaram a falar entre si sem parar. Foi preciso dona Amélia retomar a condução dos trabalhos.

"Eu vou então explicar, mas não façam perguntas difíceis, porque não sei se poderei dizer tudo direitinho, coisas que possivelmente eu nem saiba. Como vosmicês têm conhecimento o senhor José Teles, que já foi prior do Carmo, faço questão de frisar, recebeu uma incumbência muito estranha da Ordem, incumbência que não era para dizer para ninguém, e ele só falou para mim porque eu insisti, e só estou falando aqui porque preciso muito da ajuda das minhas amigas. Desapareceu do Carmo uma imagem de São José, aparentemente sem maior importância, que estava guardada na sacristia, esperando terminar as obras do altar-mor. Imagem sem importância, mas que deixou o padre-comissário e o irmão-tesoureiro na maior agonia, ninguém sabe o porquê. Eu fiquei muito desconfiada do Zé ter sido apontado para apurar este caso. Pareceu-me que alguém estava mal intencionado para o lado dele. Ele nem é o mais novo nem o menos importante dos membros da Mesa da Ordem, então por que ele para desvendar este sumiço? E tem mais. Que importância tem esta imagem, de madeira, para alguém se preocupar com ela? Eu vou ser muito sincera. Levei um choque quando a dona Belinha aqui me contou que haviam furtado uma imagem da igreja do Carmo. Não era para ninguém saber, e metade do Sabará já sabia, sem ofensa, Belinha."

As senhoras continuavam atentas, nem piscavam.

"Então, uma negrinha lá de casa me apareceu com o nome de uma pessoa desconhecida, que poderia ter relação com o caso. Eu nem comentei com o Zé, não quero que ele saiba que estou me metendo nos assuntos dele. A Ofélia, vosmicês conhecem bem, me disse este nome Sarreipa. Como os negros sabem muita coisa, e conversam entre eles muitas vezes numa linguagem que a gente não entende, fiquei cismada com isto e estou perguntando a vosmicês", arrematou dona Amélia, visivelmente aliviada.

Foi dona Belinha novamente quem tomou a iniciativa.

"Dona Amélia, pode deixar. Vamos começar a investigar este tal de Sarreipa. Dona Fafá conta com uns informantes muito bons no Arraial da Barra, gente de confiança, eu tenho aqui umas pessoas que me dizem as coisas, dona Juju pode sondar lá no armazém do seu Antônio, dona Mulce pode saber alguma coisa daquele povo do Hospício da Terra Santa, nós vamos acabar descobrindo."

Dona Amélia pôde, enfim, respirar aliviada. Havia revelado muito pouco do que sabia, conseguiu não mencionar sua fonte e também ninguém perguntou. O exército das senhoras boas do Sabará estava pronto para *la guerre*. Ainda restava deslindar a questão do padre, se é que tinha algum fundamento a visão de mãe Antônia. Para isso, dona Amélia, resoluta, tinha outra coisa em mente. Ela também pretendia fazer suas próprias apurações. Iria procurar tio padre Carlos, um venerando eclesiástico, com passagem pela Serra do Caraça, que haveria de conhecer muito bem os padres da Comarca do Sabará. Mas era preciso falar urgentemente com o Zé, saber se ele havia descoberto outras coisas, em suas andanças e suas conversinhas ao pé do ouvido com o padre Correia.

O senhor José Teles, homem sábio, assumiu um ar resignado, assim que dona Amélia desandou a falar sem parar. O que será que tinha dado naquela mulher? Não bastavam as notícias de desaparecimento de mantimentos, que vira e mexe dona Amélia vinha segredar ao seu ouvido? Agora, ela estava também interessada nos fatos da Vila, quem tinha chegado, quem tinha sumido, parecia um arauto do rei.

Dona Amélia não conseguiria arrancar muita coisa do Teles. O homem parecia um túmulo. Disseram para não comentar com ninguém, e ele não queria falar nem com ela. Que absurdo. Mas, de repente, ele deixou escapar alguma coisa.

"Hoje recebi notícia lá do Rio das Mortes. Sabe aquela imagem que sumiu da igreja do Carmo? Ela não foi feita lá em São José, como todos aqui supunham. Aquela imagem veio do Rio de Janeiro, trazida por um comerciante chamado Manoel de Paredes da Costa. Mandei apurar pelo Clemente. Esta imagem foi comprada por alguém da Vila de Nazaré, um reinol de nome Custódio José Dias, que a vendeu a um irmão do Carmo a pedido deste, que fez a doação para a nossa Ordem aqui do Sabará. Pouco se sabe desta imagem. Nem se sabe porque razão ela foi escolhida para ser doada, já que não há nenhuma ligação direta desta devoção com os Carmelitas. Devoção a São José quem tinha era minha santa mãe. Os Carmelitas são devotos do profeta Elias, Santo Alberto e São Simão Stock."

Dona Amélia ouvia embevecida. Até que enfim o homem resolvera falar. E como falava bonito. Precisava ouvir os discursos que ele fazia no Senado da Câmara, geralmente em homenagem a alguma data festiva ou ao nascimento de um príncipe real.

Foi aí que ela resolveu arriscar e se meter no assunto, já antevendo a reação do marido. Os homens não gostam que as mulheres se metam nos assuntos deles.

"Mas, seu Zé, qual o interesse de alguém em fazer desaparecer esta imagem?"

O senhor José Teles então olhou para ela com surpresa. Dona Amélia havia levantado um ponto que ele não havia pensado. E se a imagem foi desaparecida, por assim dizer? Até então estavam todos investigando a hipótese de roubo. E se a imagem não foi mesmo roubada? Dona Amélia, em sua santa inocência, pensava ele, tinha descoberto uma nova vertente para o problema. Ele sorriu, carinhosamente.

"Dona Amélia, eu preciso descobrir mais coisa sobre esta imagem. Ela não deve ser o que parece ser. E aí pode estar a chave deste nosso pequeno mistério. A minha escolha para investigar, já que eu sou tido como um homem probo no Sabará, pode ter sido para despistar, para alguém ter certeza que eu não iria chegar a lugar nenhum. Mas, olha, continua de boca calada. Deixa comigo que eu sei muito bem como tratar estes assuntos."

Dona Amélia fingiu que não se importava mesmo, deu mais um ponto na toalha bordada que fazia para passar o tempo, e olhou para cima, invocando a proteção de todos santos e anjos do Céu.

8

"Não, tu não és um sonho, és a existência
Tens carne, tens fadiga e tens pudor
No calmo peito teu. Tu és a estrela
Sem nome, és a morada, és a cantiga
Do amor, és luz, és lírio, namorada!"
(do poema Cântico, de Vinícius de Moraes)

Devo confessar aqui uma coisa, confiando em sua discrição. A Minga me enlouquece. Sério, me enlouquece mesmo. Das maneiras mais variadas possíveis, a que ela se dedica com requintes de crueldade, esta menina escrava mais livre que estas terras já viram.

A mesma coisa, suponho, que deva estar acontecendo agora com o meu amigo Túlio, em relação à francesa. Com uma diferença. A Minga tem um rebolar de ancas, um gingado, um ar malicioso, um cheiro de fruta doce do mato, uma coisa assim que veio da África, que a francesa não tem. Quando a Minga tira a roupa, nas noites em que estou com ela, eu tremo todo, em puro êxtase, e me esqueço rapidamente do sofrimento que ela me impõe, numa inversão do relacionamento entre branco e escrava. E quando diz sussurrando "Vem aqui, meu sinhô, me possui só agora", eu quase morro.

Minga parece não ter compromisso com nada. Nem com seu povo, nem com seus irmãos, muito menos com o senhor. Nem comigo, lamento dizer isso. Nunca conheceu outra vida aqui nas Minas, que não fosse a de escrava. Mas ela tem o espírito tão livre como a onça ou como o gavião da floresta. Ela tem uma altivez e um olhar desafiador, que me fazem baixar os olhos muitas vezes. Minga, vosmicê me enlouquece. Ela nasceu para ser senhora. É isso mesmo. Que as brancas aqui da Vila Real não me ouçam. Minga nasceu para ser senhora, cercada de escravas, que vão atender aos seus mínimos caprichos. E para ter um pobre homem aos seus pés, que sou eu mesmo, mendigando um olhar e uma carícia.

Pois não é que, imerso em minhas fantasias, vejo de repente, aqui mesmo na Vila Real de Nossa Senhora da Conceição, ela, Minga, subindo a Ladeira das Mercês, com aquele caminhar de gata do mato, e dando a mão para um menino louro? Quase gritei de alegria. Eu que a supunha tão longe, lá nas terras do coronel Domiciano Lima, lidando com as tarefas da casa, e no meio daquele povo todo, daqueles escravos dispostos a fugir para um quilombo qualquer. Ao mesmo tempo fiquei frustrado. Ela não me avisou que estava chegando, a sem graça. Quando me viu, abriu aquele largo sorriso que me desarma logo, o peito arfando de tanta emoção, pude perceber. Ou seria de cansaço da subida da ladeira?

"Que bom ver vosmicê, meu sinhô, já assim de manhã", disse ela.

"Que bom ver vosmicê também, Minga" respondi sem esconder meu desapontamento.

"Chegamos ontem à noite à Vila, vim arrumar a casa da filha do coroné Lima, que é logo ali em cima, bem perto do Hospício. Já pensava como ia mandar um recado pro meu sinhô", tratou logo de amenizar a situação.

"Minga, precisamos conversar muito sobre aquele assunto, o da alforria. Tenho tudo arranjado, só precisamos convencer o senhor Domiciano Lima. Mas como pretendo ir até ele com o rábula Túlio, acho que não teremos muitas dificuldades."

"Sei não, meu sinhô. As coisas estão diferentes", disse ela enigmática e eu fiquei sem entender coisa alguma. Para mudar de assunto, indaguei quem era o menino.

"Este é o Bento", respondeu Minga sorridente. "Ele é neto do coroné Lima e dum pessoá que mora aqui na Barra", acrescentou.

"E onde vão tão cedo? Eu queria falar com vosmicê, Minga. Vosmicê parece que me esqueceu..."

"Quê isso, meu sinhô, Minga não esquece de coisa boa", falou e deu uma risada.

"Eu vô levá Bento para ter aula de música com uma sinhá dona que fala esquisito lá no Hospício da Terra Santa."

Pronto, pensei logo, a louca já arranjou aluno para patrocinar sua estadia no Sabará. Deve ser o tal grupo coral da capela de Santa Rita que ela cismou de criar. Ai, meu Deus, meu São Geraldo, coral aqui no Sabará? Aqui é lugar de trabalho duro, estes meninos deviam estar sendo ensinados a plantar e a colher, isto sim. Até o velho Borba Gato parou de fazer andança pelo sertão e fez umas roças de milho. Todo mundo tem que comer. E vamos comer o quê daqui a pouco? Ouro em pó?

Bento, que até então estivera calado, apenas olhando com olhar penetrante dentro dos meus olhos, perguntou de supetão: "Vosmicê é dono da Minga?". Aquela pergunta me soou tão bem, foi lá fundo no meu coração, embora eu soubesse que nosso destino seria apenas o concubinato. Branco não casa com escrava, perante a lei. Este menino, sim senhor, enxerga longe. Ser dono da Minga era tudo o que eu queria naquele momento, deixaria meus afazeres para lá, a família Miranda e seus preconceitos, esqueceria de tudo que me perturba neste instante, e ficaria deitado com Minga o dia inteiro no catre.

Bento continuava me olhando firme, e eu percebi que devia uma resposta ao menino.

"Não, seu Bento, sou apenas conhecido da Minga."

E o menino sapecou em seguida: "Ainda bem, porque eu quero que ela fique comigo muito tempo."

Mas será possível, por Santo Elias, até este menino já quer me tirar a Minga? Será que não chega o avô, que vive arrastando asa para ela? Achei melhor tranquilizar o jovem cantor, antes que ele envenenasse a família do coronel Domiciano Lima contra mim, um pobre ourives do Sabará.

"Pode ficar tranquilo, meu jovem", respondi, desviando o olhar para não dizer tudo que se passava dentro do meu íntimo. Aquele menino parecia ler os nossos pensamentos. Ele me encarava como se me conhecesse de outra vida. Meu Deus, que coisa estranha.

Resolvi acompanhar os dois até o Hospício. Correria até o risco de encontrar Diane d'Anjour só para ficar perto de Minga alguns instantes. Caminhei um passo à frente, para manter as aparências. Sou branco, irmão do Carmo, e não posso ficar dando estas liberdades para uma escrava assim, sem mais essa nem aquela. Minha vontade mesmo era de carregá-la no colo, apalpando aquela carne dura e deliciosa. Vou aproveitar a ocasião e falar novamente com padre Sarmento. Ele me deve uma resposta, e disso pode depender o meu futuro com Minga, pensei eu, cheio das ilusões.

A mestra Diane já esperava o jovem Bento na porta. Acho que ele estava um pouco atrasado, porque ela foi logo dizendo *hâtez-vous!*

Dentro de uma sala, na parte de baixo do prédio do Hospício, algumas crianças já entoavam uma espécie de hino sacro. Dava para se ouvir perfeitamente. Diane, sem demonstrar que notava a minha presença mais uma vez, apenas tirou uma linha em Minga, para usar uma expressão da minha mãe, como a avaliar o material da terra. E Minga não se deixou intimidar. Devolveu o olhar, fixando-se nas curvas da cintura e no busto, como a dizer "cresça e apareça". Eu sorri, intimamente. Esta Vila teria que respeitar Minga de qualquer jeito.

Enquanto isso, um instrumento que depois vim a saber tratar-se daquele cravo, começou a tocar a *Sonata nº 2 Sabará*, segundo me disseram. Linda música. Era preciso reconhecer, eu tinha que admitir isso. A louca estava civilizando a nossa terra. Olhei por uma fresta e vi umas dez crianças sentadas no chão, escutando a música embevecidas.

Puxei Minga pelo braço, com delicadeza, e levei-a para trás de um arbusto. Ali, longe dos olhares intrometidos, pude beijar aqueles lábios suculentos. Que saudades da minha Minga, meu Deus. Ela se deixou levar, suavemente, encantada com as minhas carícias.

"Minga, precisamos resolver esta nossa situação. Eu quero que vosmicê venha morar numa casa comigo, até já mais ou menos apalavrei com o dono, é num arraial pertinho, vosmicê vai ter a sua casa, vai ser dona do seu nariz", falei baixinho.

"Mas eu já sou dona, meu sinhozinho. Pelo menos, do meu nariz eu sou dona, sim sinhô", respondeu Minga, ainda de olhos fechados.

Ai, meu Deus, eu acabo com esta menina, e este ar insolente que ela tem. É isto que mais me atrai nela. Este ar de princesa africana.

"Minga, vosmicê pode vir a ser uma forra, eu vou ser seu fiador. Vamos falar com o coronel Domiciano Lima, vamos resolver esta situação logo. Eu preciso de vosmicê ao meu lado."

"Vosmicê acha que os branco vão aceitar vosmicê com uma mulata?"

"Que brancos, Minga? Os irmãos do Carmo, a minha família, o povo da Barra? Não será a primeira vez, nem a última, que um branco no Sabará dá preferência a uma parda. Tem branco aí que tem filhos com brancas e negras, e ninguém diz nada. As regras aqui são meio flexíveis. Nós estamos muito longe da corte de Lisboa, e ouço dizer que mesmo lá há muita promiscuidade, se vosmicê me entende. E também na corte da França, terra desta branquela aí, segundo me disse o Túlio. Lá é muito pior. Os senhores têm filhos com todas as raparigas que moram nos castelos, sejam servas ou não. Eu só quero vosmicê, Minga. Só isso. Quem poderá ser contra? Eu só vejo uma pessoa que pode atrapalhar, e é aquele velho filho da puta."

"Num fala assim, meu sinhô. O sinhô parece tão amigo do coroné Lima."

"Isto era até eu perceber que ele se colocou como meu possível concorrente."

"Mas, meu sinhô, o meu coração não está à venda. Eu sou escrava de corpo, porque nasci assim. Minha mãe era escrava vinda da África. Meu pai, não. Mas o coração é só meu. Eu dou para quem eu quiser."

Aquelas palavras, ditas de forma simples, e com grande altivez, aumentaram minha admiração por Minga. Ela estava certa. Meu relacionamento com o coronel de Santa Luzia haveria de continuar da mesma forma. Puramente comercial. Não vou deixar que a emoção tome conta da minha mente. Vou propor um negócio ao coronel e espero que ele veja da mesma forma. Estou cada vez mais decidido a fazer isto. Só preciso contar com o auxílio do Túlio, que é versado nestas coisas de alforria e contratos.

Larguei Minga por uns instantes e fui sondar se o padre Sarmento estava por ali. Ele andava meio sumido, mas estes jesuítas eram assim mesmo. Viviam envolvidos em mil atividades, principalmente as educacionais, eles diziam. Principalmente as comerciais, digo eu. Encontrei padre Sarmento rabiscando alguma coisa em cima de um papel recortado.
Ele me saudou amigavelmente.
"Isto aqui é para Gabriela, preciso mandar ainda hoje." Eu fingi que entendi, e esperei alguns minutos até que ele pudesse me dar atenção.
"Eu sei que vosmicê espera uma resposta minha", disse o jesuíta. "Mas ainda não tenho. Eu necessito de umas orientações de um tropeiro, e ele ainda não chegou por aqui, mas vai chegar. Aí então eu poderei lhe dizer como é possível fazer sumir uma grande quantidade de ouro da região das Minas, sem que a Real Fazenda se dê conta. Mas já vou avisando a vosmicê que não será tarefa fácil. Existem muitos intermediários a quem devemos lavar as mãos, por assim dizer. Tem muita gente daqui até o litoral que espera uma recompensa para dar segurança no transporte de cargas, digamos, preciosas."
Eu escutava atentamente o padre Sarmento e pensei naquele instante que não seria tão fácil negociar com este servo do Senhor, como eu pensava. Havia muita experiência naqueles olhos, uma experiência milenar, talvez coisa dos fenícios, não sei. Mas, enfim, o dono da encomenda era o seu Manoel, eu também era apenas um intermediário. Mas um intermediário importante. Porque era ourives, e tinha

contatos em várias vilas. Resolvi contra-atacar.

"E o que me diz Vossa Reverendíssima sobre o comércio de diamantes?"

Eu sabia que o distrito diamantino continuava sendo uma grande fonte de renda para o reino e, com o declínio das lavras na nossa região, assumiria uma importância crescente. A sorte do Arraial do Tijuco e da Vila do Príncipe do Serro do Frio era a distância. Ficavam muito longe de Vila Rica. Mas eu sabia também que El-Rey ao extinguir o regime de contratadores e criar a Real Extração dos Diamantes tinha complicado a vida dos comerciantes e contrabandistas locais. Aliás, parece que o governo de Sua Majestade, ou os governos em geral, especializam-se nisso – dificultar a vida do povo trabalhador. O padre Sarmento devia saber muito bem disso.

"Meu jovem, vosmicê conhece a história de que nosso amigo o Marquês de Pombal decretou o monopólio real sobre a extração no Distrito Diamantino há pouco tempo. Isto quer dizer, meu caro, que os diamantes e o ouro da comarca do Serro do Frio só podem ser extraídos e comercializados pela Coroa. Com isto, muita gente deixou de fazer negócios particulares", começou o padre Sarmento.

Vi logo que eu tinha encontrado uma área de interesse, muito longe da pregação do Evangelho.

"Mas como nem tudo é perfeito", continuou ele, "temos muitas fontes de extração fora do controle da intendência. A Companhia de Jesus, por exemplo, necessita de muitos recursos para continuar mantendo suas missões e seus colégios. Ora, com tanta abundância nesta terra, a céu aberto, nós julgamos que também temos direito a uma parte desta criação divina. E a nossa obra é meritória acima de tudo."

Enquanto eu ouvia o padre Sarmento, nitidamente versado em questões da exploração de diamantes e sua destinação, até mais do que se esperaria de um clérigo, eu pensava como eu era inocente e ignorante, mesmo sendo ourives e trabalhando já há algum tempo no ramo. Havia muito mais coisa do que eu podia sonhar nas nossas Minas.

Estava em jogo uma verdadeira luta entre a iniciativa

privada e El-Rey, que insistia em tudo enxergar com os olhos do poder absoluto. Ninguém ali era dono de nada, muito embora cada um corresse muitos riscos por conta própria, e geralmente colocasse nas lavras todas as suas economias e o suor da sua labuta de anos a fio. Nós éramos homens livres, mas até certo ponto. Até o ponto em que contrariássemos os desígnios de El-Rey, de Portugal e dos Algarves, de Aquém e de Além-mar em África, Senhor de Guiné e da Conquista, Navegação e Comércio da Etiópia, Arábia, Pérsia, e da Índia, como diziam os documentos oficiais. Eu nunca havia pensado nisso, mas agora estava ficando muito claro. O nosso trabalho e a nossa prosperidade dependiam dos humores da corte em Lisboa, principalmente do Marquês de Pombal. Este era implacável na defesa dos interesses do rei e dele próprio.

Então, as minhas suspeitas e as do Túlio de que a Vila Real havia se tornado uma rota para o contrabando de diamantes devia ser verdade. Com todo o cerco montado em torno do Distrito Diamantino, e depois das muitas histórias sobre os próprios contratadores, como aquele Caldeira Brant, era natural que os exploradores e os negros inventassem formas de fazerem sair carregamentos de ouro e pedras sem que se pudessem registrá-las. Ainda mais agora que não pertenciam a mais nenhuma pessoa física, mas tão somente à Real Fazenda. E o padre Sarmento discorria longamente sobre o assunto.

"É quase impossível conhecer os caminhos que nos levam ao litoral. Os índios tinham suas próprias trilhas, depois os paulistas inventaram outras, e foram lançando roças pelo sertão, que deram origem a pequenos ajuntamentos, que servem de pouso e descanso dos viajantes. Vosmicê falou em Paraty, mas existem outros pontos onde uma nau pode fundear em segurança, e receber carregamentos de várias coisas com destino à Europa. Os franceses e os holandeses já faziam isto há duzentos anos. Por exemplo, o ouro e as pedras não precisam mais passar por Lisboa, como decretou El-Rey, mas podem ir diretamente para Amsterdã e alcançar um preço muito maior. Portanto, meu jovem, isto é coisa séria e envolve muito dinheiro. É preciso ter uma verdadeira estrutura, uma espécie de organização, para gerir este traslado. Ocorre que eu tive a sorte de conhecer umas pessoas que me apresentaram o esquema todo. Sou das poucas pessoas aqui e até em Vila Rica ou Mariana que conhecem os pormenores. E por que estou dizendo isso a vosmicê? Porque sinto que é um jovem ambicioso e podemos ser parceiros, sem abdicar de interesses diferentes. Os meus interesses continuam sendo unicamente os da Companhia de Jesus."

E com estas palavras o padre Sarmento encerrou a nossa entrevista. Percebi aonde queria chegar. Estava aumentando o valor de sua contribuição em nossa parceria. Fiquei de voltar outras vezes até ter a resposta à minha indagação, e esta não poderia tardar, senão eu perderia meu prestígio com seu Manoel. Por ora, anotei que havia uma tal de Gabriela em Vila Rica a quem ele devia satisfações, e até presentes caros como vimos antes. Quem seria esta donzela? Talvez esta informação pudesse me ser útil no futuro. Eu estava aprendendo rápido.

Eu precisava retornar ao Arraial do João Velho e dar uma palavrinha com meu possível cliente e patrocinador. Antes, deixa eu botar os olhos mais uma vez em Minga, que a esta altura já deve estar carregando a ponta da vestimenta de Diane d'Anjour, aquela que consegue colocar todo mundo a seus pés.

Não estava. Postou-se sentada no chão de terra batida, esperando terminar a aula do pequeno Bento. Este, até onde pude perceber, esforçava-se por dar uns gritinhos, nada mais do que isto, naquela peça musical. Ainda pude ouvir uma parte da cantiga:

"A barata diz que tem sete saias de filó
É mentira da barata, ela tem é uma só
Ah ra ra, iá ro ró, ela tem é uma só!"

"Minga, olha para cá um pouquinho só", disse eu em tom baixo. Minga fez que não ouviu. Eu ainda mato esta menina qualquer dia. Ela agora deu de judiar de mim. Mas, eu estava feliz. Minga finalmente chegara à Vila Real, e assim as coisas ficariam mais fáceis. Fiquei parado ali mais um pouco. Ouvindo as crianças cantarem, regidas por Diane d'Anjour e ajudadas por Maria Gertrudes, que agora além de aia era também auxiliar de ensino. Aonde vamos parar, meu Deus?

 Decidido a resolver logo o assunto da coartação da Minga, fui em busca do rábula mais difícil de se encontrar na Vila do Sabará – o inefável Túlio. Fui encontrá-lo na Rua da Cadeia. Sem sequer dizer bons dias, fui direto ao assunto: "Túlio, estou muito precisado da sua ajuda".
 "Se é para arranjar uma vaga para alguém no coral da capela de Santa Rita, rapaz, já vou adiantando que o número foi completado ontem, e *Mademoiselle* é intransigente nestes assuntos técnicos", disse o Túlio, com a maior desfaçatez deste mundo. Respondi da mesma forma.
 "Túlio, fala sério. Vosmicê acha que eu venho aqui para arranjar vaga nesta porcaria de coral? Tem dó."
 Foi só assim que eu consegui a atenção do meu amigo, envolvido com papéis, tintas e penas, sentado em uma mesinha atulhada de rolos amarrados e compêndios de Direito, impressos em Coimbra.
 "Ora, sim senhor. Então vamos poder conhecer a famosa Minga, musa do meu amigo", disse o Túlio com aquele olhar cheio de malícia que eu conhecia muito bem. Fiz que não entendi.
 "Túlio, queria que vosmicê preparasse a papelada para a coartação da Minga. Como ela está morando agora aqui na Vila, ou pelo menos passando uma temporada na casa da filha do patrão, nós podemos pegar o coronel Domiciano de jeito, e apresentar um contrato para ele. Mas eu preciso que vosmicê prepare tudo, para não ficar nenhuma dúvida."
 "Ah, bem, pensei que fosse um assunto musical, meu rapaz. Se o assunto é compra e venda, ou contratos, está no meu ramo. Eu tenho aqui até um modelo de *Carta de Corte*

que vosmicê pode ler antes e fazer alguma alteração. Onde está? Ah, aqui mesmo na gaveta. Ainda semana passada preparei uma minuta de contrato para uma alforria. Tudo tem que ser devidamente registrado no cartório da Câmara."

"Túlio, vosmicê pode me explicar, resumidamente, como funciona este negócio de coartação? Eu não tenho nenhuma experiência nisso."

"A coisa funciona, mais ou menos assim, rapaz. A escrava, ou algum representante - neste caso posso ser eu mesmo - propõe ao senhor que ela seja alforriada por um determinado preço, pago em certo número de anos, em prestações semestrais. Neste período o senhor pode impor algumas restrições à liberdade da escrava. Por exemplo, pode determinar que ela fique morando na Vila Real, ou que ela fique executando algumas tarefas, sei lá o quê. Está bem assim para vosmicê?"

"Pode haver um fiador, que neste caso será vosmicê. Se a escrava não cumprir com os pagamentos devidos, o senhor, ou seus testamenteiros, podem pedir à Justiça a reversão da liberdade concedida. Tudo isso, as condições e tudo mais, é registrado num documento que se chama *Carta de Corte*. Isto ainda não é a *Carta de Alforria*. Esta só será concedida quando todos os pagamentos forem recebidos pelo senhor. Neste caso, meu amigo, vosmicê também fica de certa maneira protegido quanto a uma possível mudança de planos por parte da sua querida Minga. Nunca se sabe o que uma mulher pode aprontar. Se ela largar de vosmicê, nós anulamos o contrato, e será bem feito para ela, safada."

"Túlio, calma. A Minga não é safada e nem estou pensando em nada disso. Não complica."

"Mas vosmicê tem que ser realista, meu amigo. A tentação do mundo é muito grande. Eu tenho visto muitos casos, muitos, lá no cartório. Acontece de tudo aqui na Vila. Tem senhor que não cumpre o prometido, tem senhor que quer ficar com o filho da coartada prenha, alegando que este seria propriedade dele, tem coartada que some no mato e não paga mais nada, tem testamenteiro que reverte a alforria dada em testamento, tem de tudo."

O Túlio disse isto, mas como rábula, acreditava na Justiça. "Para isso, meu amigo, existe a Justiça Real. Tem gente que pensa que isto aqui é terra de ninguém. Mas, não senhor, o império português distribui a Justiça em todas as suas colônias, da Índia à América. Temos juízes, desembargadores, intendentes, governador-geral, sargento-mor, ouvidor-geral, temos toda uma ordenação jurídica, inclusive para os mais pobres e necessitados, incluindo-se aí os escravos."

"Será que o Brasil será assim no futuro?", perguntei. O Túlio foi enfático: "Se depender de Lisboa, será sempre assim. Cartorial e organizado. Se não acontecer desta forma, será por culpa das pessoas da terra, que vão derribar tudo de bom que trouxemos da metrópole, em benefício de poucos e dependente do egoísmo de cada um."

"Túlio, gostei da sua fala. Vosmicê já tem toda a postura para ocupar uma posição de juiz de fora. Não penso que este ordenamento jurídico seja uma dádiva real aos seus leais súditos, ou uma compensação para aqueles que foram compulsoriamente tirados da África. Tudo isso é uma forma de conter a revolta do povo. Só isso. Temos aqui um ouvidor-geral que pratica as maiores arbitrariedades, baseado em suas ótimas relações em Lisboa. Temos leis e mais leis restritivas, como estas que impedem a colonização em terras próximas aos caminhos que saem das Minas, ou aquelas que restringem os tipos de atividades econômicas a que podemos nos dedicar. Para mim, El-Rey e a administração do Reino têm tão somente uma atitude de retirar das colônias o máximo que for possível, uma postura predatória, e conter a revolta dos súditos, dos índios, e dos escravos que vivem aqui."

"Mas vamos aos finalmentes. Quando poderemos abordar o coronel Domiciano Lima, lá do Arraial do Bom Retiro de Santa Luzia? Esta família Lima, que conheço bem, é gente muito brava. Gente que veio do norte de Portugal disposta a tudo. Tem até relojoeiro, ofício que mal conhecemos aqui no Sabará. Eu tenho muito medo que ele não queira libertar a Minga. Se ele fizer isso, eu não sei o que fazer."

"Calma, rapaz. Não precipitemos. Vamos ver primeiro o que diz o coronel. Mas, desculpe lá perguntar, a Minga está de acordo com tudo? Porque talvez ela vá sair de um cativeiro para outro, ou não? Eu conheço vosmicê. É pessoa ciumenta. Se Minga sorrir para alguém que passe no beco, pronto, lá vem tempestade."

"Túlio, não inventa. Eu venho tentando falar com ela, mas não tem dado muito jeito. É verdade, eu preciso ter certeza que ela vai dizer tudo direitinho para o coronel. Isto vou fazer o mais rápido que puder. Vou ver se a apanho indo comprar verdura na chácara de mestre Afonso e converso com ela. Tenho que ser discreto para não atrair disse me disse."

E passei a ler o que dizia uma *Carta de Corte*. É mais ou menos o seguinte:

"Entre os bens que sou possuidor, sou senhor de uma escrava preta de nome Jerônima de vinte cinco aniversários, e como esta nos tem servido com satisfação quero lhe fazer uma caridade passo esta carta de corte por tempo de três anos, contando da data desta, e por preço de setecentos mil réis, recebendo ao fazer esta cem mil réis e o resto que vem a ser seiscentos mil réis me pagará nos três anos, com três pagamentos iguais."

Meu Deus, como somos crápulas. O senhor mencionado no contrato fazia uma caridade mas, ao mesmo tempo, recebia um pagamento pela mesma. Claro está que a liberdade do negro, aqui, é relativa. Disso todos nós já sabemos há muito tempo.

O Túlio me disse que existem várias formas de se fazer uma carta de corte ou mesmo carta de alforria condicionadas a alguma prestação de serviço ao antigo senhor, enquanto este for vivo. Assim, o negro passa de uma condição de escravo para uma outra de semi-escravo. Triste perspectiva para Minga, uma mulata tão altiva. Comecei a entender uma certa reticência por parte dela ultimamente.

Os escravos formam comunidades com forte relacionamento pessoal e familiar, e assim eles sabem de tudo, melhor do que nós os brancos, muito menos solidários. Minga deve ter indagado de muita gente sobre esta história de ser forra. É verdade que ela tem uma vida tranquila em Santa Luzia, sendo mais uma espécie de ama ou doméstica, e nunca precisou trabalhar na roça ou nas lavras.

Sei não. Comecei a achar que não seria tão fácil ter a minha Minga como eu havia pensado.

9

Hoje temos uma pequena festa aqui na Casa Cinza. Vamos comemorar a passagem, que coincide mais ou menos com a época da Páscoa. Todos os anos fazemos esta festa, embora muito discretamente.

Gostamos desta discrição. Se a data cai exatamente na Semana Santa, medido por um calendário diferente, fazemos uma comemoração única. Eu aprecio muito termos uma festa particular, intimista, nas proximidades do fim da quaresma, quando, ao contrário desta nossa esnoga, as irmandades aqui do Sabará promovem celebrações públicas com grande pompa. Desde a procissão do Triunfo no Domingo de Ramos até a cerimônia do lava-pés na quinta-feira maior, a Procissão do Enterro na sexta-feira da Paixão e o sábado de Aleluia. Tudo culmina no Domingo de Páscoa, quando comemora-se com uma grande ceia a ressurreição do Senhor.

A Semana Santa é muito importante para o povo reafirmar sua fé e conseguir acumular indulgências, além de pedir graças especiais para proteção da Vila e para que as lavras não se acabem tão cedo. Além disso, é uma oportunidade única para também se demonstrar a hierarquia, tão necessária aqui nesta nossa sociedade multirracial.

O único problema que atrapalha é a eterna penúria com que se defrontam as irmandades, às voltas com construções e reformas de suas capelas. Para fazer frente às despesas, que são muitas, elas têm que frequentemente apelar para doações das pessoas mais ricas, como é o caso do senhor José Teles, que tem ajudado muito, tanto na Matriz como no Carmo. Algumas vezes as irmandades são beneficiadas em testamento por algum irmão falecido, e aí a inesperada entrada de recursos serve para custear as festas religiosas daquele ano.

Na Casa Cinza é diferente. Iniciamos com uma preparação alguns dias antes da festa. Minha mãe Rosa e dona Francisca realizam uma cuidadosa limpeza dos cômodos, retiram todo o resto de pão e bolo que ficou na cozinha e na despensa, ajudadas pelas escravas. É muito interessante este nosso costume, nunca entendi bem o porquê, mas reza a tradição que todo resto de pão com fermento deve ser jogado fora. Nesta festa só usaremos um pão especial, sem fermento, que chamamos de pão ázimo. Aqui vai a receita que minha mãe usa, caso alguém queira experimentar:

Ingredientes
um quilo de farinha de trigo
meio litro de água fria
meio copo de azeite
sal a gosto

Modo de preparo
Amasse bem os ingredientes. Com o auxílio de um rolo, abra a massa bem fina, coloque-a em uma forma levemente untada e com a ponta de uma faca, risque em formato quadrado. Isso facilita o partir. A massa deve ficar bem fina, praticamente transparente.

Segundo me foi ensinado, na esnoga nós relembramos com esta celebração a saída do povo de Deus do Egito para a Terra Prometida, que é exatamente a Palestina. E isto só aconteceu depois da passagem à meia noite de um anjo enviado pelo Senhor para punir o Faraó, ferindo de morte os primogênitos dos egípcios, e poupando as casas dos hebreus. Está na Bíblia, no Antigo Testamento.

Este rito estabelece uma ligação entre nós, neste nosso tempo, com povos muito antigos, aquelas mesmas tribos que acompanharam Moisés no deserto, e das quais nós também descendemos de alguma forma, nem que seja espiritualmente. É bem verdade que os cristãos trataram a ferro e a fogo, durante as cruzadas, os habitantes daquelas terras, sobretudo em Jerusalém. Mas isto é outra história e outros tempos. Os cruzados estavam buscando libertar a Terra Santa e criar o primeiro reino cristão na Palestina, o que realmente aconteceu com Godefroy de Bouillon.

Muito antes disso, Nabucodonosor já havia escravizado os hebreus e os levado para a Babilônia, destruindo Jerusalém e o Templo de Salomão. Depois, foi a vez de os romanos promoverem novamente a destruição daquela Jerusalém do tempo de Jesus e o novo Templo mandado construir por Herodes, fazendo com que os descendentes das tribos se dispersassem pelo mundo. Foi a diáspora. Aprendi tudo isso lá na Casa.

Eu, particularmente, gosto muito da tribo de Benjamim, cujo símbolo no estandarte era um lobo. A mesma tribo do primeiro rei de Israel, Saul, e também do apóstolo Paulo. Quando as tribos, depois de vagarem quarenta anos após a saída do Egito, chegaram a Canaã, houve uma divisão das terras entre elas. Jerusalém situa-se no pequeno território que coube aos benjamitas, e acho por isso que eles tiveram uma missão histórica. Não há lugar mais sagrado para os cristãos, muçulmanos e judeus do que a cidade santa de Jerusalém.

Eu fui o primeiro a chegar. Logo depois chegaram meus pais e outros membros da esnoga. Como eu já disse antes, somos dezoito membros, doze homens e seis mulheres.

Nunca começamos a parte das orações sem a presença de, pelo menos, dez homens. É o *minian*, segundo minha mãe outra palavra muito antiga que usamos para quórum. As mulheres são encarregadas da comida, ajudadas pelas escravas de dona Francisca. Os homens sentam-se à mesa, arrumada com uma grande toalha branca, pratos, talheres e copos para o vinho.

Cada uma das famílias traz alguma coisa para a ceia. Eu trouxe uma garrafa que consegui com o Túlio, coisa fina como diz um outro amigo meu, sobra da recepção do Conde. Depois de nos certificarmos de que as janelas estão bem fechadas, e dispensar as escravas, minha mãe acende uma grande vela, e entoamos um cântico ancestral, o *Cântico da Páscoa*, que a família Miranda diz ter passado de mãe para filha por várias gerações, e cujas origens estão lá na Vila de Belmonte, em Portugal, o mesmo sítio onde nasceu Pedro Álvares Cabral, e que no futuro conhecerá a família Salada.

> "*Adonai, Adonai,*
> *Adonai Senhor meu!*
> *Cantamos hoje ao Senhor*
> *D'esta hora singular, o cavalo e o cavaleiro*
> *Lançou no profundo mar.*
> *Estende o teu braço,*
> *Já nos fica fortaleza,*
> *do Faraó e do inimigo, já combateu a fraqueza.*
> *E era vencedor o seu Onipotente Nome,*
> *o carro do Faraó e seu exército consome.*
> *Caminhamos e andamos,*
> *Louvaremos ao Deus d'Israel,*
> *Que nos livrou do Egito,*
> *Daquele rei tão cruel.*
> *Caminhamos e andamos,*
> *Louvaremos ao Deus d'Abraão,*
> *Que nos livrou do Egito,*
> *Da terra da escravidão.*
> *Caminhamos e andamos,*
> *Louvaremos ao Senhor,*
> *Cantam os anjos no céu,*
> *Os serafins ao Senhor.*"

Depois do cântico, meu pai, como o mais velho do grupo, enche um copo de vinho, ergue o braço e diz: "Ano que vem, em Jerusalém". Penso que isso deve remontar à época das cruzadas, porque nunca ninguém aqui foi a Jerusalém nem tem parentes lá, que eu saiba. Nós todos repetimos e em seguida começamos a nos servir dos pratos, geralmente carne de cordeiro ou cabrito, acompanhado de ervas e do pão ázimo, que foram preparados cuidadosamente. Esta é a hora que mais me agrada nesta festa.

Foi aí que toquei no assunto pela primeira vez. As pessoas me olharam com espanto. Acho que nenhum deles havia pensado em fazer uma grande retirada de ouro das Minas, digamos, na surdina. Éramos quase todos apenas comerciantes. Apenas dois ou três tinham também alguma terra onde plantavam feijão e algumas hortaliças para vender.

Nenhum de nós era dono de lavra. Mas fazer contrabando de ouro soou como um crime de lesa-majestade, embora ninguém ali tivesse muito apreço pelo senhor D. José I. Era apenas o medo das consequências. Embora o governo de El-Rey pudesse até fazer vista grossa em desvios da fé, ou mesmo contemporizar com maledicências, simplesmente não tolerava liberdades com a propriedade real.

Eu confesso que até eu fiquei surpreso com a naturalidade com que relatei a questão para a família. Afinal, eu tinha que partilhar com alguém toda aquela possível tramoia, na qual já me via envolvido até o pescoço. O que era apenas uma sondagem do seu Manoel transformara-se em um sonho de riqueza na minha cabeça.

"Este tal de padre Sarmento é de confiança?", perguntou meu pai, já revelando o seu indisfarçável preconceito contra os clérigos em geral, e jesuítas em particular.

"Eu nunca ouvi falar deste padre aqui na Vila do Sabará", atalhou minha mãe.

"Ele é gente conhecida do Móti, e vem lá do Rio de Janeiro, das margens do Rio Paraíba do Sul", respondi.

"Olha, é preciso ter muito cuidado. Acho muito estranho este seu Manoel da ponte do João Velho chamar vosmicê para contar um segredo destes. Vosmicê nem é casado com uma filha dele. Se fosse, o cuidado teria que ser maior. Tem um amigo meu que diz que genro a gente não escolhe, genro a gente atura", opinou Manoel Vilar, bebendo mais um pouco do vinho de Catas Altas.

"Casado com uma filha dele?", aquilo era totalmente fora de propósito para mim.

"E tem também o doutor José de Góes, apenas para lembrar um nome duplamente interessado nestas empreitadas" lembrou um dos Miranda, referindo-se ao Ouvidor-Geral, homem com muitas e suspeitas ligações em Vila Rica e na corte de Lisboa.

"Mas eu quero saber é se vosmicês conhecem alguém que saiba de um caminho seguro até o litoral, e de como fazer chegar uma carregação até Amsterdã ou Antuérpia", arrematei logo, para acabar com aquele pessimismo todo.

"Nós temos amigos em São João d'El Rey, gente que trabalha com ouro, pessoas que estão sempre mandando e recebendo coisas do Rio de Janeiro. O que eu não sei é se eles fazem isto por caminhos alternativos, é possível que façam, temos que fazer uma sondagem primeiro. Eu não confiaria num padre de jeito nenhum, que ninguém nos ouça", disse meu pai.

"Pois eu confio em quem o Móti confia. Eu preciso só ter o aval dele. Este padre Sarmento já está se arriscando por aqui, todo mundo sabe que os jesuítas foram expulsos. Ele me pareceu muito entendido no comércio de diamantes. Deve ter feito uma contratação no Tijuco ou na Tijuca, ou foi uma espécie de tesoureiro da congregação, alguma coisa assim. O que não gostei é que ele me pareceu um pouco ganancioso. Não vai entregar a coisa assim de mão beijada. Vai querer uma parte boa da intermediação, e o meu medo é que isto assuste o seu Manoel e suas filhas escondidas", completei.

"Uai, mas é melhor vosmicê estabelecer o preço logo de início. Assim que tiver alguma certeza de que o assunto está bem encaminhado, vosmicê procure o seu Manoel e assunte de que quantidade ele está falando. Conforme for, diz para ele que este serviço tem um preço, e é uma porcentagem do ouro transportado. Este preço tem uma parte paga antes, e outra quando o ouro for embarcado em segurança para a Europa. Tem que ter alguém lá em Amsterdam ou Antuérpia encarregado de vender o ouro. E nisso podemos ajudar porque temos vários contatos na Europa. Eu penso até que o melhor seria vosmicê embarcar junto e assegurar a chegada da carga ao destino" falou novamente meu pai José Miranda, com aquela experiência que eu tanto admirava. Aquela última frase me assustou um pouco.

"Eu, meu pai, ir para Antuérpia? Eu que nunca saí das Minas, nunca fui ao Rio de Janeiro, nunca andei de navio", falei já meio alarmado. Ganhar dinheiro era uma coisa, arriscar-me nos sete mares era outra coisa completamente diferente e impensável.

"Então, está na hora de começar", falou meu pai, sorrindo. "Mas não quer dizer que já estou convencido de que o risco valha a pena. É preciso saber, meu filho, do valor total para podermos avaliar o risco. Sem avaliar o ganho em relação ao risco envolvido nenhum comerciante consciente pode tomar uma decisão. A nossa família nunca se envolveu em negócios ilegais. Acho que vosmicê deve procurar o senhor Manoel lá no Arraial do João Velho e dar uma satisfação do que está fazendo, procurando avaliar o montante do ouro. Discuta com ele a sua possível comissão. Lembre-se que deve ser sempre menor do que a de El-Rey."

"Uma outra coisa é manter um grande sigilo sobre isto tudo. Não vá discutir este assunto com aquele seu amigo Túlio, um homem das leis, porque ele vai ficar na obrigação de ser contra. A nossa família está acostumada a ocultar e a dissimular ao máximo, porque temos experiências muito dolorosas do passado, e não podemos esquecer disso."

"Acho que devemos isto a El-Rey Dom Manuel I, ao decretar a expulsão de Portugal daqueles judeus e muçulmanos que não aceitassem a conversão compulsória. Muitos antepassados dos portugueses foram obrigados a se esconder, e a ocultar suas crenças, para sobreviver."

"E querem saber o porquê desta expulsão? Vejam bem, depois de seu antecessor D. João II ter acolhido, a peso de ouro, toda uma população expulsa do Califado Andaluz pelos reis católicos Fernando e Isabel, D. Manuel teve que acatar uma imposição dos mesmos para expulsar os não-cristãos de Portugal. Foi o preço pago para que D. Manuel, aquele que foi chamado de *O Venturoso*, se casasse com Isabel de Aragão, filha daqueles reis. Consta que isto estava no contrato de casamento."

"Será que, então, não devemos este não sei bem o quê aos reis católicos?", interpelei.

"Com certeza, os reis católicos mudaram a civilização ocidental ao acabarem com o Califado na Espanha. Encerraram a história mais bem sucedida de convivência harmônica entre as religiões católica, muçulmana e judaica. Pode-se pensar que El-Andaluz era o paraíso terrestre. E criaram este monstro chamado de Santo Ofício, que depois exportaram para o Reino de Portugal, e que até pouco tempo nos atemorizava."

"Ainda atemoriza, meu pai. Aqui ainda temos vários familiares do Santo Ofício, devidamente habilitados para fazer denúncias e prisões", disse meu irmão.

"Tudo bem, ainda atemoriza, mas não tem mais a força de algumas décadas passadas. Quanta gente aqui mesmo no Sabará foi alvo de perseguição?"

"Contam a história de um jovem, certo Luiz Miguel Corrêa, que implorou para ser um frade católico, chegou a pedir pessoalmente ao bispo do Rio de Janeiro porque tinha realmente esta vocação, mas foi-lhe negado por ter algum sangue judeu nas veias. Foi preso, condenado, e queimado em praça pública. Isto é um horror."

"Por isso, meus filhos, nós estamos acostumados a dissimular. Dizem sobre os habitantes das Minas que dormimos no chão para não cair da cama. É verdade. E não apenas em relação aos governantes e à Santa Madre Igreja, mas também em relação aos nossos vizinhos, que muitas vezes nos olham de forma estranha por sermos ourives, e por trabalharmos com pedras preciosas. Esta reunião que fazemos aqui mesmo, para celebrar o Êxodo, uma parte importante da Bíblia, temos que fazê-lo com as janelas fechadas, e sem alarde, para não chamar atenção demais e despertar suspeitas de inconfidência."

E meu pai continuou, talvez animado com o meio copo de vinho que tomara.

"Agora eu quero falar um pouco sobre o jejum. Sei que muitos de vosmicês acham isto uma bobagem, uma coisa antiga, sem sentido."

"Na nossa família o jejum é praticado em muitas ocasiões ao longo do ano, e não apenas na quaresma, como todo este povo diz que faz, e eu duvido um pouco. O jejum, este ato de privação de alimento, é uma forma de se purificar a mente, abrir o espírito para o sublime, um ato de humildade."

"Os santos sempre fizeram jejum como uma forma de se aproximarem do Todo Poderoso. Jesus jejuou no deserto quarenta dias para ter forças e enfrentar a sua luta. Força do espírito, é o que entendo."

"A Bíblia só faz uma recomendação formal de jejum: no dia da expiação, como em Levítico 23:27. Mas o próprio Jesus, como está no Evangelho, diz aos seus discípulos como devem jejuar. Não com o ar contristado e aflito dos hipócritas, mas com o rosto lavado e a fronte levantada, de maneira que apenas o nosso Pai que está nos Céus saiba que jejuamos."

"Jesus era contra o ato público de jejuar como forma de demonstrar a religiosidade. Aqui no Sabará se faz muito isto. Homens e mulheres mortificados pelo jejum, trôpegos pelas ruas, rostos transfigurados pelo extremo sacrifício, sobretudo na frente dos vizinhos do arraial."

"Na verdade, não é preciso que os outros saibam do nosso jejum, ele deveria ser uma coisa íntima, nossa com o Senhor. Se sairmos propagando aos sete ventos que jejuamos várias vezes por ano, os maledicentes ainda hão de dizer que estamos pobres, e nem temos mais o que comer. E se calhar, ainda nos denunciam à Inquisição."

Concordei com tudo, e fiquei satisfeito por me abrir com eles. Esta era a minha família, o meu grupo mais próximo, e eu precisava ouvi-los.

10

O Túlio me disse, ainda ontem, que a louca quer nomear uma praça, ou até mesmo um beco ou ladeira aqui no Sabará em homenagem a D. Maria Bárbara, irmã mais velha do senhor D. José I, e rainha de Espanha, falecida há coisa de uns dez anos. Pelo simples motivo de que ela seria uma exímia tocadora de cravo, o mesmo instrumento introduzido aqui por Diane d'Anjour na visita do Conde de Valadares, e usado agora fartamente nos ensaios do coral da capela de Santa Rita.

Acho engraçada a petulância desta francesa. Deve ser coisa de nobres. Eles acham que podem fazer e desfazer, a seu bel-prazer, e devem pouca satisfação ao resto do povo. Alguém nos perguntou se queremos homenagear a primeira irmã de El-Rey? Aquela mesma cujo nascimento já motivou a construção do monumental mosteiro e palácio de Mafra, me disse o Túlio, versado nestes assuntos. Portanto, amplamente homenageada pelos séculos vindouros.

Nós aqui e em Vila Rica, Caeté, na Vila do Príncipe, em Mariana, por todo lado, temos nomes mais prosaicos para dar às vielas e caminhos. Por exemplo, temos a Rua do Fogo Apagou, o Largo das Mamoneiras, Rua da Cadeia, das Taiobeiras, das Bananeiras, Ladeira do Tangará, Beco do Resende. Até mesmo em Lisboa existe um marco chamado do Chão Salgado, mandado erigir pelo Conde de Oeiras perto da Torre de Belém, lembrando o infortúnio do Duque de Aveiro e dos Távoras.

Acho que esta história merece ser relembrada. El-Rey, voltando de uma incursão amorosa, foi alvo de um atentado. A investigação mandada realizar pelo então conde de Oeiras apontou para o marido ofendido, um Távora, e o duque de

Aveiro. Nem é preciso dizer que as famílias foram sumariamente defenestradas, os títulos e terras confiscados, as casas derribadas e o chão salgado. Dizem as más línguas que a rapidez da ação punitiva rendeu ao conde sua elevação a Marquês de Pombal.

Maria Bárbara seria nome mais apropriado a uma princesa, ou a duas, com sobrenomes extensos, onde entram os Braganças e os Gonzagas. Ademais, se o motivo principal não é enternecer o coração de El-Rey D. José I, aliás coisa muito pouco provável, então seria melhor que colocassem o nome de Santa Bárbara na futura sociedade musical aqui da Vila Real e deixassem Santa Cecília em paz. Só que isto não seria apropriado, porque esta é a padroeira dos músicos, e aquela apenas protetora contra tempestades e trovões.

A louca Diane d'Anjour, com sua linguagem quase ininteligível, fazendo uso dos atributos interpretativos de Maria Gertrudes para se comunicar com a malta, quase parece não caber mais nos limites desta pobre e sofrida Vila. Tenho até medo de dizer, tal como fez Henrique II da Inglaterra em relação a Thomas Becket, "será que ninguém pode dar um jeito nesta mulher?"

Segundo também me contou o Túlio, fruto de suas leituras de velhos alfarrábios, foi assim que os nobres pressurosos foram à Catedral de Cantuária e abateram o primaz da Igreja da Inglaterra em pleno altar, pensando atender a um desejo do Rei. Thomas Becket virou, ato contínuo, um santo e mártir das Igrejas Católica e Anglicana. Aconteceu no século XII.

Eu não quero que aconteça isto aqui, e ainda tenhamos que enfrentar uma invasão francesa para vingar Diane d'Anjour. Nada disso, eu queria apenas que ela se limitasse a dar suas aulas de música, declamasse suas poesias, promovesse seus saraus, ou fizesse colares de conchas e frutos da floresta. Deixe esta Vila do Sabará em paz, com suas velhas e tortuosas vielas como elas foram concebidas. E os chafarizes a nos fornecerem água fresca e cristalina, e suas venerandas igrejas no mesmo lugar. Velhas e novas. Construídas com tanto esforço e paciência, engenho e arte, a badalarem seus sinos, a chamarem para a hora do *angelus*, a nos darem seu aconchego, sua sombra e seu recado.

Foi no meio destes pensamentos tão elevados que me ocorreu a possibilidade bem mundana de tornar Minga uma serviçal de Diane d'Anjour, uma camarista mulata, às ordens para todo o serviço.

É evidente que a francesa não poderia ficar contando apenas com a aia Maria Gertrudes, e o assessor jurídico Túlio, para executar aquele mundo de projetos a que estava se lançando.

Sorri com minha própria esperteza. Ficaria difícil para o coronel Domiciano negar alguma coisa a uma personalidade tão ilustre em nossa incipiente sociedade, uma celebridade caída do céu, pensava eu, já a perdoando de todos os seus exageros e de andar sistematicamente me ignorando, como se eu fosse um ser desprezível e insignificante.

Para isto, eu precisava contar com a colaboração do Túlio. Já o via a colocar aquelas grossas lentes na ponta do nariz, as mãos no queixo, a me dizer cúmplice "acho que isto vai funcionar, meu rapaz". Bati palmas de alegria, fechei a oficina, e saí à cata do Túlio. Por onde andaria aquele sacripanta?

Fui encontrá-lo no meio de uma roda de pessoas, em frente à Igreja do Rosário, gesticulando muito e falando sem parar. Fui chegando de mansinho, não queria interromper aquele comício, e pude ouvir perfeitamente quando um senhor baixinho interpelou-o.

"Vosmicê quer nos fazer acreditar que a melhor maneira de guardarmos nossa riqueza seria comprar terras em Curral del Rey?"

"Exatamente. Não se iludam, o ouro vai acabar. Já está acabando. A Vila do Sabará, ou a grande Comarca que vai daqui até Paracatu, quase nas beiras de Goiás, vai depender de outra forma de riqueza. Vai ser a terra, e o que se plantar nela, que vai gerar riqueza e negócios para todo mundo aqui, para nossos filhos e netos. E não precisamos ir muito longe. Lá mesmo em Curral del Rey existe muita terra devoluta, com espaço para colocarmos boiadas e plantarmos roças de milho, feijão e até cana de açúcar", respondeu o meu amigo, complementado com largos e teatrais gestos. Parecia um profeta bíblico apontando a terra da promissão.

"Mas, doutor Túlio, como vamos requerer terras ao governador-geral, se nem temos muitos recursos, quase toda a gente aqui tem apenas um ofício, ou de marceneiro, ou de pedreiro, ou tem um animal para puxar carroça, ou um ou dois pretos vendendo quitanda nas ruas?"

"A única maneira é nos organizarmos em sociedade e requerermos a terra coletivamente. O futuro dirá que tenho razão. A nossa melhor saída para a decadência não está no sertão, nem em Vila Rica, nem em todas estas vilas e arraiais dependentes da mineração e do ouro. A nossa saída está em Curral del Rey. É para lá que vamos caminhar. Por isso já propus que chamássemos a principal rua do arraial, que começa exatamente no largo da igreja da Boa Viagem, de rua Sabará."

Fiquei impressionado. Seria esta mais uma das ideias que Diane d'Anjour estava plantando na cabeça do Túlio? Seria isto o que ela voltaria a chamar, mais tarde em conversa tomando chá conosco, de diálogo social?

O Túlio estava em mutação. De rábula e cartorialista, passando a áulico de *Mademoiselle*, e agora a ativista econômico em pleno século XVIII. Sério candidato a ser taxado de inconfidente, ou de bruxo, e ser presa fácil do Santo Ofício ou do Ouvidor-Geral. Este exatamente era o único que não queria ouvir, nem de longe, a palavra decadência.

Todos a serviço da Coroa hão de querer o contrário. Mais e mais extração de ouro, diamante e até esmeraldas, se estas cismassem de resplandecer em alguma destas serras. Plantações e gado apenas o suficiente para manter o braço escravo em condições de produzir sem cessar. Eles conservam, com grande fervor, aquele mesmo sonho que alimentou, no passado, o Infante D. Henrique, Duque de Viseu, e o motivou, depois da conquista de Ceuta, a procurar o reino do Preste João, onde riquezas infinitas estariam à espera dos descobridores.

O Túlio, subitamente, havia tido uma visão de um futuro talvez ainda longínquo para nós e nossos filhos. O triste arraial do Curral del Rey, plantado num ermo ao sopé de uma grande serra, que talvez devesse ser chamada de Serra do Curral, nada mais apropriado, com uma mata nativa na encosta, uma verdadeira mata do Jambreiro, estendendo-se para os lados de Congonhas das Minas de Ouro, com um belo horizonte e um grande destino pela frente.

A julgar por agora, o Túlio enlouquecera. Influência, sem dúvida, da desvairada da Diane d'Anjour. Com cuidado, e sem despertar a ira daquela turba, tratei de retirá-lo dali e fomos descendo pela rua Direita. Em poucos minutos consegui convencer o meu amigo a me ajudar nesta empreitada. Eu falaria com Minga e ele com *Mademoiselle*, com muito jeito, entremeando com palavras em francês, para que ela não se assustasse com a ideia.

Afinal, Minga seria mais uma concorrente ao brilho que Diane irradiava pelas ruas da Vila Real do que propriamente uma serviçal. E uma forra, com direitos e ares de senhora. Eu nem queria pensar nisso, porque me dava uma grande excitação. Minga iria desafiar os grandes, os brancos, os homens e mulheres do Sabará, e eu seria seu mestre.

Depois de tudo combinado, *Mademoiselle* e sua *entourage* pegariam o coronel Domiciano de jeito, e ele se derreteria todo, concordando com tudo. Afinal, uma escrava a mais e uma a menos, não faria diferença.

Quando consegui encontrar Minga indo às compras, e segredei que havia encontrado uma saída infalível para sua alforria, ela fez um beicinho, colocou os dedos nos lábios e disse: "Sei não, meu sinhô...".

"Como sei não, Minga?", respondi incrédulo, "Vosmicê devia ficar muito feliz, porque será a maior beneficiária de toda esta artimanha".

Minga me olhou com aqueles olhos grandes, duas jabuticabas, aqueles seios maravilhosos arfando, e falou baixinho novamente aquela frase, "as coisas estão mudando um pouco, meu sinhô...".

Assustei. Pensei logo naquele negro com intenções de fugir para um novo quilombo, o mesmo que eu fantasiara na primeira vez em que ela tocara no assunto, nós dois deitados nus na relva, e senti raiva. Pego em bacamarte e saio furioso por aí. Viro capitão do mato e vou caçar este escravo até os confins dos infernos. Minha cabeça rodava, e minha respiração ficou ofegante.

Consegui me controlar um pouco, fingi desentendimento, peguei nas mãos finas de Minga, tive vontade mordê-las ali mesmo, e perguntei serenamente "Por quê?".

Minga fez uns rodeios, falou da vida boa que estava tendo na casa da filha do coronel, na felicidade de estar morando na Barra, muito embora num quartinho dos fundos, junto com outras escravas, e do menino Bento de quem ela começava a gostar, e ele dela, devia ser o sangue do coronel Domiciano falando mais alto, e da oportunidade de conhecer outras gentes, e de estar perto de mim sem atrair a atenção, o ódio e a inveja.

Esta última parte, desconfiado, debitei a uma tentativa de despistar os reais motivos. Fiquei frustrado. Minga estava descartando a chance de ser alforriada logo, e virar uma forra, ainda que escrava do meu amor.

Foi aí que comecei a pensar em por que tantos escravos permaneciam escravos, e mesmo forros aceitavam continuar ligados a seus senhores ou descendentes até o final da vida. Se tinham um bom tratamento, casa e comida, e cuidado na doença, não precisavam se preocupar com o futuro.

Muitos escravos viviam perambulando pelas vilas e arraiais, campos e fazendas, alguns na venda de quitutes e quitandas, hortaliças, pequenos animais, com mínima diferença para aqueles alforriados, que por sua vez tratavam logo de comprar os seus próprios escravos. Os filhos muitas vezes eram alforriados ao nascer, ou recebiam parte das heranças, e tinham também um futuro no trabalho de artesão ou nas plantações.

Esta geração de escravos a que pertencia Minga tinha pouca ou nenhuma lembrança da velha África, e tratavam de sobreviver da melhor maneira possível, de olho no futuro. Mesmo aqueles revoltados, ou maltratados, que arriscavam desafiar as leis do reino, e fugiam para quilombos longínquos, ansiavam apenas por viver em paz e cuidar de suas próprias vidas. Minga não seria diferente. Mas por que não podia ser comigo?

Então, disse que queria só que ela conversasse com Diane d'Anjour, que ela já conhecia, e depois falaríamos do assunto. Perguntei, sôfrego, como poderia encontrá-la o mais rápido possível, em algum canto discreto, longe dos olhares curiosos das gentes da Vila. Ela me disse que a encontrasse à noitinha, lá bem ao lado da igreja das Mercês onde iria com algumas escravas levar flores.

Mal pude disfarçar meu contentamento. Eu ardia de desejo por Minga, e nem aquele nosso diálogo tinha sido capaz de arrefecer o calor que eu sentia. Sorri e prometi encontrá-la por lá. Pedi que ela fosse bem cheirosa.

Ela me olhou com um olhar de desprezo, e disse: "Vosmicê sabe que nunca deixei de ser cheirosa...".

Recebi o recado de que o Móti queria falar comigo. Sabia que era alguma coisa da parte do padre Sarmento e fiquei imediatamente ansioso. Assim que pude, fui bater discretamente à porta da oficina na rua do Kaquende.

Móti estava, como sempre, debruçado sobre alguma peça trabalhando. Ourivesaria pura. Ele me olhou, descansou o braço, levantou a lente e me disse algo importante.

"Temos novidades para vosmicê. Padre Sarmento já elaborou um caminho para chegar, em segurança, até a costa do Rio de Janeiro, em frente a uma ilha chamada de Grande, onde será possível embarcar sua carga em navio holandês de confiança da Companhia de Jesus que irá até Amsterdã. É uma longa viagem, cheia de riscos e imprevistos. Melhor seria dividir a carregação em duas partes, e fazer dois envios. Vosmicê consegue me entender?".

Fiquei sem palavras. De repente, o Móti de ourives virou um negociante com conexões internacionais, e eu de pequeno ourives fui guindado a possível grande contrabandista. O culpado de tudo era o seu Manoel, do Arraial do João Velho, com suas filhas escondidas, que havia despertado em mim a cobiça e a ambição. Pecados mortais.

A Coroa exerce um controle implacável sobre tudo que entra ou sai na região das Minas. O castigo para quem for pilhado em atividades suspeitas, eu sei disso há muito tempo, é o confisco de bens e o degredo para a África. Mas a cobiça e a ambição me atormentavam. Eu sonhava com a prosperidade e a riqueza. Se não fosse assim, por que razão eu teria sido envolvido nesta história? Era o destino.

Indaguei do padre Sarmento. Móti me explicou um pouco mais deste personagem meio enigmático.

"O padre Sarmento teve que ir até o Serro do Frio tratar de alguns negócios que estamos fazendo. Como vosmicê sabe, o padre Sarmento tem uma atividade nada relacionada com sua formação eclesiástica. Para não ser expulso do Brasil ele pediu a dispensa da Companhia de Jesus, algum tempo depois que o Marquês de Pombal decretou a expulsão de todos."

"Ainda existe muito jesuíta escondido por aí, mas o padre Sarmento não quis correr o risco. Segundo ele, a Companhia está passando por uma séria crise, depois da desintegração das comunidades das Missões, e ele teme que haja um confronto com o Papa, este fortemente influenciado pelos reis de Portugal, Espanha e França. Este confronto poderia ser fatal para a Companhia de Jesus, ainda considerada por muitos como o exército do próprio Papa."

"De qualquer forma, meu rapaz, vosmicê precisa fechar este contrato com o dono da lavra o mais rápido possível, e deve considerar seriamente a hipótese de conduzir esta carregação até a costa. Vosmicê mesmo. Quem melhor para fiscalizar o transporte e fazer a entrega ao capitão do barco?"

"Agora, eu lhe digo. Eu nunca me envolvi nisso. Meu trabalho é outro. É um trabalho de ourives, como vosmicê. Este seu trabalho agora tem outro nome. Pode ser contratador, negociante, intermediário, contrabandista, qualquer coisa. Mas vosmicê é jovem e corajoso. Precisa pesar na balança, de um lado o risco, e de outro o que vai ganhar. Eu falo assim com vosmicê porque tenho apreço pela sua pessoa, e já vi muita coisa na minha vida. Não se iluda. Há muito perigo rondando estas coisas. O padre Sarmento, em suas andanças, sabe disso."

O Móti falava e eu ouvia. De fato, tinha muita coisa para ponderar. E a primeira delas era descobrir o valor total desta transação. Até agora, da minha conversa lá no João Velho, eu só sabia que devia ser muito ouro.

Quando o dia já estava se pondo, minha cabeça chegava a latejar. Eu não parava de pensar um instante nas muitas coisas que precisava fazer. Mas, agora, eu queria encontrar a Minga lá nas Mercês.

Subi a ladeira devagar, experimentando aquele momento. Logo a vi, recostada em uma pedra, vestidinho branco colado à pele, descalça, desfazendo uma flor do campo, pétala por pétala. Fiz um sinal para que ela se dirigisse para a parte de trás da igreja, e desaparecemos atrás de uma moita. Foi em pé mesmo que eu e ela viramos uma só pessoa. Ela cheirava tão bem, como cheirava. Jogou a cabeça para trás, enroscou seu corpo no meu, e gemia baixinho.

Ao longe eu ouvi uma cantoria, um falatório, um burburinho, mas nada daquilo me importava, eu estava quase chegando ao céu. Queria morrer. Morrer ali mesmo. Minga sussurrou no meu ouvido "meu sinhô, meu sinhozinho gostoso". Quem não quer ouvir isso?

Era depois de fazer amor com Minga quando mais me apertava a vontade de montar casa para ela. Não queria ficar nestes encontros furtivos, rápidos, fugidios. Queria Minga integralmente. Para isso, pensei, preciso de dinheiro. E a oportunidade da carregação me veio novamente à cabeça, e junto a alforria de Minga. Mas ela estava relutando não sei porquê. Se era algum daqueles pretos e eu ia virar bicho. Ciúmes, puro ciúmes, eu sei. Eu a queria só para mim. Queria vê-la trancada em casa, sempre cheirosa, com aquele sorriso de menina, esperando a minha chegada. Será que estes eram também os planos dela? Começava a duvidar.

Minga, venha cá. Vamos sumir no mato, vamos virar onça, tatu, macaco. Vamos desaparecer daqui e aparecer de novo em Vila Rica, em Mariana. Vamos para São João d'El Rey, Aiuruoca, Tijuco, Campanha do Rio Verde. Vamos para Colônia do Sacramento, bem longe, lá nas bandas do Uruguai. Eu dizia tudo isso, e Minga sorria. Apenas sorria.

"Vosmicê parece um doidinho", dizia ela, mastigando um trevo.

Uma voz chamava por Minga lá no adro da igreja. Devia ter terminado a tarefa das escravas e estas começavam a voltar para as casas. Dei um tapa carinhoso na bunda de Minga e mandei que ela fosse ter com elas, enquanto eu me ajeitava.

Fiquei mais um tempo por ali, entrei um pouco para rezar, e fui voltando devagar para o Chafariz do Rosário. Precisava passar uma água no rosto, e refrescar um pouco. Precisava pensar. Minga, por enquanto, não queria propor uma coartação, intermediada por Diane d'Anjour, que a esta altura nem sabia do que se tratava. Queria ficar na casa do Bento. A mãe dele tratava muito bem as escravas. Sentia mais segurança.

É isso. Minga, como outras escravas, valorizava muito a proteção que recebia dos senhores. E a minha, não valia nada? Era por isso que eu queria ser rico. Daria proteção para ela, para os filhos e para quem mais ela quisesse. Esta menina me enlouquece. Ela não percebe que estou louco de paixão?

Preciso ir logo ter uma conversa com seu Manoel. Quero assegurar que ele vai me dar este contrato de carregação. Quero exclusividade. Já vou ter que dividir alguma coisa com o padre Sarmento. Padre? Mas que padre mais ganancioso. Será que os jesuítas são todos assim? Não, tudo bem, ele está me ajudando. Vou ter que pagar a escolta.

Meu Deus, onde vou arranjar gente de confiança? Aí vou ter que apelar para a esnoga. Mais gasto. No final, é capaz de não sobrar nada para mim. Não, assim não dá. Vão querer cobrar um absurdo. E por onde será este caminho do padre Sarmento? Que não seja pelos caminhos conhecidos, é claro, porque estes estão todos vigiados. Dizem que não passa nada.

Também não pode ser por Piratininga, seria muito longe. Então, por onde? Taubaté?

Meu Deus, de repente virei um fora da lei. Mas de que lei? A lei do Reino, da metrópole, do senhor D. José I e do pobre Marquês, que visa a beneficiar apenas a Real Fazenda? Tem dó, já dizia um amigo meu. Se ainda tivéssemos algum retorno desta taxação exorbitante, estradas bem mantidas, possibilidade de termos fiação e máquinas, poder comercializar e extrair livremente, ainda seria aceitável. Infelizmente, não é assim.

O sargento-mor vive prendendo pessoas e o Ouvidor-Geral ameaçando de degredo. É por isso que estou pensando em fazer este favor para o senhor Manoel e suas filhas. Coitado, perdido naquele mato, enfiado naquelas lavras, aturando aqueles escravos indolentes, em troca de um ouro qualquer, e lá vem gente querendo tomar. Não, é meu dever ajudá-lo. Dever moral. É isso, faço este negócio por um dever moral. Solidariedade cristã.

Se todo mundo faz, porque não eu?

11

Ó Sabedoria
que saístes da boca do Altíssimo
atingindo de uma a outra extremidade
e tudo dispondo com força e suavidade:
Vinde ensinar-nos o caminho da prudência
(A primeira das sete Antífonas do Ó – Sabedoria)

O negro Clemente chegou à lavra do Rio Acima quase sem ser percebido. Saíra de madrugada de Tapanhoacanga, céu sem uma nuvem, com aquele frio típico do inverno na Vila Real. Frio que dói, quando sopra um ventinho lá das margens do Sabará, os caminhos tomados por uma neblina constante que só se dissipa pela hora do almoço.

Ele foi direto falar com o capataz. Trazia instruções do senhor.

Os trabalhadores da lavra, quase todos escravos, estavam escavando a barranqueira, lavando o cascalho, separando as pedras com indícios de ouro, tudo sob os olhares atentos dos feitores, que depois fariam a apuração.

O processo da lavra era ainda meio primitivo, mas o ouro afluía soberano, e quase pulava do fundo do rio para as mãos ávidas dos homens. Era preciso buscar o cascalho no leito e nas margens, e junto dele a pedra reluzente.

Na lavra do Rio Acima o senhor José Teles havia mandado fazer um pequeno desvio, com grandes canaletas onde era despejado o que se recolhia, e lavado com água corrente para separar o que interessava do que não valia nada. Muitas vezes os homens eram surpreendidos com grandes pepitas de ouro, que brilhavam ao sol e traziam a alegria para os feitores e sócios do dono da lavra.

Aos escravos, os únicos que realmente trabalhavam ali, restava competirem entre si, numa satisfação boba, para ver quem conseguia a melhor pepita. Era costume na lavra existir uma caixinha para Nossa Senhora do Rosário, onde os feitores depositavam pequenas doações na fase de apuração, como incentivo ao bom desempenho das turmas.

Mas, sobretudo, existia o roubo. A arte de furtar, tão bem descrita no livro atribuído ora ao jesuíta padre Manoel da Costa ora ao padre Antônio Vieira, e escrito no século XVII, ainda no reinado do senhor D. João IV, era praticada ali, e em quase todas as lavras, com grandes requintes.

A quantidade de ouro recolhida costuma ser tão grande, e de forma tão variada, que é quase impossível ao senhor impedir que isto aconteça. Os negros sabem de muitos artifícios para esconder e fazer desaparecer pepitas no momento mesmo em que elas são recolhidas no leito do rio. Até as próprias carapinhas são usadas para esconder o ouro em pó, obtido pela trituração das pedras. Os feitores e forros, por sua vez, possuem meios próprios de fazer desaparecer o que aparece na apuração, mesmo sob vigilância dos sócios. E aquelas mulheres, forras que vivem rondando as lavras com seus tabuleiros, vendendo quitutes e quitandas, são bem conhecidas por esconderem o produto dos furtos e tudo fazerem com tal discrição, que nunca se poderá descobrir o quê, nem quem, nem tampouco onde.

É por isso que o negro Clemente está ali, naquela manhã fria. O senhor José Teles está preso a diversos compromissos na Vila do Sabará e não poderá estar presente. Mas manda uma orientação firme. Que não se divulgue para os negros, nem para ninguém estranho à feitoria da lavra, a exata quantidade de ouro apurado. Este deverá ser transportado por meios seguros para o Arraial da Lapa, depois de pesado e separado nas partes correspondentes aos sócios, e registrado nos registros próprios. O negro Clemente deverá acompanhar a carregação da parte maior, aquela que cabe ao senhor da lavra, até um local que ele conhece e onde o ouro será guardado.

O senhor José Teles está tomando medidas defensivas contra o que ele nem bem sabe direito o que é, mas desconfia. Homem sábio, vivido, conhecedor das pessoas e dos costumes das Minas, ele sabe que está na hora de agir, e rápido.

Clemente quer se misturar aos trabalhadores e conversar um pouco. Faz parte de sua missão ali assuntar o que anda correndo de boca em boca. Esperou a parada para o almoço, que consiste de farinha e pedaços de toucinho e carne seca, sentou-se numa roda e perguntou, com grandes cuidados, sabendo que todos o têm como informante, portanto um negro pouco confiável.

Todos ali falavam numa língua africana, já um pouco misturada com palavras em português, uma conversa difícil de ser acompanhada. Mas Clemente é astuto e finge não estar interessado, enquanto faz um capitão com as mãos e o leva à boca bem devagar, mastigando muito e ouvindo tudo com grande atenção.

Os negros comentam que estão para chegar algumas mulheres novas, todas jovens, que vão ajudar no serviço da lavra, e poderão servir de consolo nas noites frias da senzala. Alguns chegam a descrever com detalhes uma negra que acabou de chegar do Rio de Janeiro, vinda de Angola. Ainda está meio assustada, mas aparenta ter uns dezessete ou dezoito anos. A roda olha interessada para as descrição que ele faz, e todos dão grandes risadas de excitação.

Clemente não está interessado nisso. Ele pertence a uma outra classe de escravos, não trabalha nas lavras, já trabalhou muito é verdade, mas agora é homem de confiança, capanga do senhor. Tem estabilidade, tem família. Clemente quer assuntar ares de revolta, e os negros só falam de trivialidades. Quer saber de intrigas, de sedição, de traições, e ninguém parece muito preocupado com isto. Aparentemente, não está na ordem do dia. Até que um negro alto e forte, de origem possivelmente do Senegal, disse qualquer coisa de um quilombo da Serra da Piedade. Clemente pôde escutar perfeitamente. Foi rápido, muito rápido, o negro fez uma pequena menção a algo que estava acontecendo no quilombo. Mas como ele poderia saber, vivendo e trabalhando ali em Rio Acima? Isto é sinal certo de que havia uma ligação estabelecida entre o quilombo e as lavras, e o senhor gostaria de saber disso. Seriam as quitandeiras?

Outro negro começou a reclamar de dores que andava sentindo, e do intestino solto. Era comida, ou a água que estavam bebendo, diziam eles. A comida andava muito ruim, faltava quase tudo, até a farinha estava quase toda estragada.

Como havia chovido muito naqueles dias, estava tudo meio encharcado e os córregos barrentos. A água de beber era recolhida lá em cima, perto de uma nascente, mas muitas vezes os moleques aguadeiros não tinham paciência de buscar tão longe, morro acima, e tratavam de encher as cumbucas de água suja. Os negros começaram uma ladainha de reclamações. Era o trabalho duro dentro do rio, era a chuva, era o frio, era a comida de baixa qualidade. Alguém lembrou que na África eles caçavam e podiam pedir ao feitor licença para trazer um macaquinho que fosse para enriquecer o feijão.

Clemente ia anotando mentalmente todo aquele falatório. Mas não era ainda o que buscava o seu senhor. Era preciso ouvir mais, puxar conversa, deixar os negros soltarem a língua.

Um negro começou a contar a história de Chico Rei. Não deveria ser a primeira vez, porque esta história deixava todo mundo muito satisfeito. Chico Rei era um forro, vindo do Congo, onde dizem que tinha sido rei de sua tribo, e esta foi quase toda escravizada, porque perderam uma guerra. Foram vendidos para comerciantes portugueses, rei, rainha, príncipe, princesas, a corte e o povo. Acabaram, pai e filho, em Vila Rica. Chico Rei foi alforriado, ficou rico tornando-se o dono da mina de Encardideira e foi alforriando toda a sua gente. Constituiu uma verdadeira corte, com autorização do governador. Os mais jovens escutavam embevecidos esta história que ninguém sabia ao certo se era verdade, posto que ninguém ali nunca estivera em Vila Rica, e ninguém nunca tinha visto esta tal corte do Chico Rei. Mas era bom ouvir falar de um negro rei na África, que conseguiu ficar livre e virou senhor aqui nas Minas. Nestas mesmas Minas onde eles sofriam tanto e tinham tão poucas alegrias. Era só trabalho, trabalho duro, diversão quase nenhuma.

Alguém falou do arraial da Esperança, onde os calundus

eram praticados abertamente. Lá se podia dançar e cantar, ao som dos batuques africanos. Lá se podia falar em bantu e todo mundo entendia. E também lembraram das congadas, onde se enfrentavam dois reis, um cristão e outro mouro, uma tradição que foi ensinada pelos jesuítas.

Os negros não estavam mais na África. Eles sabiam que nunca mais sairiam do Brasil, e o jeito era fazer com que esta terra ficasse cada vez mais parecida com a de lá. Aqui existiam os índios, é verdade, mas a terra era imensa, e dava para todo mundo. Só o branco, com sua arrogância e sua prepotência, sua pretensa superioridade europeia, sua predisposição para ser predador, é que parecia não combinar com o cenário de paz que os negros sonhavam.

Então, só havia um jeito. Fazer o branco mudar de cor. As negras, principalmente, dariam conta disso. No futuro, os netos e os netos dos netos dos africanos tratariam de criar um Brasil moreno, muito mais próximo da mãe África do que da Europa. Haverá um dia em que nenhuma família no Brasil ousará dizer que não tem sangue negro nas veias. Por enquanto, isto é anátema.

Clemente a tudo ouvia com atenção. Ele também era um escravo. Mas devia lealdade ao senhor José Teles, que já havia incluído em seu testamento a alforria dele, da mulher e de duas filhas, para após a morte dele. Dona Amélia, consultada, concordou com tudo.

Agora, vamos tratar de fazer a carregação do ouro, muito bem acondicionado em caixas de madeira, disfarçadas com folhas de bananeira, em carroças puxadas por burros, até o Arraial da Lapa, onde siá Donde saberia zelar pela segurança da encomenda.

O senhor José Teles começava a se acautelar contra a traição. Ele concluíra que estava em andamento um grande movimento, comandado pelo Ouvidor-Geral, e cada um que cuidasse de esconder o que pudesse da ganância dos governantes. Para estes não havia limites. Queriam a riqueza a qualquer custo. Sabiam que sua passagem pelas terras do Brasil era transitória, vinham como fidalgos servir a El-Rey, mas queriam regressar com muitas posses. Muitas vezes se esqueciam que os que aqui estavam eram também súditos leais, trabalhavam duro e queriam uma recompensa por seu esforço. No mínimo, respeito ao seu patrimônio. Mas não eram poucos os que tudo perdiam para os agentes da Real Fazenda ou do Santo Ofício. O senhor José Teles queria se acautelar.

Clemente acompanhou de longe, como convinha a um escravo, a preparação dos baús, depois de dada por encerrada a apuração. Juntou os tropeiros, a escolta, e iniciou a jornada até o Arraial da Lapa. Procurou os caminhos mais seguros, e viajar durante o dia, evitando as rotas mais frequentadas pelas tropas do sargento-mor. Eram quatro carroças puxadas a burro, cada uma com um baú e diversas outras coisas para disfarçar a natureza da carga. À frente seguiam um feitor, Clemente e o chefe da escolta, devidamente armados. Em seguida vinham as quatro carroças, depois dois burros de reserva, e seis homens da escolta. Deviam parecer tropeiros levando rapadura ou arroz de um lado para o outro.

O primeiro desafio era vencer a Serra do Gandarela e a passagem da Bocaina, um trecho muito estreito e perigoso. Este era o caminho mais provável para se atingir Vila Rica e Mariana. Embora a intenção fosse disfarçar, era difícil. Todo mundo sabia da existência de lavras naquela região mineradora, e a necessidade de se transportar, de tempos em tempos, o ouro para centros maiores, e daí para o Rio de Janeiro. A tropa foi seguindo seu caminho, tensa, e tomando cuidado para não ser surpreendida. Os animais puxavam as carroças com dificuldade, passando por trilhas pouco carroçáveis, ajudados pelos escravos que compunham o grupo.

De repente, ouviu-se um alarido mais à frente e um tiro zuniu por cima do grupo. Alguém vinha de dentro do mato com objetivo de pilhar a tropa. Clemente virou seu animal rapidamente e voltou para ajudar na defesa das carroças. Nem bem completava o volteio e foi atingido em cheio na cabeça por uma pedra, possivelmente jogada com atiradeira, e caiu da montaria, sangrando na fronte.

Começaram a pipocar tiros entre a escolta e os atacantes, que ainda não podiam ser vistos muito bem, apenas pelo movimento dos arbustos. Os animais, assustados, tentavam puxar as carroças para fora da trilha e a duras penas eram contidos pelos condutores, também apavorados. O feitor, arma em punho, começou a dar ordens para a escolta, e foi atingido por uma bala de mosquete, caindo mortalmente ferido. Clemente começou então a gritar que continuassem a seguir com as carroças para frente e tomou a dianteira do grupo, mesmo ferido. Agora podiam ver o bando que os assaltava. Eram negros fugitivos e alguns índios. Deviam fazer parte de algum grupo maior, porque o tempo todo gritavam para que os ouvissem mais ao longe. Era preciso agir rápido, antes que chegassem reforços. Mas a tropa estava em desvantagem, porque as carroças impediam que se movimentassem mais rápido. E os atacantes conheciam bem aquele trecho, ora se deixavam ver, ora sumiam e faziam-se ouvir tiros de mosquete.

A escolta não estava conseguindo dar conta da defesa do grupo, e aí resolveram deixar uma carroça para trás e seguir com as demais, tentando fazer com que os atacantes desistissem e se contentassem com parte da pilhagem. Não conseguiram, porque parecia que outros assaltantes estavam chegando, atraídos pela gritaria, e a coisa começou a ficar difícil para a tropa.

Foi aí que Clemente teve a ideia de separar as carroças e fazer com que duas pegassem um atalho com parte da escolta e ele e outros seguiriam com a carroça mais da frente. Este estratagema parece ter dado resultado porque os salteadores ficaram sem saber que caminho seguir, já que estavam a pé, e começaram a voltar para investigar o que havia na carroça que fora deixada para trás.

Depois de uma meia hora em trote acelerado, e chegando numa parte descampada da serra, Clemente julgou que era hora de parar um pouco e avaliar as perdas. Haviam deixado três carroças para trás, duas delas seguindo um outro caminho, tinham perdido o feitor, morto pelos assaltantes, e alguns ferimentos leves nos tropeiros e parte da escolta. Dava para seguirem até Raposos e pedirem auxílio.

O pior mesmo seria explicar ao senhor José Teles a perda do ouro. Clemente já imaginava a reação do senhor. E, além de tudo, a tentativa de fazer a carregação dentro do maior sigilo foi desastrosa. Agora, talvez tivessem que enfrentar os funcionários do registro, que controlavam o fluxo de mercadorias nas Minas, exatamente o contrário dos planos do Teles. Paciência. Pior mesmo, pensava Clemente, foi a morte do feitor, e a pedrada que tinha recebido na cabeça. O ouro, este existia muito ainda, o senhor poderia extrair novamente do rio.

Clemente chegou até a casa de siá Donde com uma única carroça. As duas outras que saíram da trilha também foram consideradas perdidas, porque ouviram dizer que os homens chegaram sem elas em Itabira do Campo, estropiados, feridos, cansados e assustados. A perda fora muito grande. O senhor José Teles iria ficar furioso, nada tinha dado certo.

Apeou da mula, semblante carregado e decidiu enfrentar a situação. Havia falhado. Traído a confiança do senhor, e isto é o que mais lhe doía na alma.

De longe viu o perfil avantajado do senhor José Teles sentado na porta da casa de siá Donde. Não disse uma palavra, porque o senhor, avaliando de longe a única carroça, adivinhou tudo.

Este levantou-se, caminhou lentamente até a carroça, levantou uns panos que cobriam o único baú que sobrara, e soltou uma sonora gargalhada.

Clemente ficou assustado.

José Teles era homem sábio. Dera instruções para que as carregações de ouro se fizessem em quatro carroças, onde apenas uma continha o ouro. As outras continham cascalho, rapadura, pedaços de pau, coisa sem importância. Ninguém na tropa sabia o conteúdo dos baús. Só o sócio da lavra. O único baú com o ouro estava bem ali na sua frente.

12

Ó Adonai
guia da casa de Israel,
que aparecestes a Moisés na chama do fogo
no meio da sarça ardente e lhe deste a lei no Sinai
Vinde resgatar-nos pelo poder do Vosso braço.
(a segunda das sete Antífonas do Ó - Adonai)

Sarreipa, que nome mais esquisito, comentavam dona Amélia e dona Belinha, fugindo do barro que se acumulava nas passagens, saltando daqui e dali, para chegarem ao largo das Mamoneiras.

Com um nome destes ninguém poderia passar despercebido na Vila do Sabará, nem em qualquer das vilas das Minas. Haveremos de encontrar este homem, custe o que custar.

A primeira parada do roteiro investigativo a que elas haviam se proposto fazer seria na casa de comércio de siá Josefa, que por sinal também era Amélia e Ribeiro. O senhor José Teles sempre dizia que o nome dela era de princesa, Josefa Amélia Ribeiro, e ela respondia que o rei havia se esquecido dela há muito tempo. Ali as senhoras costumavam comprar tecidos e bordados vindos do reino, e até da Inglaterra. Era ponto de parada de muita gente, era um entra e sai de escravas trazendo ou buscando encomendas. Siá Josefa tinha o corpo miúdo, mal tinha tempo de se alimentar. Era o dia inteiro no balcão, e nas horas vagas cuidando do neto, um menino chamado Bernardinho, esperto, sabido e muito folgado.

As duas ficaram um tempo olhando as rendas, não poderiam resistir. Em seguida, puxaram conversa com siá Josefa, coisa que não era muito difícil. Gostava de uma conversinha, embora fosse muito discreta em suas observações. Não convinha ficar mal com as freguesas. Mas as duas, dona Amélia e dona Belinha, estas, sim, falavam sem parar. O senhor José Teles, em casa, chegava a colocar um relógio em cima da mesa para contar o tempo que dona Amélia falava, uma história a puxar outra, deixando-a inconformada. As duas não perderam tempo.

Começaram indagando de onde estavam vindo as verduras que umas negras estavam vendendo ali perto, em grandes cestas de vime. Vinham de um quintal lá perto do rio, podiam confiar. Era coisa boa. Daí passaram a criticar a roupa que uma senhora da sociedade havia usado na recepção do Conde de Valadares, e logicamente começaram a perguntar, semblante cerrado, quais seriam as intenções desta francesa assanhada, esta tal de Diane d'Anjour, que agora se arvorava em *grande dame* da vida social do Sabará. Quem era ela? Siá Josefa, coitada, não sabia dizer. Apenas que a via passando uma vez ou outra, sempre acompanhada da senhora Gertrudes, esta sim vinha aqui na casa comprar uns tecidos, e nem perguntava o preço. Ah é? E não se sabe ao certo por que ela está hospedada no Hospício da Terra Santa, com os frades. E o doutor Túlio, o que dizer dele? Um cretino, observou dona Amélia. Vive se derramando aos pés da francesa, não se enxerga?

Feito este preâmbulo, coisa obrigatória na ida às compras, passaram as duas a indagar, bem casualmente como convinha, se siá Amélia não teria ouvido falar de um tal de senhor Sarreipa, possivelmente vendedor de joias ou imagens. Senhor o quê? Sarreipa, siá Josefa, Sarreipa. É um nome estranho, nós sabemos, mas consta que é o nome ou sobrenome. Poderá ser uma alcunha talvez, ofício não será, porque nunca ouvimos falar desta palavra. Consta que teria passado aqui pela Vila Real, e talvez gostaríamos de comprar alguma coisa nas mãos dele. Siá Josefa ainda ficou um tempo com as mãos no queixo, pensativa, a repassar os clientes e fornecedores, mas não se lembrou de ninguém com nome tão estranho. Se tivesse chegado em sua casa comercial ela se lembraria, por certo.

As duas ainda ficaram olhando os tecidos novos, um

pouco embevecidas, e se demorassem mais por certo até se esqueceriam de sua tarefa naquele dia. Despediram-se de siá Josefa, prometeram voltar outro dia, pediram para reservar metro e meio de uma renda turca que dona Belinha gostou, abriram as sombrinhas, e de braços dados seguiram em frente, acompanhadas da fiel Ofélia.

Agora, era hora de passar pela Rua Direita, entrar um pouquinho em casa das irmãs Machado. Elas, sentadas o dia inteiro nas namoradeiras, apreciando o vai e vem da Vila, saberiam de alguma coisa. As duas riram. As irmãs Machado não perdiam nada do que se passava em torno. E sempre interrompiam um passante para dois dedos de prosa, e por aí tomavam conta de tudo. Lá, certamente, elas encontrariam resposta para sua indagação. Mas teriam que dar alguma coisa em troca. Combinaram, então, de dizer que dona Amélia estava pensando em se mudar para a Barra, muito insatisfeita que estava com a mosquitada em Tapanhoacanga.

As irmãs Machado eram duas irmãs solteironas, avançadas em idade e herdeiras de um rico minerador, que moravam há muitos anos ali na Rua Direita, e de lá acompanharam a construção da casa do padre Correia e a Casa Azul do padre Antônio.

Sabiam de tudo que se passava na Vila, nos mínimos detalhes. Católicas fervorosas, saíam de casa todos os dias bem cedo para orar na Capela da Santa Rita, e também estavam incomodadas com esta tal de Diane d'Anjour, que organizava um coral de crianças lá na igreja, aliás um coral muito desafinado e sem graça, segundo elas. Tinham muita confiança em frei Antero, a quem recebiam com frequência para jantar. Um homem piedoso que devemos todos apoiar, justificavam elas. Além disso, um homem muito bonito, Deus nos perdoe, acrescentavam. Elas haveriam de ter ouvido falar neste Sarreipa, apostavam dona Amélia e dona Belinha.

Bateram palmas e Ofélia gritou, com aquela voz esganiçada, um "ô de casa", e prontamente as duas irmãs assomaram à janela, curiosas. A curiosidade mata. Fizeram sinal que as visitas entrassem e foram recebê-las à porta de entrada, que uma escrava já estava abrindo.

"Ora, ora, vosmicês chegaram bem a tempo de comerem uma ambrosia que a Joana acabou de fazer. Ambrosia com canela, coisa rara", disse a mais velha.

"Ué, vou aceitar", disse logo dona Amélia, que só recusava manga, assim mesmo se fosse oferecida à meia-noite.

As irmãs, Maria das Graças e Maria de Jesus, ficaram logo interessadas no assunto.

"Que nome mais estranho este, dona Amélia. Tem certeza que é este mesmo? Pode ter sido entendido errado. Por exemplo, Sô Reipa, um homem, ou siá Reipa, uma mulher". Elas eram perspicazes. Muitos anos de janela, assuntando tudo o que se passava não apenas na Vila, mas na Comarca do Sabará inteira. Sabiam até coisas inconfessáveis do bispo de Mariana, tudo através de meias palavras e entendimentos completos.

Enquanto falavam, trocavam entre si olhares cúmplices, como que dizendo "não te falei?". Dona Amélia parou um instante para pensar. E se esta imprestável da Ofélia tivesse, realmente, escutado tudo errado?

As irmãs Machado eram muito espertas. Mas vamos lá. Ouviram falar de alguém com o nome parecido com este? Negociante, ourives, tropeiro, minerador, padre, seja lá o que for? Dona Amélia não conhecia suficientemente bem as duas irmãs. Elas acreditavam, já no seu tempo, que informação é poder. Não dariam de graça nada que soubessem, sem receber algo em troca. Foi Maria das Graças, a mais velha, quem perguntou primeiro.

"Desculpe lá, senhora dona Amélia, mas por que este tal de Reipa é importante?"

Dona Amélia olhou para dona Belinha, implorando auxílio. Sentiu que as irmãs não seriam enganadas facilmente. Então, resolveu abrir o jogo. Mas não tudo. Reservou algumas cartas na manga. Começou contando uma longa história. Que o marido era, como se sabe, um irmão do Carmo, e que a este fora pedido que ajudasse na recuperação de uma imagem que havia se perdido, e que alguém havia dito que um tal de

Sarreipa, ou senhor Reipa, ou siá Reipa, havia comprado uma imagem recentemente, e elas estavam interessadas em comprá-la de volta, só para ajudar o Carmo do Sabará. As irmãs ouviram atentamente, levantaram uma única sobrancelha como faziam quando desconfiavam de alguma coisa, acenaram em concordância, entreolharam-se e uma delas disse: "Este senhor Reipa não existe. É mistificação."

Dona Amélia e dona Belinha ficaram estupefatas. Que ousadia. Como poderiam as irmãs Machado dizer assim, sem mais esta nem aquela, uma coisa que ela Dona Amélia tinha escutado de fonte fidedigna, embora não pudesse dizer quem era, e pela qual ela pagara cinco oitavas de ouro?

Agora foi a vez de Maria de Jesus explicar:

"Ninguém com este nome pode ter passado pela Vila Real de Nossa Senhora da Conceição do Sabará, nos últimos vinte anos, sem que nós tivéssemos notado. E, graças ao bom Deus, temos uma ótima memória. Para tudo. Não passou, podemos assegurar. Então, só resta uma hipótese. É um apelido, talvez de Ripa, que pronunciado à moda do reino pode ter soado como Reipa. Se é Ripa, ele deve ser um carapina. É isso. Ele é carapina, e não negociante. Aconselho vosmicês a procurarem por ele na oficina de carapina ali perto da Capela da Rainha dos Anjos."

Dona Amélia e dona Belinha ficaram mudas, ouvindo aquilo tudo. As duas irmãs agora sorriam, entreolhando-se satisfeitas com a própria dedução. É, pode ser, pensou dona Amélia, não muito convencida. Mas valia a pena investigar mais.

Ainda trocaram duas ou três informações sobre rumores que corriam na Vila estes dias, falaram mal do padre Correia, sempre muito ausente em constantes viagens pela Comarca, comentaram a fortuna que devia estar custando o término da casa dele logo mais adiante, despediram-se e, na rua, as duas lançaram um olhar furibundo para a casa das irmãs Machado. Meu Deus, como era difícil aturar estas duas. Se achavam as maiores sabichonas da Vila Real, quem aguenta?

Resolveram andar em direção à Rua do Kaquende,

passando pela Rua da Cadeia e depois, com grande esforço, chegaram à viela da Capela de Nossa Senhora Rainha dos Anjos, uma capelinha toda em madeira, na rua que futuramente se chamaria de São Francisco. Dona Amélia ainda quis aproveitar e assuntar umas vendas na rua do Fogo, mas foi convencida a deixar para depois. Dona Belinha tinha pressa em resolver este assunto e voltar para Tapanhoacanga. A menina Izabel Cristina estava sozinha com as escravas.

Não era comum que as senhoras fossem até as oficinas de carapina, tarefa reservada apenas para os homens. Por isso, as duas acabaram chamando mais atenção do que desejariam. Entraram rapidamente na primeira delas, Ofélia à frente, e indagaram se era ali que poderiam encontrar um senhor chamado Ripa, ou coisa parecida. Quem sabe um Sarreipa? Ninguém conhecia. Portanto, o palpite das irmãs Machado estava completamente errado.

Dona Amélia sentiu a raiva aflorar, só de ter dado atenção a esta hipótese tão improvável. Ainda quis voltar à Rua Direita e dizer uns desaforos, mas foi contida por dona Belinha, mais preocupada em fazer o caminho de volta.

Atalharam pela rua de São Pedro, e chegaram ao Largo do Rosário, onde havia uma pequena multidão vendendo quitandas e quitutes em enormes tabuleiros. Dona Amélia bem que fez um esforço, mas não conseguiu resistir. Comprou uma queijadinha.

E foi ali que dona Amélia viu o nosso Túlio, funcionário do cartório da Câmara e rábula. Estava recostado no Chafariz do Rosário, suarento, como quem havia carregado pedras e mais pedras para a construção da igreja. Dona Amélia que tinha pouca intimidade com este personagem dos dias e principalmente das noites sabarenses teve a súbita vontade de perguntar-lhe se ele conhecia alguém com um nome parecido com Sarreipa. Aproximou-se, disse um bons dias doutor Túlio, e pediu licença para perguntar-lhe alguma coisa.

"Se for na língua do reino de Portugal, minha senhora, eu respondo qualquer coisa, mas se for na língua dos reis de França, não, por favor, que eu não aguento mais ter que enrolar a minha língua e caprichar nos erres", respondeu o Túlio com certo enfado.

Dona Amélia já se arrependeu de ter tido a ideia de perguntar alguma coisa a este ser desprezível, que vivia atrás daquela francesa pedante, e que agora pensava ser a pessoa mais iluminada que andava pelas ruas e becos da Vila Real. Figura ridícula, dizia aquilo só para aparecer, mas ela iria fingir que não percebia nada.

"Ora, não, doutor Túlio, vosmicê sabe que eu não falo outra língua que não seja aquela que meus pais me ensinaram, e é a mesma com que eu faço minhas preces para Nossa Senhora do Carmo, e para Nossa Senhora Desatadora dos Nós. Longe de mim dirigir-lhe a palavra nesta língua travada, esquisita, com que certas pessoas comunicam-se hoje em dia para cantares e outros afazeres", respondeu dona Amélia, pensando lá no íntimo "tomou, lambisgoia?"

Foi dona Belinha, então, que veio salvar dona Amélia, percebendo que a conversa ia tomar um rumo desagradável, resvalando para a tal de Diane d'Anjour que, aliás, andava meio sumida, teria ido a Vila Rica? O doutor Túlio deu um longo suspiro, e disse: "Que nada, minha senhora, ela está por aqui mesmo, mas não para em lugar nenhum, não consigo um minuto de tranquilidade para dizer-lhe um poema que fiz dedicado a ela, mas que tem que ser lido à luz do luar, lá no alto do Morro da Cruz".

Dona Belinha sentiu pela expressão de Dona Amélia que ela iria vomitar. Então, rapidamente mudou de assunto e perguntou se ele, por acaso, não conhecia ali na Vila uma pessoa, homem ou mulher, com o nome de Sarreipa.

O Túlio limpou o suor da fronte, meditou um pouco, assumiu aquela postura que tinha nos tribunais, e disse: "Parece-me que vossa mercê tocou em um nome que, vagamente, já escutei". As duas quase desmaiaram de tanta surpresa. Aleluia. Até que enfim alguém, mesmo que fosse este senhor doutor Túlio, a quem elas, naturalmente, dedicavam um grande desprezo, por ser o Túlio um libertário, um intelectual, numa terra rude, de poucas luzes, mas principalmente por ser a companhia escolhida por *Mademoiselle*, uma mulher tão diferente delas, tão acima em cultura e educação.

Então Sarreipa não seria uma ficção, um engano de mãe Antônia, ou uma mistificação, como disseram as irmãs Machado. Ele existia. Elas irradiaram felicidade, e não fosse o Túlio aquele doutor Túlio, e não fosse Sabará aquela Vila Real de Nossa Senhora da Conceição, elas teriam abraçado o próprio, e pulado de alegria no Largo do Rosário. Deus é Grande, pensou dona Amélia. Por onde menos se espera faz-se a luz.

Dona Amélia recuperou-se do susto, procurou disfarçar um pouco, e perguntou:

"Ah, doutor Túlio, alvíssaras. Este senhor mora aqui no Sabará?"

"Minha estimada senhora, eu não o conheço propriamente. Lembro-me de que esta alcunha, sim porque é uma alcunha, foi mencionada em algum processo existente no cartório da Câmara. Será preciso consultar os registros para que eu possa precisar em que circunstância ele aparece. Respondendo melhor, ele não mora aqui no Sabará. Poderá ser em algum dos arraiais aqui da Comarca, que, como se sabe, é muito extensa. Mas, em algum lugar, ele deve ser encontrado. E, desculpe a intromissão, por que razão vossas mercês estão no seu encalço?".

Pronto, era o tipo de pergunta que dona Amélia não queria ouvir. Tudo, menos explicar de novo. Chega o que dissera, a contragosto, na casa das irmãs Machado, e a esta hora já devia ser do conhecimento de metade do Arraial da Barra. Estava disposta a mentir, ainda mais para este sacripanta.

"Ora, doutor Túlio, ouvimos falar deste senhor como tendo feito um trabalho de marcenaria lá na Igreja Velha, e queríamos contratá-lo para umas obras em madeira na Igreja Matriz. Queremos muito ajudar o padre Tirrino", tratou logo de dizer dona Amélia antes que dona Belinha escorregasse.

"Então, terei muito prazer em tentar localizá-lo para vossas mercês", disse o Túlio, enquanto molhava um pano nas águas límpidas do chafariz e passava pelo rosto. O nosso Túlio podia ser tudo, menos bobo. Agora, ele ficou muito curioso em saber quem seria este tal de Sarreipa, do qual não tinha a menor lembrança, apesar do que dissera para tão distintas matronas.

Dona Amélia e dona Belinha, mal cabendo em si mesmas de contentamento e esperança por terem finalmente encontrado uma pista deste senhor Sarreipa, e confiando na argúcia do eminente doutor Túlio, esteio do cartório da Câmara, que haveria de encontrar o bendito processo e Deus queira até o nome completo e morada do senhor Sarreipa, iniciaram a descida da ladeira em direção à Rua do Carmo, para apanharem as suas respectivas cadeirinhas de arruar que as levaria até em casa. Ofélia ainda quis dizer alguma coisa, e dona Amélia fez um gesto para que se calasse. Esta Ofélia...

Quando chegaram ao Largo das Mamoneiras deram de cara com dona Mulce, atarefada com suas múltiplas compras, e ajudada pelos seis filhos, uma verdadeira *troupe*. Dona Mulce havia feito umas pesquisas informais lá no Hospício da Terra Santa, em conversa com frei Francisco, pessoa muito bem informada e estava ansiosa por compartilhar suas descobertas. As três haviam se transformado em grandes investigadoras, e estavam excitadas com este novo papel. Dona Belinha, desta vez, adiantou-se: "Que bom, dona Mulce, que a senhora descobriu alguma coisa, porque nós duas até esta hora só descobrimos migalhas, e mesmo assim parece que os pombos estão comendo uma a uma".

Dona Mulce, com os olhos brilhando e emoção de um ouvidor, relatou o seguinte. Frei Francisco, alma boníssima, disse-lhe, na maior discrição, que conhecia um tal de Sarreipa. Mas que este Sarreipa não vivia no Sabará, mas sim no Rio de Janeiro, e vivia atracado no Cais dos Mineiros, porque tratava-se de um barco que fazia a travessia para os lados da chamada Praia Grande, que depois seria conhecida como Nictheroy, e interior da baía. E ele, frei Francisco, não tinha a menor ideia de porque o barco fora batizado com este nome, ou se alguém usava o mesmo como apelido ou sobrenome. Mas como, muitas vezes, tinha ido até um local conhecido como Saco de São Francisco, ele guardara muito bem o nome do barco.

A decepção era visível nas expressões de dona Amélia e dona Belinha, apesar da alegria de dona Mulce. O que teria um barco no Rio de Janeiro a ver com São José de Botas, Igreja do Carmo e Sabará? Dona Mulce não se deu por vencida. Disse-lhes: "Vosmicês não percebem que este Sarreipa não é pessoa daqui, mas alguém que tenha vivido no Rio de Janeiro? Se não, de onde ele retiraria este nome para usar como o seu próprio? Esta informação de frei Francisco é valiosíssima. Nos dá uma pista segura de quem devemos procurar. É um forasteiro. Alguém que vem aqui fazer algum tipo de transação. Agora podemos reduzir nossas buscas a alguém de fora, algum reinol com certeza, algum emissário de El-Rey."

Dona Amélia e dona Belinha admiraram-se da capacidade de dedução de dona Mulce. Um espanto. De fato, se a informação de frei Francisco era verdadeira, como parecia ser, então dona Mulce tinha toda razão.

Não seria um carapina, nem um negociante, nem um proprietário de terras, mas alguém que vinha de fora. E isto aumentava o mistério. Supondo que mãe Antônia tivesse acertado no nome, e frei Francisco no barco, porque razão um senhor destes teria furtado uma simples imagem esculpida em madeira de São José de Botas? As três indagaram-se a mesma coisa, quase ao mesmo tempo. Tinham que pensar um pouco, e continuar procurando, sem levantar suspeitas.

"Dona Mulce, espero que vosmicê não tenha revelado a frei Francisco o porquê de seu interesse", atalhou logo dona Amélia. "Ora, dona Amélia, falei apenas que procurava um frei franciscano com este nome, alguém que tivesse estado recentemente na Terra Santa, segundo me disseram", respondeu dona Mulce, exultante.

As três repassaram, então, ali mesmo, o que tinham apurado até agora. Este tal de Sarreipa tem que ser homem, já teve algum processo na Câmara segundo o doutor Túlio, e tinha usado o mesmo nome estranho de um barco que existia no Rio de Janeiro. Portanto, era alguém que deveria ter vindo de lá, ou que fazia frequentes viagens até aquela cidade. Poderia ser um comerciante sim, ou até, Deus nos livre, um clérigo. Ou mesmo um comprador de ouro e diamante. O jeito é prosseguir assuntando. Estamos no bom caminho, e por uma boa causa.

À la guerre comme à la guerre já havia bradado dona Amélia, à moda da generala Fernanda.

13

Ó Raiz de Jessé
erguida como estandarte dos povos,
em cuja presença os reis se calarão
e a quem as nações invocarão,
Vinde libertar-nos; não tardeis jamais.
(a terceira das sete Antífonas do Ó – Raiz de Jessé)

Resolvi colocar a coisa em pratos limpos. Se era para demonstrar a meus companheiros de esnoga que eu também sabia negociar, então eu iria conversar diretamente com o senhor Manoel dos Santos, dono de lavra e com uma penca de filhas em idade de casar. Um verdadeiro perigo para homens solteiros, como se verá a seguir.

Vou lá conversar não apenas como ourives, ou como alguém conhecedor de redes de relações que nos unem em várias vilas e até no Rio de Janeiro, como ele supunha, mas também como uma pessoa que agora se considera parceiro, sócio, empreendedor, ou que nome se queira dar aos que correm o risco da atividade econômica. E o pior é que eu estava gostando deste novo papel. Isto poderia me colocar entre os grandes do Sabará, talvez começando um novo clã, com Minga naturalmente, dedicado ao comércio internacional. Como é bom ser jovem, ter planos para o futuro, sonhar e amar. Foi imbuído deste espírito que cheguei no Arraial de João Velho, nesta manhã fria.

Levei logo um safanão verbal. O senhor Manoel dos Santos estava um pouco irado, digamos, com a minha demora em retornar. Pelo tom de voz acho até que já se arrependera com a minha escolha. Paciência. Ouvi com atenção as suas lamúrias e procurei explicar que este negócio, sumir com ouro atrás do qual estava toda uma estrutura de repressão, não era coisa trivial. Expliquei que eu havia sondado, com muito cuidado, algumas pessoas e que estas haviam me assegurado ser possível, apesar dos riscos. Expliquei também que seria necessário montar um cuidadoso trajeto para chegar ao litoral, e coincidir com a passagem ali de um navio que levaria a carregação até Amsterdã. Lá teríamos que já ter articulado um receptador, provavelmente uma casa bancária, que seria o destinatário final. Teríamos que acertar preço, e a melhor forma de receber o pagamento aqui mesmo no Brasil.

Mas o objetivo da minha vinda era conhecer mais sobre a natureza da carga. Foi aí que a coisa desandou. Seu Manoel me olhou bem nos olhos, pensou um pouco, e me disse: "Olha aqui, seu moço, vê-se que vosmicê não me conhece. Acha mesmo que eu vou revelar assim, para qualquer um, a quantidade de ouro que tenho encontrado?".

Eu ainda pude ouvir, por detrás das portas, o risinho abafado daquelas meninas chatas escondidas. Aquilo me deu raiva. E retruquei: "Senhor Manoel dos Santos, vossa mercê me tira do meu sossego lá na minha oficina de ourivesaria no Arraial da Barra, me faz vir até o Arraial do João Velho em lombo de burro, me faz sondar meio mundo sobre como fazer um contrabando, me faz correr risco de ficar mal falado para o sargento-mor, e ainda quer que eu dê todas as informações sem saber exatamente sobre o quê?".

Nunca me senti tão viril na minha vida, e acho que falei aquilo tudo, naquele tom de voz, só para as meninas chatas me escutarem.

Deu certo. Seu Manoel sentou-se numa cadeira, acendeu um pito, deu um longo suspiro. "Não, meu jovem, eu sabia que vosmicê teria que saber mais ou menos do que se trata, mas não penso em dizer tudim para vosmicê, não agora, quando ainda estamos no início da nossa conversa. Primeiro, quero saber o que vosmicê tem para me oferecer."

Este preâmbulo, não muito agradável para quem vive de prestar serviços, foi necessário para colocar as coisas em seus devidos termos. O senhor Manoel dos Santos, como bom anfitrião antes de mais nada, convidou-me para comer uma pamonha de milho que as escravas tinham acabado de fazer.

Aceitei. Era preciso tomar um fôlego, eu não podia perder esta oportunidade de negócio, nem queria me expor muito.

E foi assim que eu conheci Maria Pia. Para demonstrar seu apreço por mim, ele mandou que entrassem na sala a mulher, dona Umbelina, e suas quatro filhas, todas muito sorridentes e tímidas. Considerei um grande apreço do dono da lavra, expor assim a sua maior riqueza. Ao fitar a mais velha, uma rapariga de seus quatorze para quinze anos, fiquei fascinado. Era linda. Foi atração à primeira vista, se é que existe mesmo isso.

Fiquei sem fôlego, precisei de um gole de água para molhar a boca ressecada. Ela mesma colocou na minha frente um pedaço de pamonha, embrulhada na palha do milho verde, e eu vi de perto aquelas mãos tão brancas. Que mãos lindas tem esta menina, pensei, já completamente esquecido do ouro, da minha Minga, e querendo que o dia não se acabasse mais. Não pude evitar o pensamento de que, talvez, nada daquilo estivesse ocorrendo por acaso. Senti as mãos dos Miranda pousando, levemente, em meu ombro.

O senhor Manoel dos Santos precisava encaminhar as filhas, e existem poucos moços brancos no Sabará que sejam noviços na Ordem do Carmo, com uma profissão rendosa de ourives, e, sem falsa modéstia, um bom rapaz. Os risinhos que eu ouvia, ao contrário do que havia pensado, deveriam ser risinhos de excitação, ante a possibilidade de ali estar um pretendente. Se assim fosse, tudo agora fazia sentido. Por que fui eu o escolhido para avaliar o potencial aurífero das últimas descobertas na lavra, por que a preocupação do seu Manoel em mostrar as benfeitorias, e quem poderia ter me indicado como possível solucionador do problema de sumir com o ouro senão os meus próprios pais? Tudo, tudo agora fazia um grande sentido. O meu futuro deve ter sido articulado na esnoga, ante a possibilidade de eu me enrabichar pela Minga irremediavelmente. Fiquei ali ouvindo a prosa, agora seu Manoel falava de outras coisas, mas um turbilhão de pensamentos me vinha à cabeça. Meu Deus, onde eu fui me meter.

Embora a presença de Maria Pia ainda me perturbasse bastante, tentei me concentrar no assunto do ouro. Perguntei, então, se ele tinha uma ideia aproximada da carregação, e se levaríamos o ouro bruto, como extraído do leito do rio, sem proceder à fundição. Concluímos que seria mais seguro, embora menos cômodo, levar mesmo o ouro bruto.

As fundições clandestinas estavam quase todas desativadas e muito vigiadas hoje em dia. Ele entrou por instantes em uma alcova perto da sala e voltou com um saco bem amarrado, que passou às minhas mãos para que eu avaliasse o peso. Assim por alto, calculei em uma arroba mais ou menos. Existiam seis outros sacos como aquele na alcova. Era muito dinheiro, não há a menor dúvida. Mas será mesmo que valeria a pena correr o risco?

Comecei a ponderar com o senhor Manoel dos Santos a vantagem econômica e política de tentarmos sumir com o ouro. Ele primeiro ficou vermelho, apoplético, e bradou: "Faço qualquer coisa para não dar nem um grama do suor do meu trabalho, da minha luta destes anos todos, para o governo de sua majestade sereníssima. Ouro que será usado para enriquecer os ingleses, em troca de tecidos e outras porcarias. Ouro que será usado para construir palácios e casas senhoriais. Como vosmicê acha que construíram o enorme Mosteiro de Mafra? Como enriqueceram o Paço Ducal de Vila Viçosa? Ouro que será desviado para mosteiros, igrejas e ordens religiosas. Não senhor, quero que todo o ouro da minha lavra fique aqui mesmo, que seja alimento para minhas filhas e netos". Quando ele disse esta última frase, senti logo que havia uma mensagem oculta. Pensei na mesma hora, aí tem.

"Bem, senhor Manoel, se o assunto é desta magnitude para o senhor, eu acho que devemos fazer tudo para realizar o seu desejo. Mas eu tenho mais uma dúvida. Se a intendência avalia cada lavra pelo número de escravos, e pela produtividade média calcula quanto deve render de quintos para a Real Fazenda, como espera vossa mercê passar despercebido?"

"Ah, meu jovem, vê-se logo que vosmicê anda no mundo da lua. Os intendentes, assim como os contratadores lá no Tijuco, também têm interesses pessoais, desejos não satisfeitos, mulheres gastadeiras, e filhos para estudar em Coimbra. Todos aceitam, compungidos, uma pequena comissão nos meus negócios, são de certa maneira também meus sócios na lavra, tudo isso já está acertado com os fiscais que aqui vêm."

Eu fiquei perplexo. Procurei uma palavra no meu vocabulário para tudo aquilo que estava ouvindo e só encontrei, tirada lá do fundo das minhas orações, a palavra corrupção. O senhor Manoel dos Santos era a imagem pronta e acabada de um corruptor, e, quem diria, agora fico sabendo que os fiscais da Real Fazenda são também corruptos. Se esta moda pega, teremos no futuro um Brasil imerso num mar de lama. Comecei a titubear em minhas intenções. Antes, tratava-se apenas de facilitar um contrabando. Agora, eu me via enrolado num complexo esquema de corrupção, que até estudos em Coimbra pagava para os filhos dos fiscais, eu tinha acabado de escutar.

Como eu demonstrava uma certa hesitação, o seu Manoel prosseguiu:

"O que é isto, meu rapaz? Ficou assustado com o que ouviu? Como é mesmo que dizia aquele teatrólogo inglês, o Shakespeare, através do personagem Hamlet? Ah, sim, há mais coisa entre o céu e a terra do que pode sonhar nossa vã filosofia", e deu uma risada.

"E tem mais uma coisa, meu rapaz. Já me disseram que o preço pago pelo nosso ouro aqui nas Minas, geralmente através de agentes do Reino, é um preço aviltado, se comparado com o que eles próprios vendem depois na Europa, ou mesmo pagam aos ingleses. Portanto, estamos cheios de atravessadores. Nós trabalhamos aqui de sol a sol, sou obrigado a ter não sei quantos escravos para ter direito a explorar um lote, sim porque tudo que existe nestas terras pertence, em princípio, a El-Rey, nós somos apenas os concessionários. Se não cumprimos com as cem arrobas anuais, em seguida vem a derrama. El-Rey não quer saber se choveu ou fez sol. Quer aquela parte que ele mesmo estipulou. E o resto quer comprar por preço vil. Não senhor, comigo não. Quero os meus direitos."

Eu pensei lá meu íntimo, meus direitos? Que direitos? Eu vi logo que esta história era mais complicada do que eu pensava, e não cheirava bem. Eu antes queria apenas ficar rico, como todo mundo. Queria encher Minga de joias e vestidos bonitos e passar horas olhando para ela. Queria viajar para outras terras, ter uma roça de cana de açúcar, e uma liteira importada para passear. Agora, vejo que ficar rico não é coisa tão simples assim, e nem tão limpo assim. Eu teria que fazer algumas concessões, digamos, de ordem moral, e não sei se era bem o que eu queria na vida.

Esta minha vinda até o Arraial do João Velho estava sendo muito instrutiva. Estava aprendendo que tudo nesta vida é uma troca, e que não existe esta coisa de almoço de graça. Estava começando a achar que o Túlio é que é feliz, e não sabe. Sua única preocupação é atender aos caprichos de *Mademoiselle*. E assim mesmo, um de cada vez. Eu precisava de um tempo para pensar. Precisava conversar na esnoga e ouvir a opinião de meus parentes. Eu jurava, antes disso, que meus pais me queriam ver casado com alguém de Vila Rica ou Mariana, alguma moça das famílias Monteiro de Barros, Manso da Costa Reis ou Negreiros. Agora, desconfio seriamente que eles estão por trás deste arranjo casual com o senhor Manoel dos Santos. E este, por sua vez, está me avaliando como futuro genro. Fiquei gelado. Genro? Mas como genro? Minha cabeça começou a zunir. E, ainda por cima, aquelas meninas chatas continuavam com os risinhos atrás da porta.

Então, respirei fundo e disse: "Senhor Manoel dos Santos, entendi perfeitamente o que quer dizer. Agora já sei de seus reais objetivos e posso avaliar a quantidade de ouro que vai compor a carregação. Queria perguntar apenas uma coisa. Quanto está disposto a gastar nesta empreitada, aí incluídos meus honorários?"

Seu Manoel me olhou vivamente, como pensando "até que enfim este idiota despertou". Meditou um pouco, ou fingiu meditar como se estivesse fazendo elaborados cálculos, quando eu sabia agora que aquilo tudo já estava pensado há muito tempo.

"Meu rapaz, considerando as dificuldades que vosmicê terá que fazer sozinho, sim, porque eu não quero nem saber dos detalhes, e considerando que o preço por quilo de ouro que vosmicê vai conseguir será, pelo menos, uma vez e meia o que eu conseguiria aqui, eu estou disposto a gastar um décimo do ouro apurado e pesado."

Eu balancei. Juro que balancei. Um décimo daquele ouro todo, agora eu calculava em umas dez arrobas, incluindo os sacos escondidos que certamente ele não havia contado, dava uma arroba de ouro só para a minha comissão e as despesas. E esta arroba vendida por duas vezes o preço das Minas, como eu já calculava, poderia ser o equivalente a duas arrobas de ouro no Sabará. Eu estava rico, sem ter pegado na bateia um dia sequer na minha vida. Aleluia!

Mas não queria demonstrar tão rápido a minha imensa alegria e cobiça. Cocei a cabeça, olhei para cima, revirei os olhos, e disse: "Um décimo mais as despesas da escolta". Seu Manoel, surpreso, mas sem demonstrar nada, estendeu as mãos e disse "negócio fechado". E acrescentou só mais umas coisas que me preocuparam: "Se vosmicê for apanhado pelas tropas, coisa que acho improvável, eu não terei nada com isto, e nem sei de onde veio este ouro, tudo será por conta e risco de vosmicê, entendido? E também quero dividir tudo em três carregações diferentes. E veja lá se vai comentar isto com alguém, sobretudo com aquele seu amigo meio maluco, doutor Túlio. Vê lá".

Disse isto e bateu palmas. Imediatamente entraram por uma porta duas escravas carregando bandejas com quitutes e quitandas, e por outra a mulher e as filhas, todas muito sorridentes para mim. Senti-me em estado de sítio. Seu Manoel, colocando um braço em meu ombro, foi me dizendo o que eu não queria ouvir.

"Vais pernoitar aqui hoje, meu rapaz. Não aceitamos recusa. Eu sabia que chegaríamos a um acordo, tenho confiança em si", continuou seu Manoel, já esquecido da desconfiança com que havia me recebido naquele dia. Ainda tentei dizer qualquer coisa, esquivando-me, mas a pressão da família era insuportável. Já traziam uma garrafa de Vinho do Porto da Real Companhia Velha, não sei de onde tiraram aquela preciosidade. E nós dois logo levantamos um brinde ao sucesso da nossa empreitada, enquanto as mulheres apenas sorriam. Dona Umbelina, então, falou pela primeira vez: "Mandei fazer uma canjiquinha com costelinha, acompanhada por couve na manteiga, e um arrozinho bem soltinho, que espero sejam do vosso agrado". Senti-me perdido, inteiramente perdido, cercado por todos os flancos, sem qualquer hipótese de uma rota de fuga.

Enquanto eu e seu Manoel novamente nos sentamos à mesa de jantar, as meninas desta vez acomodaram-se em almofadas e esteiras no chão. Pude, então, observar Maria Pia, a mais bonita e mais tímida das irmãs. Ela não pronunciou uma única palavra, e quase nunca levantava os olhos para o meu lado. Devo confessar, para os devidos fins, que aquilo me comoveu. Raramente tínhamos a oportunidade de conviver no Sabará com as meninas de boa família. Às vezes víamos um vulto na janela, ou uma entrada furtiva no confessionário. Nada mais que isto, o que dificultava muito a escolha de uma esposa. Eu, da minha parte, já havia escolhido a Minga, fogosa, para o que desse e viesse. Mas realmente Maria Pia, que eu agora observava em rápidos relances, me atraía. Apenas uma menina-moça, mais nova uns três anos do que a Minga, muito escondida naqueles trajes conservadores, vestido comprido até o chão e gola fechada. Eu só conseguia ver as mãos, além do rosto, e estas eram lindas. Lindas.

Comecei a pensar que estas meninas chatas não eram tão chatas assim. Eram educadas, parece-me até que sabiam ler e escrever, e comiam com as mãos fazendo longos meneios com os braços. Aquilo me encantou. Mas, segundo nossos costumes, eu não deveria dirigir-lhes a palavra. Só olhares, e mesmo assim quando seu Manoel curvava-se para levar a colher do prato à boca. Sou um bom observador, o Túlio sempre me diz isso, e rapidamente vou captando as coisas no ambiente. Por exemplo, vi que Maria Pia, como a filha mais velha, tinha ascendência sobre as outras e ela determinava com o olhar quando era hora de pararem de servir. Ao mesmo tempo observei, de soslaio, que a segunda filha, Vitória, ora me olhava, ora olhava para Maria Pia, executando algum código secreto, mas que pude perceber muito rapidamente. A terceira filha, Maria Joaquina, era a mais calada de todas. Isabel, a mais nova, era muito irrequieta, e era dona Umbelina quem a colocava no lugar, apenas com o olhar severo ou com um murmúrio imperceptível para mim. Mal pude conter o riso algumas vezes, mas tive que fazê-lo porque meu anfitrião não entenderia, no meio de uma preleção sobre boatos de inconfidências no Curvelo e Aiuruoca. Eu, sinceramente, estava mais interessado nas meninas, e em seu comportamento na presença de um estranho, agora parceiro do pai, mas ainda assim um estranho, do que propriamente nas querelas coloniais.

Terminada a refeição principal, passamos a comer umas quitandas doces muito bem feitas, por sinal. Em seguida, as mulheres pediram licença para se retirar, seu Manoel puxou um pito, e eu estiquei gostosamente as pernas, enquanto ouvia suas histórias.

Era uma boa pessoa, este senhor Manoel dos Santos. Havia ajudado muito na Igreja Velha, ele me disse. Era homem de muitas lutas. Lutas contra os botocudos, negros fugidos, e paulistas. Ficou um longo tempo contando passagens de sua vida, até quando era menino lá na Bahia. Eu achei que era hora apenas de ouvir, e fiquei atento todo o tempo, mas aquela canjiquinha, e aquele vinho do Porto, foram subitamente me trazendo um torpor e uma dormência difícil de explicar.

Seu Manoel logo percebeu que o dia havia sido muito exaustivo para mim, e levou-me até uma alcova a mim destinada, com um catre arrumado e uma lamparina. Havia também um jarro e uma bacia com água, e uma toalha bordada. Debaixo do catre um urinol, de maneira que eu não precisasse, ou ousasse, sair da alcova durante a noite. Agradeci, e desabei. Nem tirei a roupa.

Eu precisava achar logo o padre Sarmento. Agora a coisa era séria e eu havia de correr. Procurei no Hospício, não estava e ninguém sabia dele. Passei pelo morro da Barra, fui até a rua de São Pedro, desci até a ponte, passei pela venda do Resende, num corre cotia sem fim. Nada de achar o padre Sarmento. Onde haveria se enfiado o meu jesuíta? Fui encontrá-lo, calmamente, escolhendo umas mudas de pimenteiras que queria plantar em alguma chácara da Vila. O padre Sarmento aparentemente havia se integrado em nossa vida, não era mais aquele forasteiro furtivo que se esgueirava pelas vielas e becos. Isto era um mau sinal para mim. Os jesuítas não dão ponto sem nó. Eu preferia vê-lo ativo no comércio de pedras, que ele teimava em negar que o fizesse, mas que eu sabia perfeitamente que sim. Ainda mais agora, quando eu estava agoniado para colocar em prática os nossos planos, coitado do senhor Manoel dos Santos, tão precisado de se ver livre daquele ouro e transformá-lo, todinho, em libras esterlinas. Com minha ajuda, naturalmente.

Fiz um gesto que precisava falar a sós com ele, mas parece que ele não entendeu.

"Meu caro ourives, estou aqui escolhendo umas sementes e mudas, vou fazer uma plantação experimental no Sítio Dom Pascoal, preciso ensinar a este pessoal como se planta. Já dizia Pero Vaz de Caminha que em se plantando, aqui tudo dá. Mas eles não acreditam. Querem só jogar as bateias nos rios e riachos, esperam encontrar vários eldorados, e se esquecem da riqueza da terra que os alimenta. Aprendi isso lá nas margens do Rio Paraíba do Sul, na região do Areal, vendendo manga para os viajantes, mangas que davam em pencas no mato, de graça.

Eu me impacientei. Será que o padre Sarmento não dá mais valor ao comércio de ouro e diamante, no qual ele parecia antes tão interessado? E aquela tal de Gabriela, a quem ele cumulava de presentes, vai querer agora ganhar pimentas e pimentões? Sai para lá, padre Sarmento. Cai na real. Vamos voltar ao negócio de contrabando de ouro. Falei demais. Esta palavra, contrabando, eu não posso nem dizer em meus pensamentos. Então, dizendo melhor, vamos retornar aos caminhos que ligam as Minas ao Rio de Janeiro. São muitos, e é sobre eles, sobre aquele mais seguro, com menos soldados da tropa regular, e com menos salteadores, é que eu gostaria de conversar. Poderíamos ir a um lugar tranquilo, longe de ouvidos desta gente bisbilhoteira? O padre Sarmento propôs que fôssemos à minha oficina, no largo atrás do Chafariz do Kaquende. E, por falar nisso, eu gosto muito daquela frase inscrita no próprio, em latim, o que atesta a nossa universalidade: *"Populum Sabarensis Donatio Anno Dominum 1757"*.

Assim que fechei a porta, cerrei as janelas, e acendi uma lamparina, disse ao meu jesuíta: "O negócio está para sair a qualquer momento. Preciso saber dos detalhes da rota, e como posso vender o ouro no Rio de Janeiro mesmo, ao invés de ser em Amsterdã. Tudo dentro do maior sigilo e na maior discrição. Penso que vendendo o ouro a comerciantes do Rio de Janeiro, embora por preço bem abaixo da Europa, ainda será mais conveniente para o dono da lavra. Ele gostaria de transformar tudo em libras esterlinas".

O padre Sarmento voltou à vida real. Seus olhos brilharam, eu pude perceber. Era o sangue fenício correndo nas veias novamente. Perguntou-me: "Do quê estamos falando exatamente?". Eu respondi, com cautela, "Alguma coisa entre sete e dez arrobas de ouro bruto".

Padre Sarmento respirou fundo. "Santíssima Virgem, é muito ouro". Aí eu resolvi esfriar um pouco a conversa, para não despertar outras cobiças além da minha.

"Bem, é verdade que o peso exato ainda está em avaliação. O dono da lavra vem acumulando os frutos da descoberta deste veio há algum tempo, e não quer divulgar, com razão, exatamente do que se trata. Ele quer também fazer várias carregações, para não despertar suspeitas, e diminuir o risco de se perder pelo meio do caminho."

Padre Sarmento sabia do que se tratava. Em suas andanças pelo sertão, em Conceição do Mato Dentro, no Serro do Frio e até no Paracatu ele havia recebido e intermediado pedidos semelhantes. Fazia-se muita venda irregular de ouro por aí, para escapar da voracidade da Real Fazenda.

No Rio de Janeiro eu haveria de procurar um certo senhor John Davis, através de um contato do padre Sarmento na Igreja de Nossa Senhora da Lapa dos Mercadores. Este contato, também jesuíta, me introduziria a este John Davis, um comerciante inglês que operava no Trapiche de Ver o Peso, perto do Paço do Vice-Rei.

Eu deveria evitar a Rua dos Ourives, muito visada pelos fiscais. A tarefa era meio complicada, cheia de meandros, mas parecia factível. Duas coisas deveriam ficar claras: negociar o preço antes de efetuar a venda, e receber o pagamento em libras esterlinas.

O caminho que ele me sugeria era um antigo caminho passando pelo sul do território das Minas, transpondo a serra da Amantiqueira, dali a Guaratinguetá, e depois até em frente à Ilha Grande, na região conhecida como Angra dos Reis Magos, para evitar passar por Paraty. De lá ao Rio de Janeiro seria um pulo. Pulo para ele, mas um longo e demorado caminho, sobretudo para mim, que nunca havia saído da região do Rio das Velhas. Nossa Senhora do Carmo e São Simão Stock me protejam.

14

Ó Chave de Davi
o cetro da casa de Israel
que abris e ninguém fecha;
fechais e ninguém abre:
Vinde e libertai da prisão o cativo
assentado nas trevas e à sombra da morte.
(a quarta das sete Antífonas do Ó – Chave de Davi)

Estou chegando à igreja do Carmo por convocatória do irmão Prior. Esta não é apenas uma reunião da Mesa, da qual eu sou um mero suplente, mas uma reunião de toda a Ordem Terceira, a pedido do senhor José Teles. E como o reverendo padre-comissário encontra-se em viagem pela Comarca, ela será presidida pelo irmão-prior. Não foi divulgado o assunto a ser tratado, mas desconfio. Devem ter encontrado aquela imagem de São José de Botas.

Estas convocações da Ordem do Carmo são assim como verdadeiras imposições. Se faltarmos, sem justificativa aceitável, podemos ser advertidos severamente, ou até mesmo ser expulsos da irmandade, se com isto completarmos um certo número de faltas consecutivas. E ser expulso da Venerável Ordem Terceira de Nossa Senhora do Monte do Carmo do Sabará é uma vergonha universal, correspondente na vida em sociedade da Vila a contrair-se a lepra. Ninguém quer isto para si ou para um parente.

Não pude deixar de atender à convocação, estando presente aqui estes dias, apesar das mil coisas que andam pela minha cabeça. Afinal, eu estava prestes a virar um dos grandes do Sabará, respeitado e rico, se Deus quiser. Não mais aquele jovem e promissor ourives, amigo do doutor Túlio e amante da mulata Minga, mas um verdadeiro comerciante. Sem poder ainda explicar o rápido enriquecimento, mas de certa forma, lá no mais recôndito do meu íntimo, eu sabia como tudo isto iria se resolver no futuro.

Todos aqueles brancos que ali estavam, arrogantes, enfatuados, portugueses nascidos no Brasil em sua maioria, membros da elite sabarense, os chamados homens bons, verdadeiros fidalgos da terra, seriam eles diferentes? Teriam eles enriquecido por uma dádiva da Divina Providência, que assim escolheria alguns poucos entre muitos, ou por herança dos antigos proprietários destas terras, os botocudos, ou mesmo apenas pelo esforço de seus próprios braços nas lavras? Claro que não. Eu agora sabia que cada um daqueles irmãos deveria ter uma história obscura para contar. Portanto, eu não estava sozinho, e isto me deu um grande alento e aplacou a minha consciência.

A reunião seria realizada na própria sala do consistório, a portas fechadas. Parecia coisa séria. Primeiro sentaram-se os irmãos componentes da Mesa, aqueles que se encarregavam da condução da ordem em vários aspectos. Depois, nos bancos arranjados em semicírculo, os demais membros ali presentes, eu inclusive, que sou apenas um noviço. O senhor José Teles, semblante carregado, pediu licença ao irmão Prior e começou a falar.

"Como alguns aqui bem sabem, e outros vão saber agora, fui encarregado pelo reverendo padre-comissário de fazer uma investigação discreta sobre o paradeiro de uma imagem de São José de Botas, que teria desaparecido de dentro de um armário da sacristia. Devo dizer que procedi com o maior cuidado, tentando responder a duas indagações. Primeiro, por que alguém teria interesse em furtar uma imagem aparentemente sem maior importância, e segundo, qual o paradeiro desta imagem. Quero hoje acusar formalmente nosso irmão-tesoureiro, senhor Armindo Barbosa, aqui presente, de estar ocultando fatos importantes relacionados à imagem e às finanças desta ordem terceira."

Meus amigos, fechou o tempo, como se diz aqui. O senhor Armindo Barbosa ficou lívido, punhos cerrados, mas nada disse. O irmão-prior ficou de pé, e parece que queria dizer alguma coisa. Começou um burburinho geral, uns a favor e outros contra, e o irmão-prior, recuperada a voz, bateu na mesa e pediu silêncio. Disse apenas o seguinte:

"Poderia vossa mercê, senhor José Teles, por quem temos o maior respeito, explicar melhor os motivos desta acusação tão grave?"

"Com muito gosto", respondeu o Teles, e continuou "e se me deixarem falar por alguns instantes". Fez-se, então, silêncio na assembleia, e todos apuraram os ouvidos.

"Eu mandei saber em São João d'El Rey quem exatamente havia doado a imagem para a nossa ordem e apurei que esta imagem, ao contrário do que se pensava, não foi feita por algum artesão de São José, mas ela veio diretamente do Rio de Janeiro, com a recomendação de que a fizessem chegar até a Ordem Terceira do Carmo do Sabará. Quem teve este cuidado foi um senhor chamado Paredes da Costa, comerciante estabelecido na Rua dos Ourives, na cidade de São Sebastião do Rio de Janeiro, especializado em joias e moedas. Este senhor usou como intermediário um tal de Custódio José Dias, português de Penafiel com morada na Vila do Nazaré. Que, por sua vez, a passou para um tal de Delfino. Portanto, este senhor da Costa sabia exatamente o destino final da imagem, e esta não seria uma imagem qualquer. Ela deve ter sido usada como um pombo-correio, trazendo alguma coisa escondida nela. O nosso irmão Tesoureiro, senhor Armindo Barbosa, aqui presente, foi quem recebeu a encomenda e deu entrada nos bens da Ordem, sem, no entanto, registrá-la no livro de termos. Devem concordar que é um fato inusitado, e muito estranho."

"Poder-se-ia argumentar que era uma imagem sem importância, mas a ela já estava destinado um local ao lado da futura imagem de São Simão Stock, e era, de qualquer forma, um presente da Ordem do Carmo de São João d'El Rey. O senhor Armindo Barbosa me declarou que ela estava guardada à chave na sacristia e que somente ele tem esta chave. Então, pergunto, como é possível ter desaparecido esta imagem? Apurei, também, que a nossa ordem está com sérios problemas financeiros para dar continuidade à construção da nossa Capela do Carmo, com vários pagamentos em atraso. Portanto, temos aí alguns fatos estranhos, e todos envolvendo a pessoa do nosso irmão-tesoureiro. Peço que ele tome a palavra e nos dê algumas explicações."

Desta vez, não houve nenhum burburinho. As acusações eram graves, e pairavam muitas dúvidas nas cabeças de todos nós. Lamentei a ausência do padre Correia. Ele saberia, melhor do que ninguém, encaminhar esta reunião. Todos ficaram em silêncio, olhando fixamente para o senhor Armindo Barbosa, cujas mãos tremiam e a fronte porejava. Ele olhou desajeitado para o irmão-prior e para o senhor José Teles, ergueu-se com dificuldade e disse as seguintes palavras.

"Tenho muito pouca coisa a dizer. É verdade que as nossas finanças andam mal. Temos tido muitos gastos na construção da capela, muitas alterações nos contratos para fornecimento de pedras lá do Caeté, adiantamento para compra dos sinos, ainda nem começamos a pintura do forro que já demandou compra de corantes especiais a pedido dos mestres, tivemos problemas com andaimes que caíram e tiveram que ser refeitos, e muitas outras coisas. Temos recebido mais promessas que doações efetivas, e teremos que recorrer mais uma vez à irmandade para cobrir os rombos nas finanças. Com relação a esta imagem, do venerável São José, casto esposo de Maria, só sei dizer que recebemos como uma doação espontânea da Ordem do Carmo de São João d'El Rey, eu mesmo a guardei no armário da sacristia, do qual somente eu tenho a chave, e ela desapareceu. Só isso que tenho a dizer."

Foi pouco, muito pouco, seu Armindo. Quase tudo nós já sabíamos, de uma maneira ou de outra. Eu pensei que fosse haver um debate verbal entre ele e o Teles, e até torcia para isto acontecer, mas até agora não houve. Começou novamente o burburinho, com algumas pessoas visivelmente exaltadas. Foi aí, então, que alguém, acho que o senhor João Amaro, tomou a palavra e disse o seguinte:

"Meus irmãos, por que não esquecemos este assunto da

imagem, que me parece secundário e sem maior importância, e nos concentramos apenas nas questões financeiras da ordem?".

Seu Armindo Barbosa deu um pulo, talvez já recuperado do susto inicial. Disse: "De jeito nenhum, caro irmão, as duas coisas devem igualmente serem tratadas. Precisamos encontrar esta imagem de qualquer maneira, esta foi uma determinação expressa do reverendo irmão-comissário, e não podemos esquecê-la. Da minha parte acho muito grave o fato de alguma coisa, qualquer coisa, desaparecer assim sem mais esta nem aquela de dentro da sacristia. Que confiança podemos ter daqui para frente? E, além do mais, por ser eu o único guardião da chave, pesa sobre mim uma suspeita intolerável. Eu exijo que se descubra quem fez isto".

Até que enfim. Gostei. Seu Armindo falou bonito, foi incisivo e demonstrou firmeza. Novo burburinho, ouvindo-se vários "apoiado". A coisa estava esquentando. Senti o Túlio não fazer parte da ordem, porque nesta hora ele certamente tomaria a palavra. Eu sou muito tímido, e me acho muito jovem ainda, para ter alguma iniciativa. Mas o Túlio falaria bonito, cheio de palavras rebuscadas, coisas aprendidas nos livros de Coimbra, e daria alguma ideia interessante. Com certeza.

O Teles fez uma réplica. "Eu gostaria de saber do nosso irmão-tesoureiro se ele já ouviu falar alguma vez deste senhor Paredes da Costa. Ele me parece a chave deste mistério. Senão, vejamos. Porque um comerciante da Rua dos Ourives, no Rio de Janeiro, envia uma imagem de São José para que a ordem de São João d'El Rey possa nos presentear? Quem é este cidadão? Que relacionamentos ele mantém com pessoas aqui do Sabará? É importante descobrir isto. Está me parecendo que esta imagem deu um volteio enorme para chegar despercebida aqui nesta sacristia, em armário cuja chave só o seu Armindo tem."

Seu Armindo Barbosa declarou nunca ter ouvido falar deste senhor, e fingiu não entender a insinuação. Mais burburinho na Sala do Consistório. Cada um ali presente parecia ter um palpite. Eu não pude deixar de pensar que esta mesma Rua dos Ourives já me havia sido mencionada pelo padre Sarmento, e com a recomendação para fugir dela. Que coincidência. Eu também estou começando a achar que o seu Armindo está escondendo coisa. Mas, então, ainda não acharam a tal imagem. Foi só eu pensar e o doutor José Teles prosseguiu.

"Eu exatamente pedi uma reunião de todos os irmãos que estivessem aqui no Sabará hoje para tornar público, pelo menos no âmbito da nossa Ordem, esta investigação de que me investiu o padre Correia, que infelizmente não está aqui presente, e da qual me pediu sigilo. Mas este sigilo está dificultando muito as coisas para mim. A essa altura, possivelmente, a imagem vai longe e só nos resta mesmo é saber quem foi o autor e o que de tão valioso ele viu que o motivou a retirá-la de dentro da sacristia, sem que fosse notado. A não ser pelo irmão-tesoureiro, aqui presente. Eu quero contar com a ajuda de todos. Quero que indaguem se alguém viu esta imagem em algum canto, em alguma casa ou arraial desta Vila. Façam da forma que acharem melhor. Temos que encontrar alguma pista. Da minha parte eu tenho ainda mais coisas para dizer."

Agora o burburinho estava virando uma grande confusão. Todos falando e gesticulando ao mesmo tempo. Alguém perguntou se não seria o caso de se envolver o ouvidor-geral e responderam que não carecia, para uma coisa tão pequena. Era algo relacionado à irmandade, à fé, e seria a nós mesmos que caberia investigar. Outro perguntou se haviam sido inqueridos os mestres e escravos trabalhando na obra da construção. O doutor Teles respondeu afirmativamente, e nenhum deles conhecia a imagem, já que ela ficava trancada. E foi, então, que ousei perguntar lá de trás:

"Haveria possibilidade de existir uma chave duplicata, em poder de alguém mais além do irmão-tesoureiro, ou seria possível que o armário tivesse sido esquecido aberto?"

O doutor José Teles olhou para o seu Armindo Barbosa,

aguardando que ele mesmo falasse. O seu Armindo, aparentando muito desconforto naquela situação, explicou que era impossível o armário ficar aberto, porque ele nunca ficava desta maneira, de dia ou de noite, em virtude de ali serem colocadas várias coisas de valor para a Ordem, inclusive oitavas de ouro e pequenos objetos doados por irmãos falecidos. Quanto à cópia da chave, sim, havia mais uma em poder do reverendo padre-comissário. Mas ele nunca a portava e nunca havia usado em todo o seu período de comissariado, ficava guardada em sua casa na Rua Direita. Esta informação, que aparentemente a maioria ali não sabia, acrescentou um fato novo. Com todo o respeito que o padre Correia merece, mas então o seu Armindo não era o único guardião do castelo, por assim dizer. Esta segunda chave poderia ter sido usada, foi o que pensei imediatamente, e acho que muitos também pensaram.

O doutor José Teles tomou a palavra e disse mais.

"Voltando a esta figura misteriosa que é o senhor Paredes da Costa, eu consegui apurar também, com pessoas conhecidas no Rio das Mortes, que este senhor comercializa objetos de prata, prata trazida do Peru, segundo dizem, e muitos objetos de prata nas igrejas de São João e São José foram fornecidas por este senhor. Agora, eu me permito perguntar aqui como entra esta prata no território português? Bom, mas isto não nos interessa. O que interessa saber é que este senhor comerciante do Rio de Janeiro foi o verdadeiro doador desta imagem para a nossa Ordem, passando por vários intermediários. Agora, resta saber com que objetivo ele fez isto, já que nem irmão do Carmo ele é, há até uma suspeita que seja um cristão-novo judaizante."

Ora, ora, esta história estava ficando muito interessante. Que falta fazia o Túlio naquela assembleia. Mas agora eu poderia discutir este assunto com ele. O doutor José Teles acabou de tornar público. Só faltava mesmo esta imagem aparecer nas mãos de *Mademoiselle*. Aí seria o caos total. Deus nos livre que isto aconteça. O Túlio levaria um século para explicar que ele não teve nenhum envolvimento com isto, e se conheço bem as autoridades do reino, ele já poderia ir providenciando uma casinha em Angola ou em Cabo Verde. É caso para degredo mesmo. Comecei a rir intimamente.

A confusão na sala do consistório era grande e esta reunião prometia se estender bastante. Todos tinham um palpite para dar e ninguém se entendia. Como sempre me acontece nestas horas deixei meu pensamento vagar livremente e fui até Minga, e me perguntei onde andaria ela nesta hora. Será que atrás daquele menino empertigado e indagador chamado Bento?

Fui interrompido nos meus pensamentos porque fez-se um súbito silêncio. Alguém com a voz baixa e cansada estava falando. Era o irmão-zelador. Ele disse:

"Eu só queria acrescentar mais uma coisa. Coisinha de nada, mas que pode ajudar o doutor Teles em sua investigação. Andaram por aqui, há tempos, uns senhores de fora desta Vila, acho que eram paulistas, um deles até falava castelhano, examinando a nossa obra e apreciando as imagens que temos nos altares. Eu me lembro que um deles me perguntou se não havia uma imagem ou altar aqui dedicado a São José, eu respondi que não. Havia um outro, um senhor baixinho com o cabelo grisalho espetado, de sobrenome Rosa, que me perguntou que vinho era usado na missa. Achei muito estranho, porque ninguém está muito interessado nos vinhos canônicos, a não ser os reverendos padres oficiantes. Na ocasião, pensando que ele pudesse ser um mercador, respondi que os vinhos canônicos só podem ser comprados de pessoas cujo caráter genuíno seja conhecido, segundo as regras da Santa Madre Igreja. Eu só me lembrei agora disso, porque não é comum termos visitações na Capela do Carmo, que nem acabada está."

Todos concordaram que estas visitações, e as indagações deste senhor Rosa, eram, no mínimo, suspeitas. Mas, ninguém ali presente soube dizer nada sobre estes estranhos. Apenas eu, no meu canto, lembrei-me daquelas pessoas na casa do Móti, na noite da explosão na beira do rio. Seriam eles então paulistas? O padre Sarmento eu já sabia que era do Rio de Janeiro, mas e os outros? Prometi a mim mesmo, e como ajuda ao doutor Teles, indagar um pouco mais do Móti. Eu continuava sem saber que reunião foi aquela, houve até uma altercação, pude ver bem através da janela. Eu só não podia, agora, dizer nada. Por nenhum motivo deste mundo eu quero chamar atenção sobre o padre Sarmento. Não antes de terminar as minhas carregações, que não me saíam da cabeça.

O irmão-procurador também quis falar. Todo mundo quer falar. Está parecendo mais reunião do Senado da Câmara. Ele disse o seguinte:

"Salve Maria! Eu queria aqui defender a pessoa do nosso irmão Tesoureiro, que vem fazendo um trabalho notável e abnegado nesta fase tão difícil da Ordem. Não é verdade que ele esteja omitindo fatos sobre a situação financeira. Todos sabemos que temos tido problemas para saldar nossos compromissos, e se mais problemas não temos é graças às bondosas doações de irmãos e das famílias dos falecidos. O que eu acho é que é muito precário o nosso sistema de guardar as coisas aqui dentro. Ainda bem que o cofre está intacto."

Houve um zum-zum de aprovação. Seu Armindo estava prestigiado. O Teles não se deu por convencido. Ele ainda estava com a pulga atrás da orelha, como se diz, e voltou à carga.

"Volto a insistir que a origem desta imagem é muito estranha e que a entrada dela na capela deveria ter sido registrada na lista de bens da Ordem, e não foi. Ou foi?"

Todos os olhares se voltaram para o irmão-tesoureiro, que por sua vez pediu ajuda ao irmão-zelador.

"A verdade", disse o irmão-zelador, "é que esta imagem não é a única coisa que ainda não foi lançada no rol dos bens da Ordem. Existem outras. O irmão-prior sabe que nem tudo que temos está oficialmente nos livros". Pronto, agora foi a vez do irmão-prior entrar na confusão, saindo de sua mera posição de expectador. Bem feito. Este, endireitou o corpo, pigarreou, e disse: "A realidade é que não deu tempo. Esta imagem de São José de Botas, uma doação, parecia tão simples, tão irrelevante, que não registramos mesmo no livro de bens. Mas vamos fazê-lo, sem falta, assim que a recuperarmos". Houve um momento de descontração. Todos sorrimos de tanta ingenuidade do irmão-prior. Ou pensaria ele que éramos um bando de idiotas?

    A reunião ainda se prolongaria por longas horas, se não escutássemos os sinos da Matriz tocando insistentemente. Alguma coisa de grave havia acontecido lá para os lados da Lagoa. Meu Deus, será ataque botocudo de novo?

15

Ó Oriente
esplendor da luz eterna e sol da justiça
Vinde e iluminai os que estão sentados
nas trevas e à sombra da morte.
(a quinta das sete Antífonas do Ó – Oriente)

A notícia chegou mais rápida do que eu pensava. Nada a ver com botocudos, não desta vez. Foi assassinato mesmo. Sim senhor, assassinato. O padre Malaquias, Deus o tenha, foi assassinado dentro da Igreja de Nossa Senhora da Conceição, em frente mesmo ao altar de Nossa Senhora do Amparo. Por isso os sinos badalavam sem parar. Nós ficamos estarrecidos. Não que mortes violentas sejam raras nestas bandas, mas sim pelo fato de ser um clérigo estimado por todo mundo, e ter sido morto dentro da igreja. Sacrilégio! A nossa reunião da ordem foi encerrada às pressas, e quase todos fomos, da forma mais rápida possível, para o Largo da Matriz. O senhor José Teles estava visivelmente perturbado, nem parecia aquele algoz de pouco tempo atrás. O padre Malaquias era um velho conhecido, muitas vezes rezava missa na Igrejinha do Ó, ali perto de sua casa em Tapanhoacanga, ele nos disse acabrunhado. Era um homem bom. Por que razão fora assassinado, e de forma tão vil? Era o que todos queríamos saber.

No caminho comecei a cogitar que coisas estranhas, muito estranhas, vinham acontecendo nesta Vila do Sabará. Inclusive o aparecimento desta tal de Diane d'Anjour, vinda não se sabe bem de onde, nem com que propósito. E o padre Sarmento, um jesuíta que não é mais jesuíta, muito interessado na compra e venda de diamantes, e minimamente interessado em assuntos educacionais. E o sumiço desta bendita imagem que já andava me cansando, porque eu não conseguia atinar com a importância que ela havia assumido na Ordem do Carmo, com acusações e suspeitas para todo lado. E, agora apareceu um senhor Paredes da Costa, que mora no Rio de Janeiro e tem amigos no Rio das Mortes. Meu Deus, não temos mais paz aqui na Comarca do Rio das Velhas.

Eu precisava de tranquilidade e vida mais regrada, para dar prosseguimento aos meus planos. Agora, com este assassinato, certamente as atenções do governador-geral e do bispo de Mariana estariam voltadas para a Vila. Mais confusão, mais soldadesca pelos caminhos, mais perigo para minhas carregações. Enquanto a minha mula ia me levando, meu pensamento corria longe. Ao meu lado, meus companheiros tagarelavam sem cessar.

Quando chegamos à Matriz já havia lá muita gente. O sargento-mor fazia suas primeiras avaliações, e soldados estavam cercando os arredores, desde a ponte da Igreja Velha até o Caminho Novo, perto da casa dos Fróes. Com muito custo, consegui chegar até o adro, e vi o padre Lourenço José Coimbra, ajudado pelo padre Tirrino, procedendo ao ritual de purificação do lugar sagrado profanado. Não sei por que, lembrei-me novamente daquela história de São Thomas à Becket.

Padre João Antunes de Malaquias, homem piedoso, era o padre-comissário da irmandade de Nossa Senhora do Amparo dos Homens Pardos, uma das mais antigas e tradicionais das irmandades da Vila do Sabará.

Segundo umas poucas testemunhas, o assassino entrou furtivamente na igreja, dirigiu-se ao padre Malaquias que estava orando e esfaqueou-o com frieza. Em seguida deixou um papel junto ao corpo em que estava escrita uma única palavra em latim: *vanitas*, e saiu precipitadamente, sem que alguém tivesse qualquer reação. Descreveram-no como sendo um homem pardo, ou negro, nem alto nem baixo, jovem, mas poderia ter alguma idade. O fato é que as poucas pessoas que estavam ali naquela hora, numa semiobscuridade, nada conseguiriam notar do assassino, mesmo que o quisessem.

Pelo que se contou depois, só deram mesmo pelo acontecido quando alguém viu o corpo de Padre Malaquias cair no chão, junto a uma poça de sangue.

O ferimento havia sido feito com uma faca. Nenhum grito, nenhuma imprecação, nenhum motivo aparente. De acordo com os depoimentos colhidos pelo sargento-mor até agora, não deve ter havido a troca de uma única palavra entre o assassino e a vítima. Apenas uma certeira estocada, e o padre Malaquias já caiu sem vida. O assassino sabia exatamente a quem buscava.

Eu anotei mentalmente para perguntar ao Túlio, versado em letras, qual seria o sentido daquela palavra *vanitas*. Ele, mais tarde, me explicou que aquilo significava vaidade. "*Vanitas vanitatum est omnia vanitas*", está lá no Eclesiastes, disse-me ele com o polegar apontando para os céus. Vaidade das vaidades, tudo é vaidade. O que isto teria a ver com o pobre padre Malaquias, um homem simples, afável, sem vaidade alguma, segundo aqueles que o conheciam mais de perto? Do lado de fora da igreja fervilhava. Havia revolta e comiseração entre o povo.

Vi o senhor José Teles conversar com padre Tirrino, tão logo se encerrou o ritual. De longe percebi que falavam coisa importante, porque procuravam disfarçar com as mãos sobre os lábios. Fiquei curioso. Padre Tirrino, em dado momento, convidou o Teles para irem até a sacristia da direita. Muito embora fosse um destacado irmão do Carmo, eu sabia que o Teles assistia em tudo que podia a Matriz também, ainda que não pertencesse à Irmandade do Amparo. E o padre Malaquias era o clérigo mais requisitado para dizer missas na Igrejinha do Ó, pela qual o Teles e dona Amélia tinham grande afeição, desde que a mais velha de suas filhas ali se casara numa tarde quente com um jovem garboso vindo do Rio de Janeiro, que a levara embora, tiveram quatro filhos, e nunca mais voltaram. Tudo isso, quero dizer o assassinato, não me entendam mal, tinha sido uma grande confusão e inexplicável.

Agora a Irmandade do Amparo estava encarregando-se

do corpo, como rezava a tradição. Padre Malaquias seria velado ali mesmo na Matriz, e depois sepultado na própria igreja. Eu continuava andando pelas laterais, tentando captar algum comentário que me desse uma pista do ocorrido, muito embora não tivesse nada com isto. Eu apenas desconfiava.

Era um acontecimento muito inusitado para a Vila do Sabará, este de um clérigo ser assassinado por um desconhecido, dentro da igreja, um local sagrado para a quase totalidade das pessoas, brancos, pardos e negros. E o que significaria aquele recado, sim porque só podia ser um recado, a palavra latina *vanitas*?

Quantas pessoas, ali no Sabará, teriam intimidade com o latim, pensei. Apenas quem tivesse passado pelo Seminário de Mariana ou alguma escola mantida por jesuítas. Portanto, não seria fruto das mãos de um escravo, ou mesmo de um forro, ou até mesmo de um mestre de obras, estes não teriam este conhecimento. Eu, por exemplo, não tinha. Tive que pedir ajuda ao Túlio, a pessoa mais culta que eu conhecia.

Lembrei-me que o padre Correia mantinha em sua casa o Colégio de São Roque há muitos anos, conduzido por jesuítas, desde o tempo em que eles ainda podiam transitar livremente pelas Minas. É, possivelmente os alunos de lá também poderiam ler e escrever em latim. Haveria de considerar também aqueles com passagem por Coimbra, e talvez incluir o senhor ouvidor-geral, José de Góes Ribeiro Lara, pelo qual eu próprio não nutria muitas simpatias. E também outros clérigos, acostumados a ler e rezar em latim todos os dias. Claro, eu teria que incluir também, meio a contragosto, o padre Sarmento, coitado.

Depois destas minhas reflexões, fui obrigado a admitir que existiam muitas pessoas em condições de escrever aquele papel. Até o irrepreensível Túlio, meu amigo, por que não? Portanto, fosse eu investigador deste acontecimento, teria uma lista enorme de suspeitos. Achei melhor voltar ao local do crime.

Agora, umas mulheres estavam lavando cuidadosamente o chão perto do altar. Eu imaginei o padre Malaquias ajoelhado e por onde teria entrado o assassino. Talvez não tivesse sido pela frente. A Igreja de Nossa Senhora da Conceição tem muitas entradas possíveis.

O altar de Nossa Senhora do Amparo fica do lado direito da igreja, a meio caminho entre a porta lateral que dá para o exterior e a porta para a capela mortuária. Do lado esquerdo temos igualmente duas entradas laterais. E se eu fosse um investigador sério, acho que ainda deveria considerar a possibilidade de o assassino ter vindo de dentro, passando pela porta da sacristia.

Enquanto prosseguia o falatório e muita gente estava de joelhos dizendo suas orações, o corpo já havia sido retirado para ser preparado, eu me afastei um pouco, caminhando pelo centro da igreja e avaliei o tempo que seria necessário para o assassino desaparecer. Foi aí que gelei. Havia uma outra possibilidade, também razoável. Ele pode não ter saído, apenas misturou-se aos fiéis que estavam rezando.

Meu Deus, esta história estava ficando complicada, e eu não tinha nada com isto. Nem experiência em investigações, como tinha, por exemplo, o doutor José Teles. Que, por falar nisso, continuava conferenciando reservadamente com o padre Tirrino, a portas fechadas. Eu fiquei de olho.

Neste meio tempo, achei que era hora de me refrescar um pouco e meditar. Fui beber um tanto de água fresca no Chafariz da Confraria, estava com a garganta ressecada ante as possibilidades que levantei. A igreja continuava enchendo de gente, vinda de todos os arraiais, chamada pelos sinos, que continuavam a badalar.

Resolvi dar uma olhada no corpo, que a esta altura já estava na capela mortuária, com uma entrada pelo lado direito da igreja. Enquanto fiquei ali parado, esperando uma chance de me aproximar do corpo do pobre padre Malaquias, coberto por um lençol branco e em cima de um suporte de madeira, fiquei reparando nas pinturas do forro de caixotão da capela. Em todas elas havia uma frase sobre a vaidade. Muita coincidência, pensei eu. Será que coincidência existe?

Eu precisava da ajuda do Túlio. Ali estava aquela mesma

frase com que se inicia o Eclesiastes, que ele citaria mais tarde para me explicar o significado de *vanitas*, mas também me chamou atenção a sexta pintura do forro, com o texto *"si ambulavi in vanitatem e festinavit in dolo pes meus"*, extraído do Evangelho de João. "Se caminhei na vaidade e se meus pés se apressaram para o engano", conforme me foi traduzido, dois dias depois pelo próprio Túlio, quando repassávamos estes acontecimentos. O que teria feito o humilde, o simples, o afável padre Malaquias para merecer todas estas insinuações? Que recado quis dar o assassino, não contente em tirar a vida de um pobre clérigo tão estimado na Vila do Sabará?

O engraçado é que o sargento-mor não estava dando a menor importância para o escrito. Até o próprio papel estava jogado em cima de um banco da igreja, junto a outras coisas encontradas nas roupas do padre. Eu me aproximei, e como ninguém se opôs, peguei-o para examinar. Não se tratava de um papel qualquer. Era quase um pergaminho, daqueles usados no cartório da Câmara para registro de documentos. A letra era rebuscada, não seria de um ignorante. Mas o que mais me chamou a atenção foi a tinta carmim. Rara, difícil de ser encontrada na maioria das casas do Sabará. Portanto, me pareceu razoável pensar que o bilhete havia sido escrito por uma pessoa diferente do assassino, e muito antes do fato.

Temos aí, se me permitem o termo, um mandante. Isto configura, como diria o Túlio, uma execução encomendada, prenúncio de tempos sombrios nas Minas e no Brasil. O executor não deve ter sido a mesma pessoa. Esta, pela letra, me parecia uma pessoa com boa formação, não seria um minerador qualquer. Então, temos aí seguramente já duas pessoas. O assassino furtivo, rápido, certeiro no uso de um punhal, e o mandante, pessoa refinada, cuidadosa, sutil. Pessoa de posses, e com acesso a tinta carmim, muito usada para correções em textos oficiais.

O sargento-mor estava mais preocupado com as formalidades processuais. Fazia medições dos ângulos, da exata posição do corpo no chão, dos tempos e das possíveis testemunhas. Estas, já vimos, não serviam para muita coisa. Por certo, havia pessoas na igreja naquele mesmo momento. Mas ninguém deu um depoimento consistente. Não viram nada.

O sargento-mor começou, então, a indagar dos hábitos de padre Malaquias. Quem estava dando informações era o prior da Irmandade do Amparo, que a esta altura havia assumido completamente as exéquias. O padre Malaquias tinha hábitos muito simples. Habitava uma casinha lá pelo Arraial da Igreja Velha, prestava assistência a algumas comunidades, e ajudava na Matriz por ocasião de grandes eventos. Quem era um grande amigo dele, fiquei sabendo, era o senhor José Teles. Que, por sinal, continuava sumido lá na sacristia até agora. Ele e o padre Tirrino deviam ter muita conversa para por em dia.

De repente, abre-se a porta, e sai o senhor José Teles mais abatido do que chegara. Pelo visto, padre Tirrino tentara consolá-lo. E ainda escutei ele murmurar "eu fui o culpado". Ouvi perfeitamente. Fiquei curioso e tentei me aproximar. Não sei se já disse, mas não tenho muita intimidade com o Teles. Ele, além de ser bem mais velho do que eu, está em outra categoria social. Mas, por que ele se sentiria culpado? Eu era testemunha de que estávamos na reunião da ordem do Carmo no momento do assassinato. Agora, vejo chegar a mulher do senhor José Teles, a senhora dona Amélia, conheço de vista das procissões lá do Carmo, que com ar indagativo dirigiu-se ao marido, sentado em um dos bancos da igreja, olhando para a imagem de Nossa Senhora do Amparo. Vi que eles trocaram algumas palavras, ele tentando explicar o que havia acontecido e ela com ar perplexo. Mas vi também quando o Teles disse alguma coisa em voz baixa e dona Amélia fez uma expressão de horror. Fiquei intrigado.

Consegui perceber que está havendo, neste momento, uma certa discussão entre o chamado poder real e o poder eclesiástico. A Irmandade do Amparo, respaldada pelo vigário da Igreja Matriz, está discutindo a atuação do Corpo de Ordenanças. Quem deve orientar a investigação do crime?

Pelo que eu percebo, a irmandade quer assumir este papel, porque padre Malaquias era o padre-comissário, e por trás há o poder do bispo de Mariana. Mas este deve sua indicação a El-Rey. O sargento-mor responde ao Senado da Câmara da Vila do Sabará, e a esta interessa zelar pela paz nos arraiais. Aparentemente a irmandade está discordando dos procedimentos adotados por ele, o que poderia atrasar a cerimônia do sepultamento.

Nesta altura, o assassino é quem menos está sendo procurado. Parece que todas as suspeitas, a julgar pelos questionamentos do sargento-mor, estão recaindo sobre o padre Malaquias, justamente a vítima. Estou percebendo que o número de pessoas está aumentando, e todos querem ver de perto onde caiu o padre. Todos também estão tirando suas próprias conclusões, sem nenhum fundamento, porque ninguém ali consegue imaginar quem seria o assassino. Menos o senhor José Teles e agora também a senhora dona Amélia, porque ambos estão sentados e muito pensativos. Teria o padre Tirrino dito alguma coisa que eles não sabiam?

Pronto, quem agora eu vejo entrando pela porta principal, e já assumindo ares de jurisconsulto? Ele mesmo, o meu caro amigo Túlio, trazendo a tiracolo Diane d'Anjour, e atrás a onipresente Maria Gertrudes. Pelo visto, a notícia chegou rápido ao Morro da Barra. É verdade. Não é todo dia que temos um assassinato de um clérigo dentro de igreja, aqui no Sabará. Mas, eu sentindo já uma ponta de contrariedade, pensei na hora o que teria a senhora Diane a ver com isto? Deixe-me saudá-los logo antes que façam um escândalo.

"Ora salve doutor Túlio, *Mademoiselle* e senhora Maria Gertrudes, mas que coisa terrível aconteceu aqui, não?"

"Meu rapaz, devo dizer que este é um fato indescritível, deve ser o fim dos tempos. Conheci bem o padre João Malaquias, e não consigo atinar quem possa ter cometido uma barbaridade destas. Estava conversando aqui com *Mademoiselle* e ela me disse que muitos crimes destes estão sendo cometidos nos monastérios da França, parece uma revolta contra a classe clerical. Mas, eu lembrei-lhe de que

Minas não é propriamente a França e temos muito apreço por nossos padres, abrindo aqui uma honrosa exceção para o nosso reverendíssimo Vigário-Geral da Comarca, padre Correia, aqui entre nós. Parece-me que deve ter sido o ato de um tresloucado, dos muitos que habitam estas terras loucas."

"Túlio, eu estou aqui há algum tempo assuntando e ouvindo os depoimentos de pessoas que estavam dentro ou nos arredores da igreja, e assim não me parece. Foi coisa pensada, muito bem pensada. O assassino sabia exatamente quem iria matar, e devia ter um motivo para isto, ou recebeu algumas boas oitavas de ouro para fazer o serviço."

"Não me diga, meu rapaz. Esta seria uma perspectiva muito interessante, e não totalmente nova por aqui. Nós sabemos que muita gente tida como boa manda que outros executem as sentenças de morte. Mas é preciso que houvesse uma motivação para o crime, e não me parece que um pobre padre, morador do arraial da Igreja Velha, quase sem posses, pudesse ter algum inimigo capaz de tirar-lhe a vida."

"Eu não quero me arvorar em investigador, não tenho pendores para isto, meu caro doutor Túlio, mas e se o padre Malaquias sabia demais, por assim dizer?"

"Sabia demais sobre exatamente o quê?" interessou-se o Túlio, enquanto as duas mulheres admiravam as pinturas do forro e o impressionante retábulo do altar-mor.

"Eu acabei de ouvir o senhor José Teles, vosmicê conhece, e que está ali mesmo sentado em atitude contemplativa, dizer ao padre Tirrino que ele era o culpado. Mas culpado como, se nós acabamos de vir de uma reunião da Ordem Terceira do Carmo? A não ser que ele tenha compartilhado alguma coisa, ou solicitado ao padre Malaquias alguma informação. Vosmicê ainda não sabe, mas o senhor José Teles investiga o desaparecimento de uma imagem de dentro da sacristia da Igreja do Carmo, e aparentemente esta imagem tem mais coisa envolvida do que madeira."

"Meu caro rapaz, admiro-me de vossa inocência. Então, eu não sei que andam atrás de um São José de Botas? Alguém comentou isso lá no cartório. As notícias correm rápidas hoje em dia. Fique atento."

Este era o Túlio. Eu sabia que ele daria logo conta desta investigação, nada escapava ao seu olhar e ouvidos apurados. Mas foi justamente Diane e não ele quem fez a maior descoberta da tarde. O punhal que o assassino usou estava caído num canto entre o chão de madeira da igreja e um pedestal. Ninguém até agora havia achado a arma do crime, fundamental na apuração do assassinato. Diane, toda excitada, apontou para o Túlio onde estava o punhal, ainda sujo de sangue. Bela investigação está fazendo o sargento-mor, pensei eu. Deve ser para não chegar a conclusão alguma, arrematei para mim mesmo.

A descoberta da arma usada contra o padre Malaquias parece que despertou o senhor José Teles daquele transe em que se encontrava. Deu um pulo, e foi examinar detidamente o punhal, como que querendo reconhecer a propriedade. Impossível. Uma arma branca como tantas que existem na região do Rio das Velhas. As pessoas, muitos escravos e forros, se aproximaram e fizeram um aglomerado em volta do local apontado por Diane. Mas que olhos de lince ela tem, pensei. Olha que eu mesmo estava ali há muito mais tempo, percorri os corredores, olhei para os bancos e para os altares, e nada vi. Deve ser coisa de francesa. Enxerga até onde os mortais não conseguem perceber. Bem, mas o fato é que a descoberta do punhal não alterou em nada o andamento das investigações, até porque pela natureza do ferimento qualquer um poderia deduzir o que havia sido usado para perfurar o tórax, na altura do coração. Quem usou, sabia como fazê-lo. Foi extremamente eficiente em não produzir um gemido que chamasse a atenção.

Achei que já era hora de me retirar. Estava cansado e precisava colocar as minhas ideias em ordem. Despedi-me do Túlio e fui embora. Diane d'Anjour e a inseparável Maria Gertrudes já estavam entretidas com outras coisas dentro da igreja, e nem repararam que eu me afastava. Para Diane, eu continuava não existindo.

Voltei à igreja de Nossa Senhora da Conceição para o sepultamento do padre Malaquias, que seria feito com todas as honras pela irmandade do Amparo.

O corpo saiu em procissão da capela mortuária pela porta lateral, precedido primeiro dos irmãos da Mesa, todos com opa, um carregando a Cruz, outro carregando o estandarte da irmandade, outros com tochas, seguidos dos irmãos-maiores, vigário sob pálio, o esquife carregado pelos irmãos-noviços, alguns músicos que entoavam hinos fúnebres, e o povo em geral. Muita gente. Foi difícil até encontrar um lugar nos bancos da Matriz, toda iluminada com velas e castiçais dispostos em todas as capelas laterais e no altar-mor, para assistir à missa de corpo presente. Os sinos badalavam a pequenos intervalos. A procissão fez uma volta cerimoniosa pelo terreiro e entrou na igreja pela porta principal, quando se ouviu uma salva de palmas em homenagem ao morto.

Eu não pude evitar a emoção que tomou conta de mim naquele momento tão solene. A mesma emoção que sinto, todos os anos, na festa do Anjo Custódio do Reino, no mês de julho. A pompa, o tom grave dos tambores e dos instrumentos de sopro, a iluminação da igreja, a violência de que foi vítima o boníssimo padre Malaquias, tudo isso nos arrebatou.

O senhor José Teles parecia-me agora muito solitário. O que para mim não teve maior importância, para ele foi a indicação de uma autoria. O punhal, que ele examinara detidamente no dia anterior, e o bilhete continham mensagem cifrada. O assassino, ou melhor dizendo, os assassinos mandaram um recado cruel para o investigador da Ordem do Carmo. O padre Malaquias havia revelado que sabia onde estava a imagem do São José de Botas.

Fora Clemente, o fiel assistente do senhor José Teles, quem havia levado o recado para o senhor. Este ficara de encontrar o padre na Igrejinha do Ó dois dias depois, um dia após o assassinato na realidade, para contar o que sabia. Por isso o Teles havia ficado transtornado. Indiretamente, pensou, havia sido culpado daquela morte, o que revelava agora que o desaparecimento da imagem, mais os fatos que ele relatara para a Irmandade, não haviam sido uma mera obra do acaso. Havia mais coisa. E como o padre Malaquias ficara sabendo de tudo? Não fora ele, José Teles, quem contara. Ele continuava muito discreto em suas conversas sobre o assunto. Agora, era preciso descobrir com quem o padre Malaquias se relacionava. Não pode ter sido o Vigário, nem o padre Tirrino, com os quais o Teles não havia comentado nada até o dia do acontecimento.

Fiquei sabendo disso tudo por ele próprio, após o sepultamento, sentado no banco da Igreja da Conceição, totalmente abatido. Ele que raramente conversava comigo, assim mesmo só assuntos da Ordem, agora me tomava como confidente.

Eu, depois disso, nem queria saber muito mais a respeito do assunto. Achei que os responsáveis pelo sumiço da imagem estavam jogando pesado demais, e eu queria estar distante. Por favor, não me contem detalhes. Não quero que ninguém fique pensando que eu sei mais coisas.

O problema é a minha curiosidade. Aquele assassinato havia despertado em mim um lado que eu não conhecia. Um pendor para investigar. Enquanto a senhora dona Amélia tentava convencer o Teles a ir embora, eu voltei a imaginar a cena do crime. Foi um crime encomendado, não há a menor dúvida. Então, o assassino deveria ser um profissional, alguém conhecido das autoridades. Na Vila do Sabará era possível conhecer-se bastante bem os malfeitores.

Eu continuava cismado com aquele *vanitas* deixado junto ao corpo. Era um recado. A morte era um recado. Seria um recado para o senhor José Teles, ou para o Vigário Coimbra, ou para a Irmandade do Amparo?

A tradução de *vanitas*, segundo novamente o Túlio, também pode ser entendida como a futilidade em agradar, a transitoriedade da vida terrena, e, nas artes, como a natureza morta.

O padre Malaquias sabia demais, está claro para mim. Se

isto foi obtido no confessionário, ele tinha o dever de não revelar. Se ele fazia parte de algum grupo, interessado em alguma coisa da qual eu não fazia ideia, então deveríamos acompanhar os seus passos nestes últimos dias, e tentar estabelecer as interrelações.

Eu comecei, não sei porque, a pensar nesta tal de maçonaria. Eu sabia, por comentários na esnoga, que a maçonaria havia se instalado nas Minas, e cooptado alguns ourives. Mas ainda não os clérigos, que se saiba.

Os pedreiros livres, como eles se autointitulavam, tinham vindo primeiro de Coimbra para a Bahia, e de lá para as Minas. Sabia-se muito pouco sobre eles, apenas que formavam uma espécie de sociedade secreta, e que trabalhavam para promover a libertação destes povos do jugo da Coroa. Mas chegariam eles ao ponto de matar um pobre padre secular? E se realmente fosse pela imagem desaparecida, permanecia a grande questão desde a reunião inicial da Ordem Terceira do Carmo. O que de tão valioso ela possuía que justificasse um ato destes? Tudo isso me parecia muito inverossímil.

Resolvi, então, chegar até o arraial da Igreja Velha, e dar uma espiadela na casa do padre Malaquias. Não foi difícil encontrá-la e entrar. Perguntei a uma escrava se alguém havia estado lá e me surpreendi ao saber que eu era a primeira pessoa a ver o quarto e a mesinha de trabalho do padre. Apresentei-me como sendo da Irmandade, o que facilitou um pouco as coisas. Era tudo muito simples, como eu supunha. Nenhuma riqueza.

O padre Malaquias era um homem pobre, e vivia como tal. Olhei alguns poucos livros, revirei papeis, e, então, vi uma mensagem com a inconfundível letra do Padre Correia. Nada demais, já que este era o Vigário-Geral, a não ser pela seguinte frase "e que São José não perca suas botas pelo caminho". Pronto, achei uma ligação qualquer com o desaparecimento da tal imagem. Só podia ser. Apanhei rapidamente aquele papel, dobrei-o e guardei na algibeira. Precisava, agora, estudar melhor todo o texto. Não sei que impulso me levava a isto, eu, simples ourives, candidato a mercador, membro de uma esnoga secreta, irmão do Carmo, amante da Minga. E, de repente, transformado em investigador criminal.

Guardei o papel e escafedi-me.

16

Ó Rei das nações
e objeto de seus desejos,
pedra angular
que reunis em vós judeus e gentios:
Vinde e salvai o homem que do limo formastes.
(a sexta das sete antífonas do Ó – Rei)

O Túlio me disse que Diane d'Anjour quer participar de uma arrematação da Câmara do Sabará como Mestre da Arte da Música. Meu Deus, enlouqueceu de vez. Como se sabe, o Senado da Câmara decidiu fazer arrematações com contrato por um ano inteiro para a função musical de suas festas. O Mestre que ganha a arrematação deve apresentar seus músicos, compor, treiná-los, e executar as demandas das diversas comemorações. Parece-me que este ano importa em alguma coisa como sessenta oitavas de ouro. Sinal de que a Diane começa a ficar sem recursos. De onde terá surgido esta mulher, e porque ela escolheu o Sabará? O Túlio me diz que ela tem um espírito aventureiro, só isso. E que detesta as grandes corporações, tais como aquela Companhia das Índias Ocidentais. Mas, que eu saiba, até agora ela só concentrou seus esforços na criação de corais infantis, como o da Capela de Santa Rita. Responsabilizar-se pela regência de vários músicos, e pela condução musical das cinco principais festas que a Câmara promove é muita responsabilidade. Ainda mais para uma mulher. Nunca tivemos uma Mestra da Arte da Música. Nisto a louca está inovando, sem dúvida.

Eu continuava muito preocupado com a morte do padre Malaquias para perder tempo com as extravagâncias de *Mademoiselle*, ainda que esta me intrigasse bastante. Aquele bilhete do padre Correia, que eu já tinha lido e relido muitas vezes, não me dera nenhuma pista. Não contei para ninguém, nem mesmo para o Túlio, que eu havia retirado aquele papel dobrado da mesa do padre Malaquias.

As investigações do sargento-mor, como era de se esperar, não deram em nada. Seria mais um assassinato sem motivo nem autoria conhecidos. Mas, por alguma razão, eu me sentia atraído por este mistério.

Foi Minga, num destes nossos encontros furtivos na Igreja das Mercês, quem me deu a ideia de consultar uma forra lá no Arraial da Espcrança, uma tal de mãe Antônia, que dizem ter poderes para adivinhar as coisas. Ela me disse que os escravos falam muito bem dela. Eu a princípio relutei bastante. Não acredito nisso, não acredito mesmo. Isto é coisa que os negros trouxeram da África, crendices, apenas isso. Eu estou a caminho de ser uma pessoa respeitável no Sabará, um irmão do Carmo, e se o senhor Manoel dos Santos me ajudar, um homem rico sem nunca ter tido um dia de trabalho nas lavras. Não posso me envolver com bruxarias. Mas Minga insistiu. Disse que eu não fazia ideia do que esta mãe Antônia era capaz. Era um dom que ela tinha, coisa misteriosa, sem explicação. Não tinha nada de mais em fazer uma consulta. Um dia, diziam, ela estava participando de uma missa e aconteceu o inesperado. Ela entrou numa espécie de transe, foi preciso chamar um preto velho, conhecedor de várias coisas do calundu, para acudi-la. A partir daí a menina Antônia foi sendo iniciada em vários rituais estranhos e transformou-se em mãe Antônia, figura respeitada entre os escravos e forros. Dava conselhos, fazia adivinhações, achava coisas perdidas, curava moléstias do corpo e do espírito.

Com muito custo aceitei a oferta de Minga dela mesma fazer a indagação a esta vidente. Ela deveria fazer uma única pergunta da minha parte: quem havia assassinado o padre Malaquias? Era improvável que ela soubesse, claro, se nem o sargento-mor teve a mais leve desconfiança. Mas fiquei curioso e continuava muito interessado em deslindar esta história, antes que caísse no esquecimento, como tantas outras mortes por aqui.

Passados uns três dias, Minga passou pela oficina e fez

sinal pela janela que precisava falar comigo. Parecia muito excitada. Parei de examinar uma pedra que me deram para avaliar, tranquei a mesa, e saí para a rua aparentando a maior naturalidade deste mundo. Minga me esperava debaixo de um beiral, fugindo do sol forte da manhã. Ela apenas sussurrou no meu ouvido.

"Mãe Antônia me disse quem matou o padre."

Eu não acreditei. Como era possível? Confesso, fiquei muito curioso. Quem não ficaria?

"Diga logo quem foi, Minga. Mas fala baixo e disfarça."

"Foi um tal de Sarreipa."

Fiquei sem entender nada. Seria *sarreipa* um termo em africano? Minga me garantiu que era um nome de pessoa, não era uma alcunha. Não sei como ela podia ter tanta certeza. Disse que mãe Antônia, ou sei lá que entidade que se manifestava nela, falou sem titubear. Aquilo me pareceu muito fantasioso. Estes escravos são loucos, pensei. Quer dizer que vão lá no arraial da Esperança, fazem uma pergunta qualquer para esta forra que diz ter poderes sobrenaturais e ela adivinha coisas que ninguém sabe? Essa não. Fosse assim, El-Rey já teria transportado a própria para Lisboa, com ou sem a aprovação do bispo de Mariana, e ela estaria prevendo catástrofes e vitórias sobre os inimigos do reino. Ou a descoberta de minas de prata na América portuguesa, coisa que El-Rey não se conformava em não ter ainda encontrado, ao contrário dos primos espanhóis que foram mais bem aquinhoados pela Divina Providência.

Guardei aquele nome, Sarreipa, e pensei em comentar com o Túlio. Provavelmente não era um nome próprio, talvez de alguma organização, e ele saberia me dizer. O Túlio sabe tudo, é uma enciclopédia viva. De qualquer forma o certo é que alguém neste Sabará, não importa se é uma forra maluca, diz saber quem matou o padre Malaquias, e este alguém não é o sargento-mor nem algum prócer do Senado da Câmara. Comecei a rir. Minga fitou-me com olhar de reprovação, percebendo toda a minha incredulidade.

"Vosmicê, meu sinhô, não deveria duvidar do poder dos

espíritos."

"Não, Minga, estou rindo ao pensar que possa existir alguém que sabe facilmente quem matou o padre, enquanto todo mundo anda atrás de descobrir a mais leve pista que chegue ao assassino. Se este nome for verdadeiro, estes espíritos sabem mais do que todo mundo, e esta mãe Antônia deveria estar muito rica."

"Ah, meu sinhô, vosmicê faz pilhéria com coisa séria. Ela não faz isto para ganhar oitavas de ouro, embora até receba algum pagamento. Ela faz isso porque é uma mensageira."

"Mensageira de quem, Minga?"

"É como chamam os africanos as pessoas que fazem a ponte entre este mundo e o dos espíritos."

"Minga, pelo amor de Deus, por Santo Elias, onde vosmicê andou ouvindo isso? É contra tudo que ensina a Santa Madre Igreja. Não repete isso por aí, porque é muito perigoso."

"Falo só para vosmicê, meu sinhô, saber que existem mais coisas neste mundo do que os brancos têm notícia. O povo da África é muito antigo. Muito antigo, me ensinaram. Tem gente lá que sabe até falar com os bichos."

"Minga, chega. Nem quero ouvir mais estas bobagens."

"E também conversam com as árvores. Vosmicê sabia que as árvores falam? A natureza, meu sinhô, tem muita sabedoria. Tudo vem do poder de Deus."

Agora Minga, a mulatinha sapeca de meus sonhos, começara a delirar. Eu não queria mais ouvir esta conversa, muito estranha e muito perigosa aqui nestas terras. Agradeci a ajuda dela e tratei de voltar para o meu serviço. Procurei esquecer esta história toda, a invencionice desta tal de mãe Antônia, da Minga, e concentrar-me nos meus afazeres. Eu precisava providenciar o mais rápido possível uma primeira carregação para transportar o ouro do senhor Manoel dos Santos. Agora sou homem sério.

Desta vez resolvi apelar para a esnoga. Precisava arranjar

tropeiros de confiança e uma escolta armada para fazer aquele longo percurso. A verdade é que estou com um pouco de medo, mas não devo demonstrar nem para o meu povinho, nem para o seu Manoel. Para dizer a verdade mesmo, estou apavorado. Sou ourives, mal sei atirar com garrucha. Vou ter que treinar como portar uma arma de fogo maior, e um sabre, coisas do tipo que se espera que um aventureiro pelo sertão saiba usar. Além disso, corro o sério risco de cometer um crime de lesa-majestade. Preciso também arranjar uma boa desculpa para sumir por uns tempos. O Túlio há de sentir a minha falta, com certeza. Quem vai acompanhá-lo naquela cachacinha JP, ao fim de tarde, naquelas longas conversas filosóficas? Há poucos jovens por aqui, e muito menos dispostos a perder seu precioso tempo em tertúlias.

Seu Manoel vai mandar dois homens de confiança dele comigo. Dois negros enormes, caladões, bons no manejo da tropa de mulas e no facão. Imagino que vão para me proteger de surpresas, mas também para assegurar que as coisas chegarão a bom termo. Seu Manoel, como bom mineiro, confia, desconfiando.

Já acertamos que a primeira carregação será menor, para testar o caminho proposto pelo padre Sarmento. Que, aliás, já me perguntou se não posso fazer o imenso favor de levar umas pedrinhas para entregar ao seu companheiro na Igreja da Lapa dos Mercadores. Eu logo perguntei: "E a alfândega, padre Sarmento"? Ele me respondeu: "Que nada, meu amigo, estou acostumado a passar as coisas mais estranhas, feijão preto, cocadas, goiabada cascão, bala puxa-puxa, enchidos, e outras coisas, sem que ninguém perceba". Este padre Sarmento é mesmo um pândego.

Acertados todos os pormenores, fechada minha oficina com a desculpa de que eu iria até a Campanha da Princesa da Beira, uma povoação mais para o sul da região das Minas, a caminho de Santana de Parnaíba e São Paulo, partimos ainda de madrugada. Meu coração pulava, ainda que eu tentasse disfarçar toda a minha emoção. Finalmente eu partia para conhecer o Rio de Janeiro, esta terra distante e tão cheia de mistérios. Iria conhecer o mar, este imenso rio por onde vieram os navegantes portugueses no século XVI. Muita coisa para mim, mas eu tinha certeza que saberia conduzir aquela expedição. Em princípio, para todos os efeitos na Vila, estávamos indo em busca de carne charqueada e sal, abundantes na região do sul. Depois, inventaríamos outro motivo para chegarmos até o litoral, sem passar pelos Caminhos Velho e Novo, agora muito vigiados.

O padre Sarmento, por medida de cautela, colocou o roteiro a ser seguido num papel, dentro de envelope lacrado, como se fosse uma carta oficial do reino. Era para ser aberta depois de um dia de viagem. Quando chegamos na altura do Brumado eu abri o envelope. Para minha surpresa, o caminho era outro. O padre Sarmento explicou na carta que todo cuidado era pouco e se os tropeiros soubessem, de antemão, para aonde iriam, poderiam dar com a língua nos dentes, e isto não seria bom para mim. As picadas seguiam um caminho alternativo desenhado por um tal de padre Antonil, jesuíta como ele, que deixara descritas há muitos anos várias trilhas para se chegar e sair das Minas, sem passar por postos de controle. Coisa que só os jesuítas tinham conhecimento.

A trilha a ser seguida inicialmente passava pela região do Rio das Mortes, mas bem ao largo de São João d'El Rey. Iríamos por uma picada chamada pelos índios de Ibitipoca em direção à Campanha da Princesa, até chegar a uma região chamada de Pouso Alto. Antes passaríamos na vizinhança de Aiuruoca e Caxambu, vencendo a Serra da Amantiqueira, como ele escreveu, e chegaríamos depois até o Barreiro, Mambucaba e Vila da Ilha Grande, já no litoral. Deveríamos tomar cuidado para não pegar a picada da Jeruoca, nem passar pela Encruzilhada, porque estas estavam sob severa vigilância e proibidas pela Real Fazenda para o trânsito de tropeiros. Era muito nome estranho para a minha cabeça tão jovem, mas decidi ir em frente com aquela carta mesmo. Na região da Ilha Grande, livre do perigo de sermos confundidos com tropeiros das Minas, eu faria um contato com um certo clérigo, que me passaria a orientação de como chegar ao Rio de Janeiro. Parecia fácil, para ele, padre Sarmento. Minha vontade naquele instante era gritar por socorro, um "aqui d'El Rey" bem alto, mas segurei firme.

A viagem não foi nada confortável. Para evitar encontros imprevistos, viajamos a maior parte do tempo à noite, inclusive para poupar as mulas. As paradas, mais ou menos determinadas pelo roteiro, eram geralmente em pequenas roças de milho, ou de criação de porcos e galinhas, que alguns aventureiros haviam estabelecido pela trilha, em choupanas como costumam fazer os índios, e protegidos pelo mato abundante.

Nestas paradas procurávamos nos informar sobre a passagem de tropas ou a existência de postos de controle, o que nunca encontramos. O caminho proposto pelo padre Sarmento era complicado demais para eles, e só conseguimos segui-lo com a ajuda de índios que se juntaram a nós perto do Rio das Mortes. Eram índios criados por jesuítas, cristãos, calados, e excelentes batedores. Sem esta ajuda acho que fica muito difícil sair das Minas sem ser percebido. Mas a verdade é que o sertão é imenso. E comecei a pensar que talvez fosse impossível mesmo para a Coroa fiscalizar toda esta imensidão, e que ela preferia assustar mais do que efetivamente impedir a saída do contrabando. E se os próprios magistrados, fidalgos ali colocados por El Rey, tivessem interesse nisso? Não se dizia que todo mundo que vinha de Portugal para o Brasil queria ficar rico? Na minha inocência, criado ali no Sabará, não havia cogitado esta hipótese, mas me deu um grande alívio.

Depois de uns quinze dias de viagem, começamos a descer a serra, sem termos encontrado nenhum grande povoamento ou arraial. A trilha era perfeita. Comecei a ficar mais confiante, e pude observar a mudança no caminho. As árvores e a terra foram ficando diferentes, e juro que já comecei a sentir um certo cheiro de mar. Para um habitante da Comarca do Rio das Velhas, que nunca havia saído daquela região montanhosa, era uma experiência totalmente nova e me encheu de alegria.

Quando finalmente avistei o mar, lá de cima, fiquei extasiado. Era lindo. Nada parecido com os rios que eu conhecia, e que eu achava tão largos e com tanta água. Aquele era verdadeiramente um marzão.

A Vila da Ilha Grande era um povoado espremido entre a montanha e o mar, com muitos barcos fundeados na enseada, e um frenético movimento de mercadores. Se ali era assim, fiquei imaginando como seria Paraty. O que mais me chamou a atenção foi o cheiro forte do que, depois me disseram, era conhecido como maresia. Inexplicável. Minga, por exemplo, jamais entenderia. Tentaria associar ao cheiro do alho, da cebola ou até do cravo, mas não era nada disso. Estava no ar, em toda parte. Fazia arder as minhas narinas. E tinha sal por todo lado. Entrei um pouco na água, meio tonto por causa do barulho das ondas quebrando nas pedras, coloquei um pouco da água na boca, e cuspi imediatamente de tão salgado. Tão diferente do Rio Sabará, coitado, que corre tão suavemente, tão docemente, pelos arraiais da minha terra.

Agora pudemos comer peixes variados, suculentos, assados na brasa, e deixamos nossa infeliz dieta de farinha de mandioca, broa de milho e carne de sol para lá. Eu podia ver nas margens, em águas limpíssimas e verdes, peixes enormes nadando para lá e para cá. Conheci um peixe esquisito, chamado arraia, que transitava majestoso e vagarosamente por aquelas águas. Comi sardinha, robalo, corvina, camarões, lula, ostra, iguarias das quais nunca ouvira falar. Como é bom viver no mar. Se o Túlio descobre isto aqui, como muitos mineiros, não vai querer mais voltar. Uma verdadeira delícia.

Enquanto nos misturávamos a toda aquela gente da vila, pude notar muitos estrangeiros de fala esquisita. Eram marinheiros franceses e holandeses que baixavam à terra em busca de diversão. Achei aquilo tudo muito estranho. Onde estavam os representantes de El-Rey que não coibiam aquele abuso? Afinal, o Brasil não era, até onde eu sabia, uma terra aberta ao comércio. Pelo contrário. Sempre escutei dizer lá na esnoga que só os ingleses tinham privilégios, também não sei por que. Comecei, pela primeira vez, a achar que o nosso El-Rey, todo poderoso de Portugal e dos Algarves, não era tão poderoso assim. Esta terra era maior do que ele.

O meu diálogo com frei Abel, numa igreja da Vila da Ilha Grande, foi sucinto. Disse que vinha da parte do padre Sarmento, ele balançou a cabeça dando a entender que sabia do que se tratava, pediu que eu esperasse um pouco, voltou com um papelucho nas mãos e me entregou. Era um mapa de como chegar até o Rio de Janeiro, costeando o mar, passando por praias de beleza infinita, e chegando por uma região chamada de Santa Cruz. Foi muito fácil, e para dizer a verdade, eu não queria que acabasse mais. Eu agora me sentia totalmente livre e dono do mundo. Pensei comigo, vou requisitar uma gleba de terra, vou plantar bananas, e vou viver aqui com a Minga para o resto da minha vida. Que terra mais linda, meu Deus.

A nossa tropa, recuperada dos longos dias de viagem, temperada por uma cachacinha feita em Paraty, de uma cor ligeiramente azulada, prosseguiu viagem, agora encontrando vários tropeiros que iam e vinham do Rio de Janeiro, carregando as coisas mais variadas. Tecidos, porcelanas, vinhos, telhas.

A chegada à cidade era uma verdadeira azáfama. Muitos escravos e escravas pelas ruas, ruelas sujas, barrentas, e pelas quais tinha-se que caminhar com cuidado, porque de repente abria-se uma janela e uma escrava despeja dejetos sem nem sequer olhar onde ia cair. Um horror. Na Vila do Sabará posso afirmar que não é assim. Lá, pelo menos, a escrava olha antes de jogar.

Perguntando daqui e dali chegamos perto de um grande mosteiro, dedicado a São Bento, e ali perto acomodamos os animais e nossa preciosa carga. Seguindo as orientações do padre Sarmento, evitei a Rua dos Ourives, embora tivesse uma grande curiosidade, e fui bater na Igreja de Nossa Senhora da Lapa dos Mercadores.

Procurei pelo padre Ávila e disse-lhe da parte de quem eu vinha e que queria encontrar-me com um senhor John Davis. Padre Ávila entendeu tudo imediatamente. Nunca imaginei que a organização a que pertencia o padre Sarmento fosse tão perfeita. Todos se entendiam pelo olhar. Disse-me que voltasse no dia seguinte e o procurasse na sacristia depois da missa em honra de Nossa Senhora. Lembro-me bem de que este seria o dia 27 de junho.

Passei aquela noite em claro, de tanta ansiedade. Finalmente eu iria cumprir a minha missão e colocar a mão nas libras esterlinas que fariam a minha independência. Minha e da Minga, claro.

17

Ó Emanuel,
nosso rei e legislador,
esperança e salvador das nações,
Vinde salvar-nos,
Senhor nosso Deus.
(a sétima das sete Antífonas do Ó – Emanuel)

O senhor John Davis me pareceu uma pessoa decente. Já me esperava na sacristia, antes de terminar a missa, calmamente sentado perto de uma janela. Não me pareceu um católico fervoroso, talvez fosse adepto da igreja da Inglaterra. Alto, magro, olhos claros e expressão de mercador, se é que existe isso.

Foi o padre Ávila, despido dos paramentos usados durante a missa, quem me apresentou ao inglês, como eu sendo um comerciante recém-chegado das Minas, e altamente recomendado pelo padre José de Mariz Sarmento. Já gostei deste início.

O senhor John Davis foi econômico nas saudações, olhou-me com olhar penetrante e apenas perguntou qual o peso da mercadoria. Eu respondi que seria, neste primeiro lote, algo como duas arrobas, e no total talvez umas dez arrobas se fôssemos bem sucedidos no transporte. Fiquei esperando a sua reação para aquilatar o valor da minha carga. Nenhuma reação. O homem era dos bons.

Então, ele me convidou para comer qualquer coisa, talvez uma sardinha assada lá no trapiche onde mantinha um escritório para despacho de carga, segundo entendi. Ele falava um português truncado e cheio de palavras em inglês incompreensíveis. Fiquei meio aflito, porque contava com a ajuda deste padre Ávila, a única pessoa minha conhecida nesta cidade tão cheia de gente. E assim mesmo alguém que eu havia encontrado pela primeira vez apenas ontem. Um pouco relutante, concordei.

Saímos, então, da igreja, viramos à direita na Rua da Cruz e fomos caminhando em direção ao trapiche do Ver o Peso. O senhor Davis foi me mostrando a enorme quantidade de mascates instalados nas imediações, a maioria dedicada a vender roupas feitas e artigos de armarinho, vindos diretamente do reino. Uma total novidade para mim.

Só quando nos sentamos à mesa do que me pareceu uma casa de repasto perto do trapiche, conhecida como Cais do Oriente, é que ele finalmente tocou no assunto preço do ouro, a questão mais ansiosamente esperada por mim. Primeiro, perguntou-me se era ouro bruto. Respondi afirmativamente. Depois me disse que só poderia pagar em libras esterlinas. Concordei. E aí completou dizendo o quanto estava disposto. Não concordei. O inglês queria me passar a perna, talvez por eu aparentar ser um jovem inexperiente.

Fui obrigado, então, a mostrar minhas credenciais, devidamente autorizado pela esnoga. A minha família era especializada em ourivesaria e tínhamos vários contatos com banqueiros de Antuérpia e Amsterdã. Citei alguns só para impressionar, gente que financiava reis e príncipes. Não que eu ou alguém da família Miranda tivesse algum conhecimento recente, mas pelo menos eu sabia os nomes. Foi o que bastou. Ele me olhou calado, e apenas perguntou quanto então eu queria. Fiz a minha oferta, tentando aparentar a maior frieza deste mundo. Devo ter pedido pouco, porque o inglês concordou na hora.

Marcamos para daí a dois dias a entrega da mercadoria, o que seria feito de manhã, num cubículo do trapiche, cheio de caixotes, velas, instrumentos de navegação, poleame e cabos. Saí de lá com o coração querendo saltar do peito de tanta alegria. Naquela noite decidi arriscar-me pela Rua dos Pescadores e tomar uma aguardente. Podia até ser aquela mesma de Paraty.

São passados já quatro dias que chegamos ao Rio de

Janeiro. Minha cabeça continua aturdida com tanto movimento e coisas tão grandiosas. Tudo muito diferente da Vila Real. Agora, para mim, isto aqui é o mundo. Vasto mundo. Ontem fui visitar o Morro do Castelo, onde se tem uma bela vista da cidade. Fui também até a Rua do Valongo, com certa dificuldade porque o acesso não era muito fácil, e assisti a mais de uma venda de escravos que acabaram de chegar da África. Muita gente comprando. Fui rezar um pouco na Igreja do Carmo, na Rua Direita. Identifiquei-me como irmão da Venerável Ordem Terceira do Carmo do Sabará e permitiram que eu visitasse a parte do coro. Magnífico. Tirei algumas ideias para passar aos mestres que estão acabando a nossa capela.

De lá andei um pouco pela Rua do Cano, pela rua dos Latoeiros, e depois voltei ao Largo do Paço do Vice-Rei, ainda chamado pelo povo de Largo do Carmo, e conheci as casas dos Teles, onde mora um ilustre juiz de órfãos, o Dr. Francisco Teles Barreto de Meneses. Dizem que estes Teles, fazendeiros em Jacarepaguá, são padroeiros e grandes protetores do Convento dos Franciscanos, no alto de um morro chamado de Santo Antônio, e que têm este juizado vitalício, passando de pai para filho há muitos anos. Nesta cidade tudo se sabe.

Saio um pouco para espairecer e logo volto ao nosso pouso perto do mosteiro, para assegurar que tudo está em seu devido lugar. Sempre fica um dos escravos do seu Manoel ao lado dos dois caixotes com a encomenda, e eles contam com um homem da escolta para evitar que tenhamos visitas inesperadas. Os animais estão se recuperando bem, arranjamos capim novo e um pouco de milho para eles.

Hoje é o dia, finalmente, em que vou fazer a entrega. Estou muito nervoso, mesmo já tendo acertado o preço e tudo mais. Fico fazendo conta o tempo inteiro, para não ser enganado, mas acho que posso confiar neste senhor Davis. Já andei sondando para comprar uns tecidos que vi lá na rua dos mascates e ainda espero comprar alguma prata na tal Rua dos Ourives para levar para o Sabará. Talvez tudo isso ajude a pagar uma parte da despesa da viagem. Eu agora sinto-me mesmo um comerciante.

Lá pelas dez horas da manhã, depois de ter almoçado, com cada um dos dois escravos fortes carregando as duas caixas, fomos caminhando com grande cautela até o trapiche. Quando lá chegamos o senhor Davis veio me receber com o primeiro sorriso que vi esboçar desde que o conheci na Igreja da Lapa dos Mercadores. Cumprimentei-o com a cerimônia que imagino os comerciantes ingleses deveriam ter e perguntei pela balança. Gostaria de vê-la devidamente aferida, antes de pesar a mercadoria. O senhor Davis sorriu novamente, e concordou.

Verificada a exatidão da balança, passamos para um cubículo nos fundos, e dois funcionários do senhor Davis procederam à abertura dos caixotes, sob nossa supervisão. Eu estava tenso.

Eu estranhei quando um dos funcionários apontou qualquer coisa e o senhor Davis disse entre dentes: *Shit!*

Não entendi nada. Todos agora estavam olhando para mim com ar grave, inquisitivamente. Eu apenas consegui dizer um "tudo bem?", mas já percebia que algo não estava bem. De repente, o ar ficou muito pesado naquele cubículo. Os escravos do seu Manoel e a escolta adiantaram-se para me dar proteção, porque tivemos todos, ao mesmo tempo, a intuição de que iríamos ser atacados. Meu Deus, depois de todo este esforço e esta expectativa?

Olhei para o senhor Davis, tentando aparentar calma, e perguntei:

"Não podemos fazer logo a pesagem do ouro?"

O senhor Davis respondeu secamente.

"Não podemos, meu caro senhor, porque aqui não há ouro, só chumbo. *Lead, can you understand?*"

O mundo desabou em cima da minha cabeça. Corri, incrédulo, para examinar os caixotes, agora totalmente abertos, e lá realmente estavam, bem embrulhados, alguns blocos de chumbo, talvez feitos com bolas de chumbo menores, destas que usamos nos bacamartes de amurada.

O senhor Davis, sem aquele sorriso amistoso do início, apenas me disse o seguinte.

"Exijo uma *explicaçon*. Sou um comerciante sério, conhecido aqui neste trapiche."

O que eu poderia dizer? Estava sem fala. Quando tentei balbuciar alguma coisa, saiu apenas um gaguejar sem sentido. Olhei para os escravos e a escolta, estavam todos com os olhos esbugalhados, também sem entender coisa nenhuma. Pedi um pouco d'água. Minha cabeça estava rodando.

Alguma coisa tinha saído muito errado. A primeira delas, conforme confessei ali mesmo ao senhor John Davis, que havia abandonado aquela fleuma britânica e estava com o rosto vermelho, furibundo, foi que eu não verifiquei a carga pessoalmente antes de sairmos do Sabará. Erro básico. Deixei tudo por conta do senhor Manoel dos Santos. Quis evitar muito envolvimento com os detalhes da carga, deixando que ele decidisse por ele mesmo que quantidade de ouro seria transportado na primeira vez.

Durante a viagem verifiquei muitas vezes o estado dos caixotes, e a segurança deles, sobretudo nas paradas que fizemos. Achei pouco provável que eles tivessem sido trocados durante a noite, mas agora acho possível. Tudo é possível e eu quero morrer. Como vou voltar e dizer para o senhor Manoel dos Santos que os caixotes continham apenas chumbo? Acho melhor entrar para um mosteiro de carmelitas descalços.

No local onde ficamos estes dias a vigilância foi permanente e severa. Ninguém chegou perto dos caixotes, a não ser os escravos do senhor Manoel. Teriam sido eles, comecei a pensar. Parece que ouviam meus pensamentos, porque imediatamente juraram que aqueles eram os mesmos caixotes que tinham saído do Sabará.

Então, foram abertos e a carga trocada. Mas por quem, se encontramos a picada quase deserta e desconhecida por outros tropeiros?

Só pode ter sido na Vila da Ilha Grande. Só pode ter sido lá. Havia muito movimento de marinheiros estrangeiros, e possivelmente algum olheiro estava à espreita e identificou que vínhamos com contrabando das Minas. Meu Deus do céu, meu Santo Elias, Nossa Senhora do Carmo, como isso foi acontecer logo comigo? Como estes sacripantas, estes filhos da puta, conseguiram fazer a troca? À noite, só pode ter sido à noite. E os bostas dos negros do seu Manoel dizendo que ninguém se aproximou da carga. Eu vou matá-los.

O senhor John Davis assumiu um ar pouco amistoso, eu diria até de desprezo. Eu aceitei com humildade, e até concordei com ele. Eu tinha sido um total desastre nesta minha primeira experiência como comerciante. Afora o prejuízo óbvio, havia o lado moral. Eu talvez fosse até expulso da esnoga. Uma mancha negra na nossa tradição de ourives ladinos, espertos, sábios. A minha família talvez pedisse para eu mudar de nome, já que havia sido adotado pelos Miranda. Não vão querer mais estar associados a um borra-botas.

A Minga, então, talvez cuspisse na minha cara. Lá se foram todos os sonhos que tive de torná-la uma respeitável senhora sabarense, rica, com lindos vestidos, leques e sapatinhos de cetim bordados a ouro.

A Ordem do Carmo proporia a minha exclusão imediata. Contrabandista e idiota. Contrabandista de chumbo, diriam os irmãos entre intermináveis risadas. Não há dúvida. Estou coberto de vergonha. E o pior, é que sem entender nada. Onde foi parar este ouro? Não era pouca coisa, não senhor.

Como enfrentar a ira do senhor Manoel dos Santos eu pensaria na viagem de volta. Talvez nem voltasse para o Sabará, internando-me no sertão, ficando logo pelo caminho. Neste caso, eu talvez escolhesse ficar pelo litoral. Iria virar um caiçara, um pescador, um ermitão na Ilha Grande. Era, de fato, uma boa ideia. Por que voltar e ser execrado no Sabará? Eu não tinha a menor vocação para mártir.

Tratei de juntar meus trapos, digo, meus caixotes com chumbo dentro, toquei os escravos para fora do trapiche, balbuciei alguma coisa para o senhor Davis e voltei para onde estávamos arranchados. Minha cabeça parecia que ia explodir. Fui até a Rua dos Pescadores e enchi a cara. Parece-me que os escravos, que estavam muito assustados, saíram depois à minha procura e me arrastaram de volta para a pousada. Devo ter dormido umas doze horas seguidas.

Acordei com uma enorme dor de cabeça, pedindo a Deus que tudo tivesse sido um sonho. A cara de desalento dos meus companheiros de infortúnio mostrou-me que era verdade. Quase chorei. E, agora, o que fazer? Não podia nem pedir ajuda aos soldados. Foi aí que lembrei-me do saquinho de pedras do padre Sarmento, que eu deveria ter entregue ao padre Ávila. Eu o trazia junto ao meu corpo, e só me faltava descobrir que ele continha uns seixos do Rio das Velhas. Abri rapidamente e dei de cara com lindos diamantes. Pequenos, é verdade, mas valiosos. Pelo menos, esta carga havia chegado intacta.

Bem, mas como fazer para pagar as despesas de estadia e a volta pelo Caminho Novo? As moedas que eu havia trazido eram poucas, na esperança de que eu voltaria muito rico. Quando fui comentar com os escravos, um deles, o que parecia chefiar os demais, disse-me que seu Manoel havia previsto que poderia acontecer alguma coisa, e mandara vinte oitavas de ouro para cobrir despesas imprevistas. Respirei aliviado.

Mas mesmo assim ainda fiquei na dúvida se deveria entregar todo o saquinho de diamantes do padre Sarmento. Ora, depois de passar este sufoco todo, como poderia eu voltar de mãos abanando? Então, resolvi fazer uma incursão até a rua dos Ourives. Antes, escolhi um diamante, separei e guardei com cuidado, envolto em trapos.

A Rua dos Ourives é um verdadeiro mercado. Gente gritando, escravas vendendo mil coisas em tabuleiros, inclusive o próprio corpo. É uma rua comprida, oblíqua, indo do Morro da Conceição até a Igreja de Nossa Senhora do Parto. Primeiro entrei numa outra igreja, a da Venerável Ordem de Nossa Senhora da Conceição e Boa Morte, na Rua do Rosário, para pedir proteção. Estava muito precisado. E, se Deus assim o quisesse, que pelo menos me desse uma boa morte, porque eu achei sinceramente que estava a caminho dela.

Comecei a assuntar onde estavam os tais ourives. Não vi nenhum. Segundo o que me contou o padre Sarmento as autoridades do reino estavam exercendo severo controle sobre esta profissão, que era a minha, exatamente por causa do contrabando crescente de ouro. Andei de um lado a outro, e nada. Não é possível. Quase gritei "onde estão os ourives?"

Certamente orientado pela Divina Providência, e protegido por São João da Cruz e São Simão Stock a quem recorri várias vezes, e por todos os profetas do Antigo Testamento a quem invoquei em minhas orações, de joelhos, na Igreja da Boa Morte, decidi que este não era meu dia. Nem o anterior, nem os próximos, com certeza.

Fui procurar o padre Ávila e fiz entrega, sob recibo, do saquinho enviado pelo padre Sarmento. Expliquei que havia deixado para entregar naquele dia, depois de passadas minhas aflições, e para ter certeza que ninguém seria testemunha. Padre Ávila agradeceu muito e me disse que tudo aquilo iria ajudar a construir um orfanato para meninos expostos na roda da igreja de Nossa Senhora do Parto. Fiquei emocionado, eu próprio um exposto. E arrependi-me de meus maus pensamentos, que quase fizeram com que eu vendesse um dos pequenos diamantes na rua dos Ourives. Com a maré de azar em que eu me encontrava, seria certamente preso e condenado, se tivesse feito uma única tentativa.

O jeito, então, é voltar. Mas voltar para onde e com que cara?

Decidi que o melhor a fazer seria enfrentar as feras lá no Sabará mesmo, e pelo caminho mais curto. Pagamos nossas despesas e começamos nosso longo e triste retorno, agora passando pelo Caminho Novo, o que economizaria aí uns dez dias de viagem. Isto me daria tempo de sobra para meditar sobre a minha experiência. Uma coisa eu tinha aprendido. Fui muito ingênuo e afoito na ambição de ficar rico. Como é possível que uma carregação tão importante tenha sido roubada sem ninguém dar pelo fato? Eu continuava a desconfiar muito dos escravos, mas não podia fazer nada agora. Eu precisava deles para voltar e como testemunhas do que tinha acontecido.

Eles teriam que dar muitas explicações. Mas de qualquer maneira, onde foram parar aquelas duas arrobas de ouro? É muito ouro para desaparecer assim sem mais essa nem aquela. Só se os escravos já estavam mancomunados com alguma quadrilha e simplesmente substituíram os caixotes durante a noite na Vila da Ilha Grande ou durante uma das minhas ausências aqui mesmo na cidade de São Sebastião. Era a arte de furtar, aquela de que nos falou o padre Antônio Vieira, levada ao paroxismo.

Agora eu fico imaginando o senhor Manoel dos Santos fazendo estas mesmas perguntas para mim, e eu com cara de apalermado. E o Móti, o que vai dizer daquele seu amigo ourives com tanto futuro? Eu tenho que descobrir alguma coisa nestes dez ou quinze dias de viagem de volta. Ou então, não volto.

Eu me senti tão perdido, tão sozinho, que tive que apelar.
"Vinde salvar-*me*, Senhor nosso Deus!"

18

O senhor José Teles amaldiçoou a hora em que foi designado para desvendar este mistério do desaparecimento da imagem. Isto certamente ocasionara a morte do seu amigo padre Malaquias. Ele passou três dias encerrado em casa, amargurado, e com um forte sentimento de culpa. Agora, o assunto virou pessoal. Não apenas um problema da Venerável Ordem do Carmo, mas uma coisa do seu quintal. Os autores destas ocorrências todas foram longe demais.

Ele, que chegara a pensar em pedir dispensa daquele encargo ao padre Correia, agora não largaria esta missão por nada deste mundo. Disse à dona Amélia que iria chegar ao final desta contenda, custe o que custar. Não descansaria enquanto não colocasse a mão neste assassino. Dona Amélia, calada e acabrunhada, concordou. Desaforo.

"Seu Zé, o que foi que vosmicê tanto conversou com padre Tirrino no dia da morte do padre Malaquias?" perguntou dona Amélia, acrescentando baixinho um "Deus o tenha".

"Padre Tirrino me disse que o finado padre Malaquias andava muito nervoso por aqueles dias, e havia comentado que precisava conversar comigo reservadamente. Ele sabia onde estava a imagem desaparecida do São José de Botas."

"Ele confessou que sabia? Que coisa mais esquisita, seu Zé." E dona Amélia continuou, animada por esta descoberta.

"Mas como ele ficou sabendo que vosmicê estava procurando esta imagem, seu Zé, se era para ninguém ficar sabendo?"

"Foi dona Efigênia quem contou para ele, dona Amélia. E como será que dona Efigênia ficou sabendo, hem?"

"Ah, não sei, seu Zé. Deve ter sido o padre Dremas."

"Que padre Dremas, dona Amélia? Só se ele for muito amigo do padre Correia, o único que poderia sair por aí contando."

"Seu Zé, o padre Dremas é um santo homem. E dona Efigênia é muito discreta, duvido que ela tenha comentado alguma coisa que tenha escutado por aí. Deve ser invenção do padre Tirrino. Acho que estes padres estão sem ter o que fazer."

O senhor José Teles, conhecedor profundo da alma de dona Amélia, gente lá de Santa Bárbara e Caeté, com raízes em Florença, como ela teimava em dizer, resolveu mudar de assunto, porque já sabia que não ia chegar a lugar algum. Dona Amélia não dava o braço a torcer, nem que fosse para escapar da fogueira.

E ela, que andava cismada há um par de dias, achou que já era hora de tomar umas providências por conta própria. Decidiu voltar a fazer consulta à vidente mãe Antônia. Ela não tinha dito que existia um padre envolvido no desaparecimento do São José de Botas, coisa arrepiante e inconcebível? Pois agora aparece um padre morto. Será que ele, o querido padre Malaquias, tinha alguma coisa a ver com isto?

Chamou a indefectível Ofélia, sempre pronta para as missões mais espinhosas, disse alguma coisa no ouvido da jovem escrava e despachou-a em direção ao Arraial da Esperança, mais uma vez. Ofélia voltou horas depois com uma resposta intrigante. Mãe Antônia disse que nem precisava consultar os guias sobre o assassinato do padre Malaquias, porque a resposta já havia sido dada para outra pessoa. E o nome era o mesmo: Sarreipa.

Quando dona Amélia ouviu isso, estremeceu. Se já tinha uma vaga sensação de perigo, agora ela tinha certeza. Ela e o José precisavam tomar cuidado. Este tal de Sarreipa era realmente ameaçador. E havia mais gente no encalço dele, fazendo as mesmas consultas para mãe Antônia. Ela própria também havia de estar correndo perigo, alguém tinha de alertá-la. Mas dona Amélia na mesma hora, associando uma coisa com outra, pensou que o padre Malaquias, pessoa boníssima e que Deus o tenha, podia estar ligado a este Sarreipa. Então, seria verdade o que mãe Antônia havia adivinhado. Havia um padre envolvido no desaparecimento da imagem. Isto ela nem poderia comentar com o Zé, porque ele teria um ataque de fúria. Para ele padre Malaquias era um santo. Padres não se envolvem em furtos nem em conspirações. E ela, novamente, ficaria sem poder dizer a fonte desta informação. Precisava falar com Belinha. Mas, antes, cristalizou uma impressão. Este Sarreipa existia. Não é possível que mãe Antônia tivesse inventado isso várias vezes. Ela certamente não saberia dizer mais coisas além disso, como sempre acontece com estas videntes, possuidoras de um estranho mas limitado dom de adivinhar, e que muitas vezes apenas resvalam na verdadeira resposta. Mas este nome esquisito estava se repetindo. Ela teria que comentar isso com o Zé em algum momento.

O senhor José Teles tinha certeza, agora, que esta história em que se metera, por obra e graça do padre Correia, era maior do que ele pensara. Foi precipitada a sua decisão de reunir a Ordem do Carmo na semana passada, com tão pouca informação que ele havia recolhido. Ele achava que a coisa estava mais relacionada às finanças da Ordem, mas certamente isto não poderia ter levado ao assassinato do padre Malaquias, de uma irmandade completamente diferente. A escolha dele pelo padre Correia talvez tivesse sido para colocar uma pessoa de reputação ilibada nesta briga. O padre Correia devia saber de mais coisa, e queria mandar um aviso aos inimigos. E ele, José Teles, tinha entrado nesta história de graça. Na mais pura inocência. Mas agora a coisa iria esquentar, porque se antes dava um boi para não entrar nesta investigação, agora daria uma boiada para não sair.

Sentado, quentando ao sol da manhã fria do Sabará, o influente, o meticuloso senhor José Teles começou a juntar mentalmente as peças daquele mistério.

A origem de tudo devia estar no Rio de Janeiro, com este

tal de Manoel Paredes da Costa, sabe Deus quem seria este personagem. Passava pelo Rio das Mortes, pelo arraial de Nossa Senhora do Nazaré, com um tal de Custódio José Dias. Depois, com alguém da Ordem do Carmo de São João, portanto um homem bom, de posses e acima de qualquer suspeita. Claro, que em seguida, com alguém do Carmo do Sabará, alguém muito conhecido. Ele ainda não conseguia imaginar onde o padre Malaquias, coitado, tinha entrado neste imbróglio. E não podia deixar de pensar que havia desenvolvido uma certa implicância com o capitão Armindo Barbosa. Ele devia estar envolvido, de alguma forma. Seu ar angustiado, gestos nervosos, e tentativa de dissimular os sentimentos, estavam aumentando a desconfiança do observador atento.

Tomou uma decisão naquele mesmo instante. Iria a São João d'El Rey pessoalmente. Fazia muito tempo que não ia para os lados do Rio das Mortes, mas tinha conhecidos e parentes por lá, e estes poderiam ajudá-lo a descobrir alguma coisa. É estranho pensar assim, mas as respostas para suas muitas dúvidas não deveriam estar em Sabará. Estavam fora.

Entrou em casa e comunicou, secamente, à dona Amélia.

"Vou até São João d'El Rey amanhã."

"Aconteceu mais alguma coisa, seu Zé?", retrucou dona Amélia, meio aflita.

"Não aconteceu mais nada, dona Amélia. Se acontecer coisa deste tipo que temos visto, eu acho que haverá uma revolta do povo."

"Então vosmicê vai fazer o quê lá?"

"Vou assuntar sobre as origens desta imagem de São José de Botas. Não foi de lá que ela veio? Alguém há de saber se ela tinha alguma coisa de especial."

Dona Amélia concordou, fazia sentido. Mas ao mesmo tempo sentiu medo. Não queria ver o Zé andando por estradas e caminhos. Agora, muita gente sabia que ele estava atrás de quem matou o padre Malaquias.

"Vai levar mais gente com vosmicê, não vai seu Zé?"

"Vou levar o Clemente e uma escolta armada. Não quero

dar chance para o acaso."

"Faz bem, seu Zé, faz bem", disse dona Amélia, pensativa. Resolveu entrar no assunto de uma vez.

"Já escutou falar de uma pessoa chamada Sarreipa?"

"Sarreipa, dona Amélia, nunca escutei esta palavra. É nome de pessoa?", respondeu o Teles, já com a cabeça em outro lugar.

Dona Amélia achou melhor não continuar a conversa, e voltar a ela numa hora mais propícia. Por enquanto, bastava que ele tivesse escutado este estranho nome. Se escutasse novamente, dito por outra pessoa, aí então se lembraria. Agora, precisava achar Belinha.

Dona Belinha, recostada em várias almofadas, concordou com dona Amélia. As irmãs Machado, aquelas idiotas, que se acham sabichonas, nunca ouviram falar deste tal de Sarreipa, e agora tem até assassinato de clérigo ligado a ele.

"Mas quem foi mesmo que disse isso, dona Amélia?"

Esta desconversou, fingiu que não entendeu a pergunta, e voltou a insistir que as amigas tinham condições de descobrir o paradeiro deste homem mais do que todos os senhores da Vila Real. Elas eram o que seria chamado no futuro a fina flor da sociedade sabarense. Elas podiam descobrir tudo. E porque ainda não descobriram?

Dona Belinha disse que achava aquela história de frei Francisco muito fantasiosa. Então, alguém usaria o nome de um barco? Dona Mulce acreditava em tudo.

"Eu não quis dizer nada aquele dia, dona Amélia, mas esta história não tem pé nem cabeça. Este homem está escondido, ou mais certamente não é do Sabará. Deve viver em algum arraial mais distante, talvez até na Vila do Príncipe, e vem esporadicamente aqui."

"E se o nome não é este, deve ser alguma coisa parecida", acrescentou dona Amélia.

"Acho mais provável a hipótese de que aquele senhor do cartório, como é o nome dele, sim, o doutor Túlio, ele possa descobrir alguma coisa para nós."

"Ah, dona Belinha, mas acho aquele homem um purgante."

"De fato é, mas se ele descobrir alguma coisa, vai nos ajudar."

"Dona Belinha, tem mais uma coisa que eu queria contar só para vosmicê. Pelo amor de Deus não vá comentar com ninguém, principalmente com dona Efigênia, que é a mestra do nosso catecismo."

"Do que se trata, dona Amélia?"

"É o seguinte. Existe uma forra lá no arraial da Esperança...", começou dona Amélia.

"A mãe Antônia", interrompeu dona Belinha, com uma risada.

Dona Amélia ficou boquiaberta. Então, dona Belinha também era freguesa de mãe Antônia? Mas isto era um escândalo. Se as senhoras sabarenses, sustentáculo das obras sociais e de catequese da Igreja Matriz e na Igreja do Carmo, agora deram para consultar videntes, tudo era possível acontecer. Não era à toa que estavam matando padres dentro das igrejas, dona Amélia já pensava no plural. Mas, Deus nos acuda, até nisso dona Belinha passava na frente? Dona Amélia, recomposta do susto, prosseguiu, com naturalidade.

"Ela mesma. Uma escrava minha, a Ofélia, vosmicê conhece, andou perguntando para ela e me contou depois sobre quem teria assassinado o padre Malaquias. E sabe vosmicê quem ela disse? O tal de Sarreipa de novo. Mas este homem é o demo, dona Belinha."

"Sabe o que eu acho de verdade, dona Amélia? Este Sarreipa é uma alcunha mesmo. Deve ser como é conhecido alguém aqui mesmo no Sabará, ou na Roça Grande, talvez em alguma sociedade secreta. Eu já escutei, dona Amélia, que existem cristãos-novos aqui no Sabará que continuam a professar o judaísmo em sigilo."

"Será, dona Belinha? Meu Deus, onde vamos parar deste jeito?"

O senhor José Teles, com muita cautela e viajando só na

parte da manhã, chegou à Vila de São João d'El Rey lá pelo meio dia. Foi direto para a rua da Prata, onde ele e seus escravos deveriam ficar acomodados em casa de um primo. Não podia perder tempo. Começou indagando quem seria este senhor Delfino, da Ordem Terceira do Carmo. Tratava-se de José Delfino da Silva, rico comerciante na Comarca do Rio das Mortes, como explicou-lhe o primo, que vinha buscando informações sobre a origem da imagem.

Não foi difícil encontrá-lo na igreja do Carmo, imponente templo no final da rua Direita. Ele foi muito afável com o senhor José Teles, indagou da ordem e das coisas do Sabará. Perguntou até pelas famosas jabuticabas. Quis saber especialmente sobre a exploração do ouro nas lavras, e comparou com aquelas de São João d'El-Rey, em franco declínio.

Passada esta prosa inicial, o senhor José Teles entrou direto no assunto. Falou do desaparecimento inexplicável da imagem de São José de Botas e da missão recebida do reverendo padre-comissário. O senhor Delfino ouviu atentamente. E disse: "Doutor Teles estou bastante surpreso com esta notícia, e mais ainda com a sua vinda até São João apenas por causa de uma imagem de madeira, sem a menor importância."

"Desculpe lá, senhor José Delfino, mas parece-nos que existe algo mais relacionado com esta imagem, capaz de justificar um furto de dentro da sacristia da nossa Igreja do Carmo, o que nos encheu de justa indignação", atalhou o Teles.

"Mas o que poderia existir, doutor Teles?"

"É exatamente o que estou tentando descobrir. O senhor ainda se lembraria de onde veio esta imagem?"

"Com certeza. Quando discutimos aqui na mesa da ordem terceira que deveríamos saudar a criação de uma nova ordem do Carmo no Sabará, foi um dos nossos irmãos justamente que ofereceu esta imagem de São José de Botas, que estava em seu oratório. Como São José é particularmente venerado aqui no Rio das Mortes, dando nome à nossa serra tão bonita, achamos muito apropriado", respondeu o senhor Delfino.

"E este irmão seria o senhor Custódio José Dias, da Vila do Nazaré?"

"Exatamente, ele mesmo. E, por coincidência, ele anda por aqui passando uns tempos em casa de uma filha."

"Seria possível termos um encontro?", disse o Teles, já achando que a sorte, finalmente, estava do seu lado.

"Claro, meu caro doutor Teles. Vou mandar agora mesmo um moleque com um recado para ele, e depois torno a avisá-lo lá na Rua da Prata."

O senhor José Teles sorriu. Embora nada de novo tivesse sido adiantado pelo senhor Delfino, pelo menos ele estava confirmando a história que o primo havia levantado. Agora sabemos, também, que a imagem estava no oratório particular deste senhor Custódio. E nisso a história estava ligeiramente diferente. Vamos ver o que o senhor Custódio dirá.

O encontro com o senhor Custódio José Dias, um português com origens em Arrifana de Souza, recentemente alterada para Penafiel por El-Rey D. José I, como ele próprio explicou, foi muito interessante. Ele se ofereceu para ir até a rua da Prata, e lá mesmo na casa do primo, após as apresentações de praxe, puderam ele e o Teles conversar descontraidamente. O senhor Custódio parecia uma pessoa pacata. Um verdadeiro homem bom.

Explicou que ele e o irmão haviam emigrado para as Minas, mas com objetivos diferentes. Um teria se dedicado ao comércio e outro à lavoura e gado, na região sul do território. O senhor José Teles estava ansioso para entrar no assunto que o levara até ali. Foi o primo que ajudou, interrompendo a longa explicação das origens da família Dias lá de Casal Bom.

"Senhor Custódio, aquela imagem de São José de Botas, o senhor a possuía há muito tempo?"

"Na realidade não, senhor. Aquela imagem foi deixada em minha casa por um comerciante meu amigo, o senhor Manoel Paredes da Costa, com o objetivo expresso de que fosse enviada à ordem do Carmo do Sabará. Segundo me lembro, ele queria pagar uma promessa, mas desejava ficar no anonimato. Então, aqui em minha casa combinamos de enviar como um presente da Ordem daqui. Se não me falha a memória, foi isso."

"Este senhor Paredes da Costa seria também algum comerciante?", indagou o Teles.

"Ele comercializa ouro e prata, principalmente. Segundo me contou tem também uma associação com capitais ingleses para investimentos diversos. É um homem muito esperto, enxerga longe, se me entendem", respondeu o senhor Custódio.

"Eu tenho uma dúvida, que talvez vossa mercê possa me esclarecer", disse o Teles. "Por que este senhor Paredes não foi pessoalmente ao Sabará?"

"Olha, doutor Teles, parece-me que existe uma espécie de divisão de território entre estes comerciantes. A Vila Real pertence a outro comerciante. O senhor Paredes não costuma nem sair do Rio de Janeiro, onde mora. No máximo chega até o Rio das Mortes, e mesmo assim muito esporadicamente."

Aquela informação pareceu ao Teles muito valiosa. Ele não sabia exatamente a que comércio ele se referia, já que a Coroa controlava rigidamente a circulação de ouro e prata. Mas o fato de que existia um parceiro do senhor Paredes da Costa no Sabará era um fato muito relevante. Quem seria este parceiro desconhecido? Talvez fosse ele mesmo o destinatário final da imagem, e pelos últimos acontecimentos, este parceiro sabia jogar pesado. Seria muito interessante saber a sua identidade.

"Caro senhor Custódio, teria vossa mercê alguma ideia de quem seja este parceiro?"

O senhor Custódio, subitamente, mudou de assunto. Começou a lamentar-se das dificuldades de comercialização nas Minas, os pesados tributos, a burocracia que tudo emperrava, a ganância dos enviados de El-Rey e outras coisas. O Teles não se deu por vencido. Voltou à carga.

"Senhor Custódio, é muito importante para mim. O

senhor sabe quem é este parceiro comercial do senhor Paredes lá no Sabará?"

Não, ele não sabia. Mas ele disse outra coisa interessante, talvez até sem perceber. Começou a falar da lavra do ouro no Gongo Soco. Ora, como um comerciante no Rio das Mortes poderia conhecer tantos detalhes de uma lavra a muitas léguas de distância? Talvez ele quisesse, por vias oblíquas, dar uma pista para o Teles.

Esta mineração do Gongo Soco era muito promissora. Enquanto outras lavras estavam esgotando a exploração de aluvião, o Gongo Soco prometia cada vez mais. Fica na região de Catas Altas, perto do Ribeirão de Santa Bárbara, terra de dona Amélia.

O senhor José Teles achou que era hora de encerrar aquela conversa. Percebeu que o visitante teria pouca coisa mais a acrescentar. Agora, teria que descobrir quem estava negociando com prata no Sabará. Por hipótese um metal raro nas Minas, porque a prata teria que vir do Peru, e estava entrando de contrabando pelo Rio de Janeiro. Não deveria ser difícil descobrir.

Antes de se despedir, o senhor Custódio ainda disse alguma coisa que o Teles não entendeu. Ele disse textualmente:

"Meu senhor, cuidado com os nossos amigos ingleses."

19

Dona Amélia deu um grito. As escravas correram pressurosas para saber que mal estava acometendo a sinhá. Encontraram-na prostrada, em prantos. Em cima de uma arca no quarto, dentro de um pacote parcialmente desembrulhado, podia-se ver um dedo decepado. Era um dedo mesmo, disseram as escravas, apavoradas. Um dedo pardo, mestiço.

A sinhá estava histérica. Foi preciso trazer uma caneca de água com rapadura para ela beber e acalmar-se um pouco. Todos em volta se interrogavam como aquele pacote macabro tinha chegado até o quarto de sinhá. Ninguém sabia dizer. E ela apenas chorava, convulsivamente. Aí alguém refez o embrulho e o retirou do quarto. Aos poucos dona Amélia foi se recuperando, e conseguiu dizer alguma coisa.

Ela contou que entrou para banhar-se e estranhou aquele pacote amarrado com palha, ali perto de uma vela que ela mantém acesa ao lado da imagem de barro de Nossa Senhora da Conceição. Pensou que fosse Ofélia quem tivesse deixado, com alguma fruta do mato. Quando começou a abrir, viu aquela coisa pavorosa.

Pediu, então e já um pouco mais calma, que Ofélia fosse convocar dona Belinha e dona Mulce, com urgência, porque ela não queria ficar sozinha nesta hora de transe. O senhor José Teles ainda não havia retornado de São João d'El Rey, o fiel Clemente fora com ele, e ela estava se sentindo muito vulnerável.

As duas chegaram rápido, cada uma com suas mucamas.

Pela expressão no rosto das duas podia-se adivinhar a gravidade do acontecido. O dia a dia nas Minas era repleto de violência, mas não era comum a ameaça a senhoras brancas, em suas próprias casas. Por vezes, um escravo ou uma escrava atentava contra os senhores, mas a punição era, em geral, severa. Isto desestimulava muito o conflito entre as raças. E, por outro lado, a convivência pacífica entre muitos dos escravos e libertos, na luta pela vida, amenizava as tensões nas vilas e arraiais.

Dona Amélia enxugou o pranto e abraçou as amigas.

"Muito obrigada, dona Belinha e dona Mulce, por vosmicês terem acudido tão rápido."

"Dona Amélia, não poderia ser de outra forma. Mas o que será que está acontecendo em Tapanhoacanga? Será o final dos tempos?", exclamou dona Belinha gravemente.

"Não sei, minha filha, só sei dizer que esta coisa horrível apareceu aqui no meu quarto e eu estou sem saber quem fez isto e com que objetivo", respondeu dona Amélia, esfregando as mãos sem parar. Ela estava visivelmente alterada.

"Terá sido alguma escrava da casa?", indagou dona Mulce, em voz baixa.

"Não sei...pode ter sido, mas quem, meu Deus do Céu? Aqui no meu quarto só entram poucas escravas. Será que foi a Ofélia? Mas ela já me jurou que não foi ela."

"Bem, de qualquer forma, dona Amélia, o recado está dado. Vosmicê não está segura nem no seu quarto, foi certamente o que quiseram dizer. Agora, de qual infeliz será este dedo?", atalhou dona Belinha. E continuou.

"Dona Amélia, acho que nossas indagações sobre este tal de Sarreipa começaram a incomodar. Só pode ser isto. Ou então o recado era para o senhor José Teles. Tudo deve estar relacionado ao assassinato do padre Malaquias. Meu Deus, que saudade dos dias em que nossa preocupação aqui no Sabará era só com o horário da novena na Matriz."

"Acho que vosmicê deve reforçar a segurança da casa, dona Amélia. Principalmente até o senhor José Teles voltar da viagem. Se quiser, poderá passar uns dias conosco. A única coisa é que terá de aturar aqueles meninos travessos", acrescentou dona Mulce.

"Muito obrigada, dona Mulce, mas acho que devo ficar

aqui mesmo, no meu canto. Isto poderia mostrar que estou assustada, é verdade que estou mesmo, mas não queria deixar transparecer, nem para os escravos daqui. E também quero descobrir como entraram dentro da minha casa e colocaram um pacote no meu quarto, e todos dizem que não viram nada. Se eu não contar com a proteção divina, acho que com estas imprestáveis não posso contar mesmo."

Dona Amélia não era uma mulher de se intimidar facilmente. Para isso contribuía o sangue italiano nas veias, e o daquela gente brava de Santa Bárbara. Mandou reforçar portas e janelas, trazer cães de guarda lá das terras de plantação, avisar à vizinhança e ao sargento-mor, e escreveu uma petição para o ouvidor-geral relatando o fato. Não senhora, eles iriam ver com quantos paus se faz uma canoa. Mas ainda continuava o mistério sobre de quem havia sido decepado aquele dedo horrível.

Mandou que Ofélia voltasse ao arraial da Esperança e contasse o ocorrido para mãe Antônia. Se aquilo estivesse relacionado com suas inquirições, então ela também teria que se precaver. A coisa estava ficando feia. Era melhor que parassem de especular e adivinhar qualquer coisa relacionada com a morte do padre e o sumiço da imagem. Pelo menos, por enquanto. Sim, porque se o recado fosse para não se meterem, agora mesmo é que ela iria se meter. Ela e o senhor José Teles iriam até o final desta história. Estão pensando o quê?

Ofélia voltou com uma novidade para lá de preocupante. Mãe Antônia tinha fechado seu barraco, suspendido suas consultas, e foi-se embora para lugar ignorado. Ninguém soube dizer do paradeiro dela. Só sabiam que ela tinha saído às pressas de madrugada mesmo.

Como dona Amélia estava sentindo a falta do senhor José Teles naquela hora. Ela precisava muito tê-lo ali do seu lado. Ele saberia tomar as providências certas. Ela mesma nunca tivera que fazer uma compra na venda, nem roupa para as filhas ela teve que se preocupar quando elas eram crianças, nem remédio, porque tudo, tudinho, era resolvido por ele. Mas, mesmo assim, ela ainda armava uma cara emburrada quando ele, por qualquer motivo, a contrariava. Nestas horas, como já vimos, ameaçava voltar para Santa Bárbara, e nem queria saber se sua santa mãe a receberia de volta. Certamente que não. O senhor José Teles era adorado pela família dela. Ai, que falta que ele me faz agora, ela pensava, olhando distraidamente pela janela.

Foi aí, olhando distraidamente, que ela entendeu como aquilo tinha chegado ao seu quarto. Viu a vara de pescar jogada no canteiro e tudo ficou claro. Foi de fora da casa mesmo que o pacote foi entregue, pela janela aberta, transportado pela vara até a arca.

O senhor José Teles ao chegar a casa e ser imediatamente informado do que acontecera ali, só perguntou:

"Já descobriram de quem é o dedo?"

Dona Amélia até achou que ele deu muita pouca importância ao susto que ela levou, mas entendeu que, afinal de contas, aquele dedo tinha um dono. E quem seria este infeliz que, sem querer, se tornara uma má notícia?

O Teles nem descansou. Despachou o Clemente para o arraial da Barra para descobrir se alguém tivera seu dedo cortado numa briga ou desavença. Nada. Ninguém tomara conhecimento de alguma pessoa que tivesse tido seu dedo decepado. Um pardo, possivelmente um forro. Mandou um outro escravo de confiança percorrer as suas lavras e indagar a mesma coisa. Nada.

Então, com os diabos, o que quiseram dizer para ele e dona Amélia?

Foi novamente a salvadora Ofélia, com aqueles olhos arregalados, quem deu a resposta. Um forro que trabalhava com mãe Antônia teve seu dedo decepado, estava todo mundo comentando isso por lá. O Teles fez um ar de quem não estava entendendo nada e exclamou:

"Mãe Antônia, que mãe Antônia é essa, meu Deus? E o que nós temos a ver com ela?"

Dona Amélia e Ofélia ficaram bem caladas.

O Teles ainda ficou uns minutos pensativo, e depois partiu para fazer recomendações aos escravos que vigiavam a casa. As medidas tomadas por dona Amélia foram aprovadas.

O doutor José Teles, que já havia sido membro destacado do Senado da Câmara, e ainda é famoso orador, dono de lavras, senhor de terras, escravos, animais, casas e de muitas outras coisas, percebeu que havia chegado a uma destas encruzilhadas da vida. O destino o havia colocado em uma situação que não era bem a que ele escolheria. A simples designação do padre Correia para descobrir o paradeiro de uma imagem talhada em madeira havia se transformado num perigoso jogo de gato e rato. Quem estaria por detrás de todos estes acontecimentos? Que trama diabólica havia se formado no Sabará que custara a vida de seu amigo padre Malaquias, alma boníssima, incapaz de fazer mal a quem quer que fosse, e agora custara o dedo de um pobre mulato?

Ele não tinha mais a menor dúvida de que estava no centro deste turbilhão e se aproximando pouco a pouco de desvendar todos os mistérios, talvez incomodando alguém muito poderoso. Será que era este o objetivo do padre Correia? Nunca se sabe o que pensa o nosso Reverendíssimo Vigário-Geral. E, pelo que foi possível apurar em São João d'El Rey, era coisa grande, muito maior do que uma simples imagem do venerável São José, recebida em doação.

Ainda faltava entender muitas coisas.

Quem seria o contato do senhor Manoel de Paredes da Costa no Sabará? O que será que o padre Malaquias tinha para lhe contar, e por que ele foi envolvido nisso? E, agora, que recado foi este de um dedo decepado jogado em seu quarto?

O que será que a mãe Antônia, que ele conhecia muito bem, mas não quis confessar para dona Amélia senão ela faria um escândalo, tem a ver com isto? O que será que ela andou vendo ou assuntando, que tinha relação com ele? Que se lembre, a última vez que consultara mãe Antônia foi para resolver um problema de uns escravos que haviam fugido. Não via nenhuma relação com o que estava acontecendo nesse momento.

 Resolveu partir para o arraial da Lapa e conversar com siá Donde. Quando avisou a dona Amélia, esta ensaiou um pequeno desmaio, mas ele cortou logo.

 "Dona Amélia, preciso ver se esta tudo bem com siá Donde. Agora, todo cuidado é pouco, e não se sabe onde o demo vai atacar. Vosmicê está bem cuidada aqui, não se preocupe. Volto amanhã mesmo."

 Siá Donde sorriu com alegria ao percebê-lo entrando na sala.

 "Então, seu Zé, já resolveu seus problemas?"

 "Que nada, siá Donde. A coisa está ficando mais confusa. Agora, mataram um padre dentro da Igreja da Conceição, pode imaginar isso?"

 "Meu Deus do Céu", exclamou siá Donde com a expressão horrorizada, "mas o que foi que ele fez, seu Zé? Tirou a virgindade de alguma donzela?"

 "Nada disso, o padre Malaquias era um bom homem. Parece que tudo está relacionado com aquela imagem de São José."

 Siá Donde continuou boquiaberta. "Mas isto é motivo para matar um padre?"

 "Pois é, eu não consigo entender. Ele havia mandado um recado que queria encontrar-se comigo porque sabia onde estava a imagem. Então, de alguma forma ele tomou conhecimento dela. Se fosse em confissão, ele tinha obrigação de guardar segredo. Logo, não foi. E o assassino deixou junto ao corpo um bilhete com uma única palavra em latim: vaidade. Nada disso faz sentido para mim. Pelo que pude saber, o Senado da Câmara e o sargento-mor já desistiram de encontrar o assassino. Vai ser considerado mais um crime sem solução, o que não é exatamente uma novidade aqui. O padre Tirrino me disse que o padre Malaquias andava muito nervoso, atormentado com alguma coisa. Acho que era isso o que ele queria me contar, coitado."

"É, seu Zé, mas pode ter sido um crime, como se diz, passional. Tem muita história de padre nas Minas que se enrabichou pela mulher ou filha de um senhor de lavra. Isto dá morte, sim senhor."

"Não é nada disso, Siá Donde. O padre Malaquias era um santo homem."

"Vosmicê cruzou com aquele homem de capa vermelha que eu vi em sonho?"

"Ainda não. Estive em São João d'El Rey assuntando. Descobri umas coisas muito interessantes. Agora tenho certeza que esta imagem tem alguma coisa que a deve tornar muito valiosa. Mas homem de capa vermelha não vi. Só se for algum bispo ou cardeal. Dizem que os cardeais, aqueles de Roma, usam capa vermelha."

"Que cardeal nada, seu Zé. Deve ser gente daqui mesmo. Eu não sei porque a imagem daquele homem não me saiu da cabeça. No sonho não vi o rosto, mas a capa vermelha eu gravei muito bem."

"Tem mais novidade, siá Donde. A senhora dona Amélia encontrou um dedo decepado dentro de uma caixa, colocada no nosso quarto."

"Como é que é, seu Zé?", disse siá Donde com um ar de total incredulidade.

"Foi isso que vosmicê ouviu."

"Seu Zé, isto é sério. Parece aviso de morte. E o dedo era de quem?"

"A Ofélia, escrava de dona Amélia, disse que deve ser de um mulato que trabalhava com mãe Antônia, uma vidente muito conhecida lá no arraial da Esperança."

"E já conseguiu falar com esta tal de mãe Antônia?"

"Ela fechou a casa e sumiu."

"Isto é muito mau, seu Zé. Agora quer me explicar o que esta mãe Antônia e o mulato têm a ver com vosmicê?"

"Pretendo descobrir também isso. Mas o dedo deve ter sido um aviso para não me meter onde não sou chamado.

Isto quer dizer que minhas desconfianças, estas coisas que ando indagando, me colocaram no caminho certo. Eu, sem ter pedido, fiquei no centro desta confusão. O que eu queria perguntar a vosmicê, de viva voz, é o seguinte. Será que o padre Correia fez de propósito para me envolver?"

"Seu Zé, vosmicê que é homem de bem e respeitado na Vila Real deveria perguntar a ele mesmo. Pergunta de frente, sem rodeios nem meias palavras. Pode ser que ele saiba de alguma coisa e ainda não quis comentar. O que ele disse do assassinato do padre?"

"Ele ainda não sabe. Está de viagem pela Comarca."

A velha senhora fez um volteio, enfiou as mãos nos bolsos do avental que trazia sempre amarrado à cintura, tirou um molho de chaves, e disse com simplicidade.

"Agora vem, seu Zé, comer um queijinho que guardei curando aqui para vosmicê."

O senhor José Teles estava com dificuldades para entrar no assunto principal, e achou melhor passar ao cômodo que funcionava como uma espécie de copa, ao lado da cozinha. Siá Donde, arrastando um pouco os pés, veio lá de dentro com um tipo de queijo diferente, que mais tarde seria chamado de *Canastra*, por causa da serra. Um queijo muito bom, pensou o senhor José Teles. Dá até para se vender lá na Vila Real. Anotou mentalmente para sugerir mais tarde que a filha de siá Donde abrisse uma venda só de queijos deste tipo. Por certo faria sucesso.

"Siá Donde, ando meio cismado com a sua segurança. Isso aqui está meio devassado demais e vosmicê fica muito tempo sozinha aqui nos cantos desta casa. Por que vosmicê não chama o Chico, ou Linha, ou Maria, para passarem, cada um deles, uma temporada aqui com vosmicê?"

"Carece, não, seu Zé. Estou bem aqui. Eu e Deus."

"Eu tenho medo que queiram lhe fazer mal, por minha causa."

"Ué, seu Zé, mas a coisa está assim?"

"Temo que eu esteja chegando perto de alguma inconfidência, ou roubo muito grande, onde esteja envolvida gente graúda, e eles podem se assustar. Não quero que nada lhe aconteça por minha causa."

A senhora entendeu e o seu semblante revelava agora preocupação. "Então, vou mandar um recado para o Chico. Ele é solteiro e tem mais disponibilidade de tempo. Já vou mandar arrumar um quarto para ele."

"E diz para ele vir armado, que ele vai saber o que trazer."

O senhor José Teles ainda deu uma volta pela propriedade, examinou o rancho onde havia escondido aqueles baús, viu que estava tudo muito bem cuidado, despediu-se e voltou para o Sabará, disposto a ir até o Arraial da Esperança. Queria pessoalmente conversar com as pessoas e saber por que aquele dedo fora decepado.

De fato, mãe Antônia sumira. Desaparecera de uma hora para outra. O senhor José Teles, acompanhado de Clemente, foi adentrando o arraial e indagando daqui e dali. Ninguém queria muita conversa. Até que ele encontrou um negro falador que lhe disse que mãe Antônia estava se metendo onde não devia e teria sido ameaçada de morte por estranhos. Quando um auxiliar mulato quis defendê-la e sacou um facão, os estranhos agarraram-no e cortaram-lhe um dedo. Quem estava por perto tratou de fugir, enquanto o mulato gritava de dor e algumas mulheres foram socorrê-lo com panos e ervas. Onde foi parar o dedo, ninguém sabe. Mãe Antônia tratou de arrumar umas trouxas e picou a mula, como se diz.

O senhor José Teles voltou para Tapanhoacanga com a certeza de que mãe Antônia sabia de alguma coisa, e foi por isso que foram ameaçá-la. Mas quem estaria fazendo consultas a ela? Será que era dona Amélia, e por isso colocaram o dedo lá em seu quarto? Impossível. Dona Amélia jamais se aconselharia com uma calunduzeira. Ela era muito religiosa para isso, como ele, e vivia com um medo atávico do bispo de Mariana.

20

"Cuando te vi sabia que era cierto
Este temor de hallarme descubierto
Tu me desnudas con siete razones
Me abres el pecho siempre que me colmas
De amores
De amores
Eternamente de amores"
(**Yolanda** – Pablo Milanés)

O Caminho Novo passa necessariamente pela Borda do Campo e depois por Vila Rica, descendo por serras e vales íngremes, acompanhando o sinuoso dos rios, transpondo grotas e desfiladeiros. Quem disser que é um caminho fácil estará mentindo. Além disso, os Registros, aqueles postos de fiscalização, obrigam-nos a demorar bastante no ato de verificar o que é transportado, principalmente se ainda temos que explicar o fim para o qual estamos levando uma pequena e ridícula partida de chumbo. Eu que estimava levar uns dez dias na volta para casa, já acho agora que completaremos quinze em breve.

O tempo cura todas as feridas. Grande verdade. Eu já estava inteiramente conformado com meu destino, e enfrentaria com coragem o senhor Manoel dos Santos e aquelas filhas intrometidas. O que eu poderia fazer, senão aceitar o que o Senhor me havia destinado? Por mais que eu interrogasse os escravos e a escolta, ninguém conseguiu me dar uma explicação para o ocorrido. Uma partida inteira de ouro havia sido trocada por chumbo derretido. Chumbo. E eu agora voltava sem nenhuma resposta. Paciência.

Em compensação, eu aprendera muitas coisas. Quem tudo quer, tudo perde, já se dizia na minha casa desde que eu era pequeno. Em todo empreendimento há que se avaliar o risco envolvido. Não se pode embarcar numa aventura, sem ponderar os custos envolvidos e a possibilidade de fracasso. Ninguém pensa de início que algo pode dar errado. Todas as estimativas são sempre otimistas. Sempre achamos que tudo vai dar certo, e nós vamos realizar o pretendido no tempo adequado, e poucos fazem uma correta avaliação do que pode dar errado. No meu caso, meditando à noite nas paradas, acho que eu corri um sério risco de ser deportado para a África, a troco de pouca coisa. Depois, adeus Minga, adeus ourivesaria, adeus vidinha pacata do Sabará. Para ficar rico, vendi minha alma ao diabo. Eu tinha aprendido a lição. Estava mais pobre do que antes, e envergonhado.

Depois de pernoitar em Vila Rica, tomamos o Caminho Velho, passando por Rio Acima, Raposos, e por fim chegamos à Vila Real. Propositadamente, deixei para entrar à tardinha, com menos chance de encontrar as pessoas pelas ruas. A tropa foi direto para o Arraial do João Velho, e eu me despedi de todos e fui para minha casa. Entrei de mansinho, dei boas noites, todos me olharam curiosos, e aí, confesso, eu chorei. Não pude evitar o desapontamento.

Minha mãe correu a abraçar-me, querendo saber o que foi que aconteceu. Meu pai ficou impassível, com o semblante carregado. Eu expliquei tudo direitinho, como foi a ida e a volta, como era o litoral, a impressão que tive da cidade do Rio de Janeiro. Foi uma longa conversa, e eles tiveram a paciência de ouvir-me, quase sem interrupção. Senti um certo orgulho da parte deles, ao contrário da minha expectativa.

Quanto ao ouro, ninguém entendeu, assim como eu próprio. Houve um consenso. Eu deveria procurar no dia seguinte o seu Manoel dos Santos e assumir inteira responsabilidade pelo que ocorrera. Não havia outra saída.

Meu pai José resolveu ir comigo até o Arraial do João Velho. Eu gostei, porque precisava de algum apoio moral naquela hora. Saímos ainda de madrugada, de maneira que eu encontrasse o menor número possível de conhecidos. O Túlio, então, nem pensar. Para todos os efeitos eu teria ido até a Campanha da Princesa, para arrumar alguma fonte de suprimento de carne salgada, em falta na Vila. Voltei sem nada. Ai, que raiva!

A nossa chegada à casa do senhor Manoel dos Santos foi precedida de uma espécie de ensaio, que fomos aprimorando pelo caminho. Primeiro, eu falaria. Explicaria todos os percalços da viagem, como foi difícil escapar da fiscalização real, as trilhas pouco trabalhadas, e outras aventuras. Depois, falaria meu pai, tentando amenizar a perda, dizendo que poderíamos oferecer algumas compensações.

Para minha total surpresa, seu Manoel veio esperar-nos à entrada. Olhei para cima e pude ver o vulto daquelas meninas chatas, alvoroçadas. Me deu mais raiva. Seu Manoel cumprimentou cerimoniosamente meu pai, fez um aceno com a cabeça para o meu lado, e convidou-nos a entrar. Eu estava gelado. O sangue deve ter sumido da minha cabeça, porque eu pude perceber no espelho que eu estava pálido, para dizer o mínimo.

Depois que nos sentamos, eu tomei fôlego, mas seu Manoel não deixou que eu falasse.

"Já conversei com os escravos, e já acertei com a escolta, vosmicê pode ficar tranquilo quanto a isto."

"Seu Manoel, eu realmente não compreendo como este ouro desapareceu" eu consegui balbuciar, esquecendo todo o roteiro preparado com meu pai. Fui direto ao assunto, estanquei a hemorragia. Meu pai permaneceu calado, só observando.

"Meu jovem", disse seu Manoel, "vosmicê tem um grande valor, mas ainda precisa aprender muita coisa."

"Acha mesmo que eu iria mandar o ouro que suei para catar na beira do rio, por uma pessoa inexperiente, e ainda correr o risco de ser acusado de crime de lesa-majestade?"

Eu comecei a não entender nada. Fiquei de boca aberta ouvindo.

"Claro que não. Além disso, quem assegurou a vosmicê que ali havia uma certa quantidade de ouro, se vosmicê nem se deu ao trabalho de conferir?"

"E tem mais. Vosmicê acha que eu iria trocar meu ouro

puro por libras esterlinas de ouro, correndo um enorme risco, a troco de quê? De ganhar um pouco mais? A cobiça, meu jovem, pode levar à ruína. Esta é uma lição importante para vosmicê, se o senhor José Miranda aqui presente me permite."

"Eu confiei em vossa mercê, seu Manoel", foi a única coisa que consegui balbuciar. Meu espanto estava aumentando, e comecei a ter uma pequena desconfiança de que aquilo tudo havia sido encomendado para mim.

"Meu jovem, o ouro nunca saiu de onde está guardado, se quer saber. Eu não confio em ninguém, muito menos neste padre Sarmento seu amigo, que traçou o roteiro. Com mais razão ainda em alguém do Rio de Janeiro. Poderia muito bem ser uma armadilha, e nesta não me pegam facilmente. Nós os mineiros, como seremos conhecidos no futuro, somos muito precavidos. Muito, fique sabendo."

"Mas, então, eu não entendo. Porque este trabalho todo e os quintos de ouro que gastou?"

"Investimento, meu jovem. Eu recebi muito boas recomendações de si, e sendo solteiro me agradaria muitíssimo que o tivesse como genro, casando-se com minha filha Maria Pia, vosmicê conheceu aqui em casa outro dia."

Minha garganta secou completamente.

"Ao contrário do que diz por aí uma certa pessoa, com origens lá nas margens do Rio Douro e na Bahia, genro a gente pode escolher sim. Eu preciso pensar nisso. Não tenho mais meu primogênito, Deus Nosso Senhor não me deu esta graça. Tenho que pensar em alguém, um rapaz honesto, trabalhador, temente a Deus, que possa vir a ser o chefe desta família, na minha falta."

Agora minhas pernas tremiam.

"Mas precisava que eu testasse, digamos assim, a coragem e a capacidade deste possível genro. Então, arquitetei esta expedição até o Rio de Janeiro, e deixei por conta dele, para ver até onde ele iria, e como se sairia. Para que não corresse maiores riscos, escolhi pessoalmente os homens que comporiam a escolta, e fiz recomendações precisas de como deveriam protegê-lo, assegurando com a própria vida que nada de mal lhe acontecesse."

Agradeci a Deus, mentalmente.

"Portanto, meu rapaz" disse seu Manoel, já colocando as mãos em meus ombros, "queria poder anunciar hoje mesmo, na presença do senhor seu pai, o noivado de vosmicê com minha filha Maria Pia. Já adianto que todo o período de noivado será feito sob rigorosa supervisão de minha mulher."

Continuei mudo.

"Quero lembrar-lhe que casando-se com minha filha vosmicê passa a ser, também, o herdeiro desta lavra, deste ouro, e das terras que possuo. Na minha falta, e se as outras filhas ainda permanecerem solteiras, quero que jure cuidar delas, da minha mulher, e dos dotes a que elas fazem jus."

Meu pai e o senhor Manoel dos Santos, agora, olhavam para mim. O que eu poderia dizer, em completo estado de sítio? O que diriam vosmicês?

"Senhor Manoel dos Santos, estou um tanto surpreso com tudo isso, ainda não entendi direito toda a coisa, mas digo que será uma honra desposar a sua filha Maria Pia, e quero, então, pedir aqui a mão dela em casamento."

Juro que ouvi uma salva de palmas. Deve ter sido lá no Céu, porque ali na sala os dois homens apenas me olharam enternecidos e nos cumprimentamos todos. Eu tremia.

Seu Manoel fez um gesto para que entrassem a esposa e as filhas, Maria Pia à frente, tímida e linda. Um ligeiro sorriso, eu diria quase angelical, estava nos lábios dela. Eu não podia nem respirar direito. As outras meninas estavam dando gritinhos de excitação. Já não me pareciam mais aquelas meninas chatas, e daqui para frente não seriam mesmo. Tornar-se-iam grandes amigas minhas.

Enquanto eu fiquei em pé, parado, seu Manoel adiantou-se: "Minhas filhas, tenho a honra de anunciar que este jovem tão promissor veio aqui pedir a mão de Maria Pia em casamento, e eu a concedi. Vamos marcar o casamento para daqui a três meses, e eu gostaria muito que fosse realizado na Igrejinha de Nossa Senhora do Ó, em Tapanhoacanga, muito embora este jovem já seja um noviço no Carmo, e talvez devesse se casar na Capela da Venerável Ordem Terceira. Pode deixar que eu mesmo resolvo este assunto com o padre Correia".

A mãe de Maria Pia veio até mim, e me beijou no rosto dizendo: "Seja bem vindo à nossa família, meu filho".

Eu fui até Maria Pia, que abaixou os olhos, peguei delicadamente em sua mão direita, estava gelada também, curvei-me e beijei respeitosamente. Pronto, estava selado o compromisso, eu nem bem tinha começado a respirar. Para mim, era um sonho que eu estava tendo, acho que ainda estava na viagem de volta, dormindo em algum buraco do caminho. Não podia ser verdade tudo aquilo.

Aí, todos nos sentamos em uma roda, meu pai e o seu Manoel começaram uma conversa sobre ourivesaria, e as meninas me pediram que lhes contasse como era o Rio de Janeiro. Naquela hora percebi que todos ali sabiam muito bem da minha viagem, talvez até melhor do que eu.

Disse-lhes que o Rio de Janeiro era lindo. Montanha e mar, tudo muito próximo, um cheiro estranho, que me disseram ser maresia. O mar era imenso, e a baía parecia um lago que não tinha mais fim. Falei das igrejas, dos morros, dos costumes, do Paço do Vice-Rei. Falei do Mosteiro de São Bento, do Convento de Santo Antônio, da Igreja de Nossa Senhora da Lapa dos Mercadores. Falei, pouco é verdade, da Rua dos Pescadores, da Rua dos Ourives, do Valongo. Elas me olhavam embevecidas. Aquilo era um mundo totalmente diverso, longínquo, seria o mesmo que ter estado nas Índias.

Enquanto falava, comecei a observar, em rápidas olhadelas, a agora minha Maria Pia. Era realmente linda. Ao final das contas, eu chegava à conclusão de que eu tinha muita sorte. Santo Elias me protegia mesmo. Evitei pensar em Minga, meu Deus do Céu, o que vai ser de nós agora? Como eu vou contar esta novidade? E as meninas continuavam perguntando, e eu procurava atender a todas. Só Maria Pia permanecia com aquele sorriso nos lábios, mãos cruzadas no colo, e com um olhar às vezes maroto para as outras. Quantas coisas elas não deveriam falar entre si, nem bem eu transpunha a porta de saída.

Logo depois foi posta a mesa de almoço e nosso lugar já estava lá marcado. À mesa principal sentamo-nos os homens. As meninas sentaram-se em almofadas jogadas pelo chão e a senhora dona Umbelina apenas ficou supervisionando o serviço das escravas. O prato principal, aliás eles adivinharam minha preferência, era frango com quiabo e angu. Delicioso.

Seu Manoel mandou buscar uma garrafa de vinho da Madeira, e abriu para comemorarmos o noivado. Para mim, aquilo continuava sendo um sonho. Eu evitava trocar olhares com meu pai. E aí, me assaltou uma enorme dúvida. E se ele já soubesse de tudo? Ele havia estado muito calado, muito tranquilo, naquele transe todo. Será possível? Anotei mentalmente para apurar depois, embora eu já soubesse que ele jamais confessaria isso.

Depois do almoço, sentamo-nos os homens do lado de fora, e seu Manoel começou a fumar uma espécie de cachimbo desconhecido para mim. Eu precisava ir me familiarizando com os costumes da casa. Eu ouvia o alarido que as meninas faziam no andar de cima, certamente comemorando, agora a seu modo, o noivado de Maria Pia.

Demos uns dois dedos de prosa, meu pai alegou compromissos na Vila, e eu também disse que precisava colocar a cabeça em ordem, despedimo-nos e fizemos nosso caminho de volta.

Assim que deixamos o arraial para trás, meu pai virou-se para mim e disse: "Meu filho, vosmicê está de parabéns. Vai fazer um casamentão."

"Eu ainda não entendi nada, meu pai. Ainda estou tomado por este rio tão caudaloso que me levou de roldão."

"Vosmicê está na hora de casar, e Maria Pia também. O senhor Manoel dos Santos está certo. Genro a gente pode escolher sim. E ele foi muito feliz ao notar a sua presença nas festas aqui da Vila e pedir informações suas. Eu não posso negar que já tivesse uma desconfiança, e estou muito satisfeito com isto. Estou certo que sua mãe também."

"Mas, meu pai, eu não poderia ter sido consultado?"

"Consultado para quê, para vosmicê correr para aquela mulatinha lá do coronel Lima? Pensa que a gente não sabe? Na esnoga sabemos de tudo, meu filho."

Bem, agora eu tinha que enfrentar várias pessoas. Comecei pelo Móti. Expliquei que aquela história da carregação de ouro havia sido abandonada, que minha ida até a Campanha da Princesa havia sido um fracasso, e que eu queria encomendar uma aliança de noivado.

"Ora, ora, meu jovem ourives, se esta aliança é para a eleita de vosmicê eu faço questão de fazê-la", disse-me o Móti com um largo sorriso. Confirmei que sim, e agradeci os votos de felicidades eternas. Mas, engraçado, o Móti não perguntou para quem era. Será que ele estava pensando na Minga? Tratei de esclarecer logo, antes que desse confusão.

Saí da oficina do Móti no Kaquende e fui me esgueirando lá para os lados do Hospício, atrás do padre Sarmento. Esta conversa ia ser difícil, eu sabia. O padre Sarmento era esperto, não iria aceitar uma conversa assim tão despropositada.

Quando consegui encontrá-lo ele estava dando instruções de como se deveria plantar uma planta exótica, talvez daquelas que Diane d'Anjour esperava encontrar no Sabará, uma tal de lichia. Nunca ouvi falar.

Quando ele me viu, seu rosto já queimado de sol, iluminou-se.

"Então vosmicê voltou, são e salvo, pelo que estou vendo."

"Deu tudo errado, padre Sarmento. Não com o seu roteiro, trilhas e informações. Estava tudo perfeito. O errado foi com o ouro."

Aí contei tudo direitinho, e o padre Sarmento, para minha surpresa, deu uma boa risada, sinal de que não ficara ofendido. Entreguei-lhe o recibo dado pelo padre da Igreja da Lapa dos Mercadores, atestando que cumpri, pelo menos, esta parte do trato. Contei-lhe detalhes da cidade do Rio de Janeiro, e de minhas impressões. Ele ouviu atentamente. E aí, ofereci a ele algumas compensações em serviços de ourivesaria, como uma forma de pagamento pelo trabalho que eu lhe dera. Padre Sarmento disse-me que entendia, nem tudo sai como planejado mesmo, e que se precisasse trabalhar alguma pedra em especial iria me procurar.

Em seguida, levou-me a conhecer a horta que estava plantando ali perto, cheia de ervas e plantas desconhecidas para mim, como segurelha, andiroba e mulungu. O padre Sarmento, antigo soldado da Companhia de Jesus, agora estava se convertendo em fervoroso soldado da companhia da terra, acreditando piamente, como ele mesmo disse, que em se plantando, aqui tudo dá. Talvez um retorno a suas raízes lá nas margens do Paraíba do Sul.

Eu precisava muito encontrar o Túlio. Fui direto até o cartório da Câmara, e lá estava ele afundado em papéis e tintas.

"Meu rapaz, tenho novidades para vosmicê", ele foi logo me dizendo, sem me dar tempo de contar as minhas surpreendentes novidades.

"*Mademoiselle* disse-me que sabe quem matou o padre Malaquias, lembra-se do assassinato dele, antes de sua partida para a Campanha?"

Aquilo me soou muito estranho. Então, até hoje, ninguém descobriu quem foi o assassino? E Diane d'Anjour, uma francesa especializada em aulas de música, é quem foi descobrir? Eu deixei que o Túlio prosseguisse, antes de contar as minhas novidades, que cairiam como uma bomba. Até agradeci mentalmente.

Ele abaixou o tom de voz, olhou para os lados, e disse-me: "Foram os maçons".

Eu pensei que fosse ouvir alguma coisa interessante, revirei os olhos e disse para ele.

"Túlio, esta mulher está delirando. Que maçons? Aqui no Sabará?"

"Aqui mesmo, sim senhor. A maçonaria chegou aqui e quer dominar tudo. Começando por acabar com as irmandades religiosas. O padre Malaquias não era o comissário da irmandade do Amparo? Vai ver que ele complicou as coisas para o lado deles, e eles o tiraram do caminho."

"Mas quem seriam estes eles, Túlio? Aqui todo mundo pertence a alguma das irmandades, não tem lugar para a maçonaria, seja lá o que for."

"O seu pai é de qual irmandade?"

Senti um arrepio. Vinha alguma coisa ruim por aí.

"Meu pai, Túlio, não é de nenhuma irmandade, porque não quer ter obrigações. E não é maçom, posso assegurar. Mas eu sou da Ordem Terceira do Carmo, e vosmicê, por exemplo, não é. Será vosmicê um maçom agora?"

Não havia mais clima para contar as minhas grandes novidades. Ele nem se interessou por saber o que eu andei fazendo este tempo todo que fiquei fora do Sabará. Deixei para contar outro dia.

"Agora me conta uma coisa. Como é que esta Diane d'Anjour, uma francesa, conseguiu permissão para transitar pelas Minas, quando se sabe que El-Rey não quer estrangeiro nenhum por aqui?"

"Ela obteve uma licença especial do Vice-Rei, baseada em suas relações na corte de França. Assim ela me contou."

"Mas Túlio, vosmicê é mais versado nestes assuntos do que eu, não é sabido que o Reino de Portugal é aliado histórico dos ingleses e não dos franceses? Estes não quiseram até estabelecer uma colônia aqui, tomando aos portugueses uma ilha do Rio de Janeiro? E esta mulher consegue uma licença especial? Não lhe parece estranho?"

"Não fala assim de *Mademoiselle*. Ela é maravilhosa".

Pronto, quando o Túlio entoa esta cantiga a melhor coisa a fazer é desaparecer. Não dá para aguentar.

21

Contra íncubus e súcubus a única proteção que dona Amélia conhecia era amarrar umas réstias de alho na porta do quarto de dormir. Além disso, em cada lado da cama, bem perto do travesseiro, havia um terço dependurado, para invocar a proteção dos anjos e arcanjos, querubins e serafins.

É sabido que os íncubus e súcubus atacam durante o sono das pessoas, e os levam a ter sonhos eróticos intensos. Nestes tempos de grande angústia, o sono demorava a vir, e ela não queria que isto fosse motivo para que estes espíritos malignos tomassem conta. Chega do desassossego que ela estava passando durante o dia, depois daquele horripilante dedo encontrado na caixa.

Por outro lado, o senhor José Teles tinha lá também suas proteções particulares, como aquela caixinha, parecida com as de rapé, que continha uma relíquia de Santo Ambrósio, trazida da Sé de Braga. Colocou a caixinha junto ao peito, e não se afastava dela nem para dormir. Acautelai-vos espíritos do mal.

Armados, pois, de toda a proteção divina possível, além dos cães de guarda, vigias noturnos, espias na encruzilhada, senhas e contrassenhas, e os fiéis Clemente e Ofélia, estavam os dois dispostos a deslindar este crime. Sim, porque ninguém poderia imaginar que eles deixariam passar em brancas nuvens todas estas afrontas. Ou então eles não se chamariam mais José e Amélia.

O senhor José Teles estava determinado, primeiro, a encontrar o parceiro do tal Paredes da Costa. Deveria ser alguém que comercializava com prata, segundo lhe disse o senhor Custódio Dias. Procurou primeiro o Móti, tradicional ourives, no arraial da Barra.

"Bons dias, seu Móti."

"Bons dias, doutor Teles. Querendo fazer alguma palma de ouro, como da última vez?"

"Não exatamente, seu Móti, estou atrás de fazer um castiçal de prata", respondeu com astúcia o Teles.

"Não trabalhamos com prata, doutor Teles, não nos é permitido. Só com ouro, e assim mesmo de uma forma muito limitada. Agora, se for para consertar uma peça, aconselho procurar alguém da família Miranda."

"Talvez o senhor José Miranda", completou o Teles.

Ele não perdeu tempo. De lá foi diretamente para a casa do patriarca dos Miranda. Recebido cerimoniosamente, resolveu mudar de tática. Perguntou incisivamente: "Senhor José, vossa mercê conhece um comerciante de prata chamado Manoel de Paredes da Costa?"

José Miranda não pareceu perturbado pela pergunta.

"Conheço. É amigo nosso, nossas famílias se conhecem há muitos anos, ele atua na praça do Rio de Janeiro. Precisa de algum serviço dele?"

"Senhor José, na realidade eu estou atrás de uma imagem que ele doou para nossa Ordem do Carmo, e que, infelizmente, desapareceu. O senhor teria visto esta imagem alguma vez?"

"Doutor Teles, não vi nem antes nem depois deste desaparecimento. E ele nunca se referiu a ela para nós, em suas correspondências. Era uma imagem em prata?"

"Não, era uma imagem em madeira, sem maior importância."

O parceiro, portanto, era o senhor José Miranda. Foi mais fácil do que imaginava o Teles. Restava saber se ele estava ocultando alguma coisa. Havia também aquele filho dele, ourives, sempre ao lado do doutor Túlio do cartório, e este ao lado daquela francesa que dona Amélia achava simplesmente intolerável. Aliás, seria bom saber o que faz uma francesa aqui nas Minas. Agora, ele Teles não queria deixar passar nada. Resolveu procurar o padre Correia, que já deveria ter chegado de viagem.

O padre Correia recebeu o senhor José Teles em sua casa na Rua Direita, muito bem decorada e montada. A casa ainda não estava totalmente terminada, mestre Antônio Francisco ainda deveria completar uns trabalhos na ermida, explicou o Vigário-Geral.

O senhor José Teles passou, imediatamente, a fazer um relatório de suas investigações. Falou, abertamente, de suas desconfianças sobre o capitão Armindo Barbosa, falou de sua ida a São João d'El Rey, do senhor Paredes da Costa, e omitiu o dedo decepado.

O padre Correia ouviu atentamente.

"Doutor José Teles, eu escolhi vossa mercê para encontrar a imagem porque desconfiei de alguma coisa maior por trás disso tudo. Eu tenho aqui uma chave do armário da sacristia da Igreja do Carmo, uma cópia, e não me consta que ela tenha saído do lugar. Se saiu, então alguém aqui da minha casa está envolvido."

"Vossa Reverendíssima tocou num ponto que me incomoda. Nós estamos atrás de uma simples imagem de São José ou de outra coisa?"

"Há muita coisa acontecendo nas Minas hoje em dia. Vossa mercê, dono de lavra como eu, sabe bem o que estamos passando para continuar retirando o ouro. Eu tenho reclamado muito das medidas de El-Rey, que acho um desrespeito para conosco portugueses que aqui vivemos. Tenho falado abertamente sobre isso com o doutor José de Góes, que concorda comigo. Por causa destas minhas posições venho sentindo muita pressão por parte do cabido da Sé de Mariana e do desembargador em Vila Rica. Querem me apanhar em alguma inconfidência, já que fui citado há muito tempo naquela do arraial de Santo Antônio do Curvelo. Além disso, todo mundo sabe, e não faço segredo disso, que lamento muito a expulsão dos jesuítas. Considero mesmo que foi uma enorme asneira perpetrada em Lisboa pelo Conde de Oeiras. Portanto, doutor José Teles, eu devo ser a caça. Somente uma pessoa com a sua respeitabilidade pode me devolver a paz de espírito."

O senhor José Teles, homem sábio, percebeu que o padre Correia estava se abrindo como nunca o fizera antes. Mas restava um ponto importante.

"Reverendo padre-comissário, que relação pode ter o finado padre Malaquias com isto?"

"Que eu saiba, nenhuma. A morte do padre Malaquias deve ter tido uma causa fortuita, sem nenhuma relação com o que acabei de falar. Vossa mercê entende, o padre Malaquias era um homem simples, de poucas luzes, pode ter se envolvido em alguma querela familiar."

"Mas ele queria me dizer onde estava a imagem. Ele sabia."

O padre Correia ficou atônito por alguns minutos, sem saber o que dizer.

"Ele sabia?"

"Assim foi o recado que me foi passado, pouco antes do assassinato."

O padre Correia balançou a cabeça, deixando bem claro que a entrevista se encerrava ali. Alegou outros afazeres e despediu-se do Teles.

Dona Amélia decidiu convocar sua turma para uma tomada de posição, tal qual faria sua heroína preferida, a generala Fernanda. Agora, definitivamente, era ir à *"la guerre"*, e era preciso planejar as próximas ações. A primeira a chegar foi dona Efigênia, caminhando com dificuldade, depois foi dona Mulce, dona Juju, dona Belinha, e, por fim, dona Fafá.

Sentaram-se em grandes almofadas, abanadas discretamente por uma escrava, e começaram a falar sem parar. Sentiam-se todas ameaçadas agora. O que poderiam fazer? Dona Mulce lembrou aquela pista dada pelo frei Francisco, mas concordaram todas que era muito pouco provável. Frei Francisco, coitado, deveria estar sendo traído por uma senilidade precoce.

Dona Belinha especulou sobre onde teria ido parar mãe Antônia, que pelo visto todas ali conheciam, até dona Efigênia, e concordaram que ela fez o melhor que era possível fazer naquelas circunstâncias. Fugir.

Começaram a discutir, então, a morte de padre Malaquias, ainda totalmente sem solução. Como pode um assassino entrar na Igreja Matriz, esfaquear um pobre homem, e sair sem ser notado? Alguém comentou, levantando várias interrogações entre as senhoras presentes, que ele poderia não ter saído, mas entrado. Meu Deus, que loucura.

Dona Amélia pediu a palavra. E voltou a comentar, ainda horrorizada, o acontecimento do dedo encontrado em seu quarto. Perguntou que significado poderia ter?

Dona Efigênia lembrou-se de que um parente dela, lá na Campanha da Princesa, havia contado que malfeitores no Reino da Sicília costumavam mandar estes recados às suas vítimas, como uma ameaça para que ficassem caladas. "Mas aqui na Vila Real de Nossa Senhora da Conceição do Sabará não é a Sicília, nem temos uma Ilha de Lampedusa", concluiu ela própria. Embora tudo isso fosse verdade, o método utilizado era o mesmo. Um recado cheio de significado.

Ora, a única coisa que tanto dona Amélia quanto o senhor José Teles procuravam era a célebre imagem de São José de Botas. E, pelo lado de dona Amélia, com ajuda de mãe Antônia, era a identificação de um certo Sarreipa, ou que nome parecido ele tenha. Portanto, tratemos de achar este Sarreipa. Ele tem que existir.

Dona Belinha lembrou-se de que a única pista concreta que tinham havia sido dada pelo doutor Túlio, do cartório da Câmara. Ele se lembrava de ter visto este inusitado nome em algum documento do cartório. Dona Amélia não deixou de fazer uma cara de nojo, à mera citação do nome do ilustre rábula sabarense. Ela, definitivamente, não suportava aquele ar debochado que ele assumia algumas vezes, e aquela subserviência vil aos caprichos da dona francesa.

"Dona Amélia, deixemos de lado os preconceitos. Nós precisamos da ajuda deste homem", disse a despachada dona Belinha.

Resolveram nomear uma comissão para conversar com o doutor Túlio. Dona Amélia seria poupada deste dissabor, até porque estava recolhida à sua casa, depois de tão fortes emoções. Escolheram dona Belinha, dona Mulce e dona Fafá. Então, tiveram a ideia de promover um chá em casa de dona Fafá e convidá-lo, juntamente com a francesa e a aia, Maria Gertrudes, não é isso? Será que ele aceitaria? Não era uma cena comum no Sabará, mas poderia ser na França, quem sabe?

Dona Amélia, lamentando a impossibilidade de estar ela própria presente, deu outra ideia. Convidem a francesa, e o doutor Túlio certamente vai acompanhá-la para fazer as devidas traduções e apresentações. E a aia? Convidem ela também, parece uma boa pessoa.

E assim devidamente acertadas, ficou dona Fafá encarregada de escolher o dia e fazer os convites. As senhoras pareciam agora jovens programando uma brincadeira de roda. Todas falavam ao mesmo tempo.

O senhor José Teles achou que era hora de conversar mais um pouco com padre Tirrino, e voltar ao dia do crime na Igreja da Conceição. Foi encontrá-lo na sacristia da esquerda admirando o teto e descobrindo detalhes da pintura que nunca haviam sido vistos. Padre Tirrino, nas horas vagas, era um estudioso da arquitetura barroca.

"Salve, reverendíssimo padre Sebastiano Tirrino. Salve, Maria! A Graça e a Paz de Nosso Senhor Jesus Cristo estejam convosco."

"Convosco também, *signore* Teles. O que o traz aqui hoje?"

"Eu queria falar um pouco sobre o padre Malaquias, Deus o tenha em bom lugar. Quem recolheu os pertences dele, padre Tirrino?"

"Parece-me que, na ausência de familiares conhecidos,

foi alguém da irmandade do Amparo. A escrava que trabalhava na casa dele disse que um irmão lá estivera, no dia seguinte, dando uma olhada em tudo."

"Alguém saberia me dizer que irmão foi este?"

"Talvez tenha sido o próprio irmão Procurador."

"Sabemos o que ele tinha de bens e pertences, há uma relação do que foi encontrado?"

"Doutor José Teles, posso saber o motivo destas perguntas? Alguma coisa o preocupa?"

"Padre Tirrino, muitas coisas me preocupam. O padre Malaquias tinha uma informação muito preciosa para mim, conforme Vossa Reverendíssima mesmo me transmitiu, e eu quero saber se ele deixou algum relato, ou alguma pista do que poderia ser", respondeu taxativamente o Teles.

"Vamos saber agora mesmo, doutor Teles. Por acaso, vi o irmão-procurador por aqui há alguns minutos."

O irmão-procurador da Irmandade do Amparo tinha uma relação dos bens encontrados na casa do Padre Malaquias. Aparentemente ele não era tão pobre como parecia ser. Através de um testamento encontrado, e devidamente testemunhado, soube-se que ele tinha terras, gado e uma moenda de cana, além de ouro e diamante.

"Como é possível?", exclamou estupefato o senhor José Teles. "Privei da amizade do padre Malaquias, e ele sempre me demonstrou viver em estado de pobreza."

"Pelo visto, ele vivia, ou aparentava viver, em estado de pobreza, mas acumulava riquezas."

"E para quem foram destinados estes bens, pode-se saber?"

"Para alguns parentes e pessoas daqui do Sabará, do Serro do Frio, e de Aiuruoca."

"Meu Deus, que grande surpresa", disse o Teles, "e não há nenhum documento escrito, algumas anotações, que cite nomes de pessoas ou acontecimentos?"

"Nada além do testamento, breviário, livros de orações, alguns textos sobre mineração. Acho que o padre Malaquias era, também, um estudioso de mineralogia. Parece que ele tinha ideia de criar uma Escola de Minas em Vila Rica, o pobre reverendo."

"Quanta surpresa, por Santo Elias. Nós passamos anos convivendo com uma pessoa e não a conhecemos no final das contas", refletiu em voz alta o Teles.

22

*N*am *myoho rengue kyo.*
O Túlio me contou que viu uma cena insólita anteontem. Chegou, pela manhã como de hábito, ao Hospício da Terra Santa para encontrar-se com Diane d'Anjour. Encontrou-a na companhia de Maria Gertrudes sentadas ambas no chão do jardim, pernas cruzadas, olhos fechados, e recitando sem parar um mantra, como depois lhe explicaram, composto destas palavras numa língua oriental desconhecida: *nam myoho rengue kyo.*

Mademoiselle disse-lhe que fora seu amigo Sérgio, aquele mesmo jovem tocador de cravo de Vila Rica, quem lhe ensinou, e ele, por sua vez, aprendeu com alguém que teria voltado das Índias. Ela dedicava alguns minutos do dia para entrar em sintonia com o universo.

Eu falei na mesma hora: "Meu amigo Túlio, não se iluda. Esta mulher é mesmo louca. Nunca vi uma pessoa mais estranha em toda a minha vida. Não sei como vosmicê aguenta. Entrar em sintonia com o universo? Que coisa mais disparatada, Túlio".

Ele só conseguiu articular uma única frase, já com aquele olhar embaçado nosso conhecido: "Ela é maravilhosa..."

"Mas", continuou o Túlio, "o melhor está para vir, meu amigo. Esta sim, é uma grande surpresa. Outro dia eu fui buscá-la na Capela de Santa Rita, já havia terminado o ensaio do coral. Entrei meio despercebido e, ao aproximar-me da sacristia, ouço a nossa Diane d'Anjour e Maria Gertrudes conversando em voz baixa, e pasme vosmicê, em português corrente."

"Túlio, eu não entendi nada, pode me explicar melhor?"

"É isto mesmo que vosmicê ouviu. De repente, *Mademoiselle* aprendeu a falar português da noite para o dia, deve ter sido algum milagre da Irmã Benigna."

"Túlio, vosmicê tinha tomado uns copos da cachaça JP antes de chegar lá?"

"Não, meu caro rapaz, elas conversavam em voz baixa, mas eu pude ouvir perfeitamente. Tenho bom ouvido. Elas falavam na mesma língua que falamos, eu e você. Tive muito orgulho de *Mademoiselle* naquela hora."

"E, depois, quando vosmicê apareceu, elas continuaram a conversa?"

"Não, aí *Mademoiselle* voltou a falar uma língua *creole*, como ela diz, uma mistura de francês com palavras em português."

"Eu acho que vosmicê sonhou, doutor Túlio. Impossível esta mulher começar a falar a nossa língua de uma hora para outra. Então, deve ser um milagre para ser contado ao Papa, em Roma."

"Deve ser milagre, mas que eu ouvi, ouvi. Não quis comentar nada para não estragar a surpresa que ela certamente está preparando para mim. Talvez em alguma cerimônia pública, uma apresentação do coral, sei lá, ela faça um breve discurso em português. Vai ser um acontecimento, com certeza."

Eu, que já tenho muitas desconfianças desta francesa desabusada, achei aquilo tudo muito estranho. O meu caro amigo Túlio devia estar delirando. Talvez consequência de alguns copos a mais que ele tenha bebido naquele dia, ele que era tão moderado na bebida. Quando isto acontecia, muito raramente, ele costumava ficar em estado de graça, ouvindo sinos e cânticos celestiais. Deve ter sido uma destas ocasiões, pensei.

Se não for isso, tem alguma coisa esquisita aí nesta história. *Mademoiselle* seria, então, uma impostora. Isso mesmo, uma impostora. Nunca me enganou. Deve ser esta a razão, também, de ela sempre fazer questão de me ignorar. Sabia que eu poderia ser um estorvo.

"Túlio, tenho também uma novidade. Vou me casar."

Nunca pensei, de verdade, que isto fosse ter o efeito que teve em meu pobre amigo, companheiro e confidente Túlio. Ele ficou inteiramente desnorteado. Consegui fazer com que ele, num passe de mágica, se esquecesse da louca da *Mademoiselle*.

"Vai se casar com a Minga?", disse o Túlio sem acreditar no que ouvia. "Meu caro, é bom saber que toda a Vila do Sabará ficará contra vosmicê. Imediatamente será expulso da Ordem do Carmo, e jamais poderá aparecer em alguma festa, acompanhado de sua mulher. Acho até que nenhuma Igreja aceitará fazer este casamento. Vosmicê será um pária, um renegado. Agora, se vosmicê tomar a Minga como concubina, aí não há problema. Mas, note bem, sem direitos. A tradicional família do Sabará não tolera casamentos multirraciais."

Eu deixei o Túlio fazer a sua peroração, exaltado, apoplético. Nunca pensei que a notícia do meu casamento pudesse perturbá-lo tanto. Acho que nós dois sabíamos que aquilo era um rito de passagem. Abandonaríamos os alegres tempos da juventude para ingressar no mundo sério dos pais de família, dos homens das irmandades, defensores da moral e dos bons costumes. Nunca mais teríamos aquelas longas madrugadas de discussões filosóficas, regadas a aguardente que esquentava o corpo e atiçava a mente, aquelas caçadas que duravam dias, aquela pescaria de anzol na beira do rio, aquela conversa mole ao fim da tarde no Largo do Rosário.

Quando eu vi que ele agora estava falando da prole mulata, de como seriam os meus filhos discriminados, do futuro de humilhações a que seriam submetidos, da impossibilidade de uma educação melhor do que a nossa, e outras bobagens, resolvi intervir.

"Túlio, é isto que preciso lhe contar, não é com a Minga, é com uma menina lá do Arraial do João Velho, chamada Maria Pia."

Neste ponto, o Túlio achou melhor sentar-se. Estávamos, os dois, tendo muitas emoções para um dia só. Pensei que ele fosse me pedir para continuarmos a conversa no dia seguinte.

"Que Maria Pia é esta, meu caro ourives? De onde saiu esta rapariga, que eu nunca soube da existência de nenhuma moça com este nome, olha que é um nome incomum, e pronta para se casar? É rica, pelo menos?", disse o Túlio, esfregando na testa, sem parar, aquele pano amarfanhado que ele chamava de lenço.

Expliquei, resumidamente, a história quase toda. De como me vi envolvido numa transação comercial com o senhor Manoel dos Santos, e por força disso conheci a filha dele, me enamorei daquela menina tão linda, e propus casamento.

"É só isso e pronto? Então, vosmicê, um apaixonado pela mulata Minga, com mil planos de montar uma casa para ela, e não sei mais o quê, vai na casa deste dono de lavra e propõe casamento? Não, meu amigo, esta história precisa ser mais bem contada. Diga logo que foi uma armação dos Miranda, horrorizados com a possibilidade de vosmicê amancebar-se com uma nova Chica da Silva, e que vosmicê não teve como sair correndo. Seja homem!"

Os dois caímos na gargalhada. De fato, fazia todo sentido ter sido mesmo uma arrumação do senhor José e da dona Rosa, preocupados com o meu futuro.

"Bem, de qualquer forma está feito, e eu agora preciso contar para a Minga. Túlio, vosmicê que tem larga experiência sentimental, diga-me como será que ela vai reagir?"

"Quer saber mesmo, meu rapaz? Ela vai sorrir com aquele jeito de gata do mato, dar um balanço naquelas ancas maravilhosas, levantar uma ponta da saia para mostrar as pernas grossas e morenas, fazer um ar de ofendida, e deixar para lá. Ela sabe, meu amigo, que é dona do seu coração, e isto branca nenhuma vai conseguir tirar. Vosmicê, como diria minha santa mãe, é um caso perdido."

"Mas eu não quero que ela fique magoada comigo. Não poderei mais dar atenção a ela, nem comparecer aos encontros furtivos nas Mercês. Nem posso mais ser o avalista de uma coartação, se ela quiser. Como vou explicar tudo isso à Maria

Pia, com aqueles olhos tão inocentes?"

"Meu caro, está na hora de vosmicê encarar os fatos como eles são. Esta Minga é muito mais esperta do que vosmicê pode sonhar. Ela enxerga longe. Ela vai preferir ficar junto daquele menino Bento, ter casa, comida e trabalho leve. O coronel Lima deve ter instruído muito bem a filha. Pode ficar tranquilo. Ela não pensa, nem de longe, em pagar para ser livre. Ela o será por outros caminhos."

"Tomara que seja assim. Eu não sei se vou aguentar muito tempo longe dela."

Depois desta minha conversa destrambelhada com o Túlio senti uma vontade irresistível de procurar a Minga. Eu precisava falar com ela, e clarear as coisas, antes que me visse entrando na igreja com Maria Pia.

Fui encontrá-la, como tantas vezes, esperando o jovem Bento terminar a sua aula no coral. Pelo que ouvi, do lado de fora, ele estava agora cantando um pouquinho melhor. Já era possível escutá-lo sem necessidade de tapar os ouvidos. O tempo todo ele dizia "Didi, Didi" e "é meu, é meu". Menino realmente possessivo. Minga deu um largo sorriso quando me viu, correu e me beijou. Fiquei embaraçado. Como é que eu vou tocar no assunto?

"Vosmicê, meu sinhô, anda tão sumido... Arranjou um novo amor?", já foi ela logo dizendo, para meu desespero. Sou fraco, imensamente fraco.

"Estive conduzindo uma tropa até muito longe daqui, Minga. Senti muito sua falta."

"Ah, meu sinhô, e eu então? Este trabalho de mucama é muito aborrecido. Não se tem muita coisa o que fazer. É preciso só ter muita paciência. A sinhazinha é muito mandona, e tem ciúme da Minga com o sinhô dela."

Ai, meu Deus, será que já apareceu outro senhor dando em cima da Minga? Mas, não é possível, estes homens ricos não se enxergam? Cheguei a pensar, por um segundo, que talvez tivesse sido melhor a Minga ter fugido para a Serra do Caraça, ou a Serra da Piedade. Resolvi encurtar aquela agonia.

"Minga, preciso dizer uma coisa a vosmicê. Eu vou ter que me casar daqui alguns meses."

"Vai ter que se casar, meu sinhô? Engravidou alguma outra mulher?"

"Nada disso, Minga. É um casamento arranjado pela minha família. Querem que eu me case com uma branca, filha de um dono de lavra."

Minga me fitou com olhos tristes por alguns segundos. Juro que tive que me controlar para não cair nos braços dela, beijá-la da cabeça aos pés e fazer amor ali mesmo, ao ar livre e na frente de quem quisesse ver. Minga tinha a capacidade de me enlouquecer.

"Entendo, meu sinhô. Eu já esperava isso. O meu sinhô é moço, bonito, branco, por que ficar com sua vida amarrada a uma Minga, mulata, escrava, feia?"

"Não, Minga, feia não. Você é a mulher mais bonita e mais desejável da Comarca do Rio das Velhas, tenho certeza. Se eu fosse livre para fazer o que quisesse, e não vivesse aqui nas Minas, e não sofresse a pressão desta gente hipócrita, eu fugiria com vosmicê para bem longe. Talvez fosse morar no Rio de Janeiro, numa ladeira entre o mar e a montanha."

"Não, meu sinhô, vosmicê deve pensar no seu futuro. Minga não tem futuro, só presente. Minga é escrava, não tem vontade própria, nem manda no seu destino. Quem manda na minha vida é a família Lima, lá do Bom Retiro. Acho que Deus Nosso Sinhô deve ter dado a eles este direito, e se esqueceu de contar para o povo da África. O que pode uma filha de escrava fazer?"

Me acometeu, então, uma profunda tristeza. Que mundo é este onde nem os brancos, aqueles que se consideram livres, podem fazer o que bem entendem? Somos escravos das circunstâncias, do preconceito, das convenções, dos ritos, da ambição, do falatório da Vila. Agora, pensando melhor, acho que os negros são mais felizes vivendo nos quilombos. Afinal, a Minga tem razão, que direito divino temos nós os brancos de escravizarmos negros e índios, tão altivos, pessoas humanas como nós, que apenas diferem na cor, e na maneira de falar? Que direito têm os brancos de arrancar famílias inteiras, aldeias inteiras, nações inteiras da África e jogá-las como animais em navios, sujeitos a tudo e à morte, para depois usar os que conseguem sobreviver como mão-de-obra barata aqui nas Minas ou para servir à mesa de senhoras indolentes?

Minga começou a chorar. Um chorinho curto, sentido, amargurado.

Fiquei mudo, e apenas abracei e afaguei aquela mulher, que até então tinha sido a melhor pessoa que eu tinha conhecido na vida. Enxuguei as lágrimas que escorriam pelo seu rosto iluminado. Beijei-a mais uma vez, virei as costas, e desci a ladeira. Desci com aquele sentimento profundo de derrota. Nos últimos tempos eu estava perdendo tudo que pensava ter conquistado. O senhor Manoel dos Santos tinha razão ao me dizer que quem tudo quer, tudo perde.

Odiei, mais uma vez, aquele momento. Até então a minha vida tinha sido só flores, e agora eu estava colhendo os espinhos. O pior de tudo era a consciência de que eu deixara de ser aquele jovem despreocupado da Vila Real do Sabará, cheio de sonhos. Eu não era muito diferente daquelas pessoas que antes eu menosprezava. Eu também não presto.

23

"Deus é Grande", murmurou dona Fafá, ao avistar a francesa e a aia adentrando a casa de comércio de siá Josefa. Assim ficava tudo mais fácil. Ela faria o convite para um chá em sua casa, como se fosse a coisa mais normal deste mundo no Sabará, e elas não desconfiariam que isto fazia parte de um complexo plano para arrancar informações do doutor Túlio por vias transversas. Plano urdido na reunião em casa de dona Amélia, coitada, ainda estava tão passada com aquela história do dedo. Não saía da cama.

Dona Fafá começou olhando uns tecidos, uns bordados, cumprimentou siá Josefa, e foi chegando para perto das duas. Fez um sinalzinho para a dona da casa, que esperta como ela só, já se adiantou e perguntou: "Conhecem dona Fafá? Da melhor sociedade da Vila. Dona Fafá, esta é a senhora Diane e a senhora Maria Gertrudes, que estão aqui na Vila por algum tempo".

As duas sorriram, fizeram um meneio, e disseram *"enchantée"*. Dona Fafá não perdeu tempo.

"Que maravilha, há quanto tempo espero esta oportunidade de conhecê-las. Gostam da Vila? Já sei, não é como na Europa, mas tem seus encantos. Já provaram da nossa jabuticaba? A melhor de toda a região. Fazemos lá em casa um licor maravilhoso. Precisam provar antes de se irem daqui. Por falar nisso, porque não vão em minha casa amanhã? Tenho lá um chá combinado com algumas amigas, acompanhado de uma broa de milho divina. Elas adorariam conhecê-las. Podem ir? Ótimo. Lá pelas três horas da tarde, está bem? Se quiserem levar algum amigo ou conhecido, nenhum problema, nos dará muito prazer. Eu moro ali perto da Igreja do Carmo, que ainda está em construção, será fácil encontrar."

Dona Fafá ficou satisfeita consigo mesma. Seu desempenho fora perfeito. Agora, trata-se de avisar o grupo para que estejam todas em sua casa às três da tarde, sem falta. Que não me venham com desculpa de ter que supervisionar o jantar para os doutores de casa. Agora, temos que arranjar algum tipo de chá. Quem teria? Despachou uma escrava para percorrer as vendas da Rua do Fogo atrás de chá. Se for da China ou da Índia, tanto melhor. Se não encontrarmos, faremos com hortelã ou erva cidreira aqui da horta mesmo.

Quando as convidadas assomaram ao portão de entrada, as mulheres emudeceram. Elas vinham acompanhadas de um homem, trajando uma capa azul-marinho forrada de cetim vermelho, e este não era o preclaro doutor Túlio, motivo de todo aquele evento. Houve um certo alvoroço, e dona Belinha foi obrigada a pedir, energicamente, que se comportassem. Agora, seja o que Deus quiser. Vamos ter que aturar esta francesa, e arrumar uma outra ocasião para pegarmos o doutor Túlio de jeito.

Diane d'Anjour entrou na frente, majestática, avaliou o ambiente, e cumprimentou uma a uma as senhoras presentes. Em seguida, apresentou Maria Gertrudes. E, por fim, um amigo que estava, por coincidência, aqueles dias no Sabará. Ele adiantou-se elegantemente, fez uma mesura e apresentou-se:

"Soy Don Beraldo Sarreipa, mucho gusto."

Caiu como uma bomba. Definitivamente era a última coisa que aquelas mulheres, comparáveis às mulheres de Atenas, esperavam ouvir. Todas ficaram boquiabertas, sem ação, a olhar para o visitante como se fora um ser do outro mundo, enquanto Diane d'Anjour apenas sorria. Mais uma vez ela havia sacudido, sem saber, a sociedade sabarense.

Foi dona Efigênia quem se recuperou mais rápido do susto e balbuciou um *"mucho gusto"*, seguido da primeira coisa que lhe passou pela cabeça: "Espanhol? A família do meu pai tem raízes na Espanha".

"*Perdón, señora, soy argentino del Rio de La Plata, con mucho honor.*"

Acomodaram-se todos em banquinhos dispostos em círculo, enquanto duas escravas providenciavam o chá, com duas opções conforme explicou dona Fafá, hortelã e erva cidreira, este último muito bom para acalmar os nervos. As senhoras voaram em cima dele, estavam muito precisadas naquele instante. As xícaras de porcelana muito fina eram de Macau. Parecia uma reunião muito civilizada, numa região incivilizada. Os visitantes certamente se surpreenderam que na Vila do Sabará fosse possível encontrar aqueles hábitos tão europeus. Chá, esta bebida que os chineses do Cantão ensinaram aos portugueses e a Marco Polo foi bem aceita na Europa, sobretudo nas Ilhas Britânicas, de clima mais frio. Era uma infusão que se prestava para acompanhar uma boa conversa, ao fim da tarde, mas também com efeitos medicinais, como cedo descobriram os habitantes das Minas.

Don Sarreipa mostrou-se uma pessoa muito agradável. Tirando aquele horrível sotaque castelhano, que ele insistia em usar, tudo nele inspirava confiança. Menos em dona Belinha, que na ausência de dona Amélia, assumira o comando das operações. Ela o fitava por longos momentos tentando adivinhar quem era este homem, que ali estava na frente delas em carne e osso, e do qual nem as irmãs Machado tinham dado notícia. Que mistério fantástico.

Dona Belinha resolveu arriscar um movimento em pinça.

"Don Sarreipa, que tipo de negócio o traz, pela primeira vez, à Vila Real do Sabará?"

Ele explicou, amavelmente, que esta não era a primeira vez. Já havia estado aqui, em Mariana e no Arraial do Tijuco. Sempre acompanhando, como uma espécie de conselheiro, alguns paulistas interessados na compra de ouro e diamante. Ele era um profundo conhecedor de pedras, havia trabalhado em Antuérpia e Amsterdã, mas desde algum tempo decidira ficar mais perto das Minas, a responsável pela maior parte da produção mundial de ouro.

Dona Belinha anotou tudo, mentalmente, para repassar à senhora dona Amélia.

Enquanto isso, *Mademoiselle* Diane, encantadora, conquistou imediatamente todas as senhoras presentes. Falando em um português bastante razoável, corrigida aqui e ali por Maria Gertrudes, contava suas primeiras experiências na Vila, a condução do coral, as crianças inteligentíssimas que ela havia encontrado, o doutor *Tuliô* que a ajudava em tudo, e ria, ria, esbanjando alegria e charme. As mulheres renderam-se à francesa. Ela era tudo o que elas gostariam de ser. Livre, sem marido que a tolhesse o tempo todo, culta, fina, elegante, viajada. E, ainda por cima, com um amante, sim porque o doutor Túlio só poderia ser um amante, que a cumulava de presentes e pequenos favores, flores dia sim, dia não, um verdadeiro cavalheiro. Tudo isso ali mesmo, na mesma Vila Real do Sabará que elas conheciam tão bem, cheia de restrições. Como seria bom morar em Lisboa, ou melhor em Paris, ou Londres, aceitamos até mesmo o Rio de Janeiro. Tudo deve ser melhor do que viver aqui.

Dona Belinha agradeceu aos céus que dona Amélia não estivesse ali. Sim, porque a esta hora já a imaginava dizendo para quem estivesse ao lado "queria ter uma neta assim". E Diane d'Anjour teria conquistado adeptas para todas as coisas que ela pretendia ser no Sabará, até mesmo ser a próxima Mestra da Arte da Música, cuja arrematação ela não conseguiu levar, para enorme irritação sua.

A conversa estava interessantíssima, todas as senhoras queriam que o dia não se acabasse. Dona Efigênia confidenciava a Don Sarreipa a grande admiração que tinha por um bispo lá do sul, e pelos povos da Banda Oriental e do Rio da Prata. Ela tinha um tio, lá na Campanha da Princesa, que teria participado da retomada da Colônia do Santíssimo Sacramento.

Don Sarreipa a tudo ouvia e de vez em quando exclamava um *"como nón"* ou *"claro"*, incentivando dona Efigênia a contar mais coisas. Agora ele perguntava sobre a lavra do marido, onde ficava, quantos escravos trabalhavam, e dona Efigênia, estimulada por tão agradável prosa, ia contando tudo nos mínimos detalhes. Como no futuro se dirá, estava entregando o ouro com a maior facilidade.

Dona Mulce achou que Maria Gertrudes ficou meio de lado, ofuscada pelo brilho e a personalidade de *Mademoiselle*. Resolveu, então, puxar conversa. Maria Gertrudes revelou-se, igualmente, encantadora. Portuguesa, havia morado em Paris, onde teria se empregado para o serviço de aia de Diane d'Anjour. E nesta temporada pelas Minas ela servia ainda como intérprete, e conhecedora dos costumes e tradições dos povos da Península Ibérica, ajudava *Mademoiselle* a entender as diferenças culturais. Maria Gertrudes era uma moça fina, educada. Muito diferente daquela imagem de uma aia que formavam as senhoras.

Aí dona Mulce fez uma indagação crucial. O que as teria trazido até a Vila Real? Sim, porque ninguém entendia como esta francesa escolhera o Sabará, tendo como opções São João d'El Rey, Vila Rica e até Mariana.

Maria Gertrudes fez um longo circunlóquio, falou da dedicação que *Mademoiselle* tem pela formação musical de crianças, da vontade dela em criar uma banda de música como havia várias nas vilas francesas, em marcar sua passagem pela América com alguma realização definitiva. E também por sua crença de que era possível desenvolver estas comunidades mineiras de forma sustentável, e não de forma predatória como se estava fazendo. A região das Minas era de uma riqueza imensa, Deus havia aquinhoado este povo com riquezas sem fim. E para quê? Para enriquecer meia dúzia de pessoas e a Coroa Portuguesa. E mesmo esta estava repassando grande parte desta riqueza para os banqueiros ingleses.

Dona Mulce ficou espantada com este discurso. Seria esta Maria Gertrudes uma ativista política? A conversa dela nada tinha de uma aia. Nada disse ainda sobre roupas, limpeza e comida. Dona Mulce arriscou uma outra indagação, também crucial.

"Senhora dona Maria Gertrudes, como a senhora Diane conseguiu ser admitida nas Minas, sabendo-se que a Coroa não tolera a presença de estrangeiros?"

"Ah, minha cara senhora, *Mademoiselle* tem muitos amigos no Rio de Janeiro. Tem amigos no Paço, tem amigos na Sé, e no Mosteiro de São Bento. Foi através destes amigos, demonstrando seu altruísmo, sua vontade de educar as crianças das Minas, que ela conseguiu esta autorização. Além disso, que perigo pode representar para a Coroa duas jovens que se arriscam em território inóspito, fazendo um papel que, de certa maneira, era antes feito pelos jesuítas, expulsos justamente pela Coroa?"

Dona Mulce chegou a ficar com os olhos rasos de lágrimas. Nem tudo está perdido neste mundo. Ainda existem jovens boas, que abandonam tudo, e internam-se pelo sertão bravio, apenas por uma questão humanitária. Não pôde deixar de dizer: "Deus há de recompensar esta luta que vosmicês estão tendo."

Dona Belinha, já comendo sua segunda broa de milho, deu-se conta de que os convidados haviam conquistado, palmo a palmo, todas as fileiras de seu exército. Era quase uma questão de rendição incondicional. Não havia como resistir ao charme destas pessoas tão interessantes. Começou a achar que a errada era dona Amélia. Como poderia ter suspeitado de um senhor tão distinto como este Don Beraldo, amigo de uma pessoa tão encantadora como Diane d'Anjour? Apenas por mera questão de honra, ainda fez uma última pergunta ao Sarreipa.

"Senhor Sarreipa, vejo que *usted* tem amizade com *Mademoiselle*, eu diria mesmo até uma certa intimidade, e também o tem com o doutor Túlio?"

Foi neste momento que dona Belinha criou um suspense na sala. O Sarreipa disse que não tinha tido ainda o prazer de conhecer o doutor Túlio, uma pessoa de muitos predicados, como havia lhe contado Diane d'Anjour.

Mas como ainda não o havia conhecido, se o doutor Túlio

não largava *Mademoiselle* para nada? E *Mademoiselle*, por sua vez, que chegou ao ponto de convidá-lo para um chá em casa de uma senhora que ela mal conhecia, não teve o cuidado de apresentá-lo ao doutor Túlio? Muito estranho. Foi a primeira vez que dona Belinha teve a sensação de que ali havia sido montado um teatro, e elas eram as espectadoras. Havia mais coisa. Era necessário reagrupar as tropas, a batalha ainda não terminara.

Chamou dona Fafá a um canto, disse qualquer coisa, pediram licença e foram até um cômodo de dentro da casa.

"Dona Fafá, tem alguma coisa que não está me cheirando bem nesta história. Como é possível que o doutor Túlio seja desconhecido deste senhor Sarreipa?"

"E como será que ele se tornou amigo da francesa? Eles aparentemente têm uma trajetória diferente. Ela vem pelo Rio de Janeiro, e ele por São Paulo. Que amizade será esta?"

Voltaram agora, as duas, acompanhadas de uma escrava com taças de um creme branco, com canela em cima, que foi explicado aos visitantes ser chamado de arroz doce. Isto, dentro do ritual das famílias mineiras, sinalizava o começo do fim da reunião.

Dona Belinha, enquanto passava uma colherinha para Maria Gertrudes, perguntou na maior das naturalidades.

"Desculpe lá a curiosidade, mas *Mademoiselle* conhece Don Beraldo de onde?"

Foi a própria Diane d'Anjour que se adiantou para responder.

"Conheci o *senhorrr* Sarreipa em Vila Rica, em casa de meu amigo *Serge*, num *sarrau* em que músicas de *padrre* Maurício foram tocadas em *crravo*."

Fazia sentido. Era verossímel. Diane e Maria Gertrudes haviam passado antes por Vila Rica, e depois se decidiram pela Vila Real. Então, até agora, a única coisa pouco aceitável era a ausência do doutor Túlio. Seria Don Sarreipa um concorrente dele? As mulheres entenderam isto imediatamente, e sorriam em cumplicidade. Todas ali, sem exceção, passaram a ser admiradoras de Diane d'Anjour.

Difícil agora seria convencer dona Amélia que a mulher não era a nojenta que ela imaginava. Era uma ótima pessoa.

Então dona Belinha percebeu que não haviam chegado a lugar nenhum. As desconfianças de dona Amélia, por inspiração de mãe Antônia, eram infundadas. Ali estavam pessoas de bem. Todos os três. Pessoas até admiráveis, considerando que faziam coisas tão diferentes do dia a dia delas todas.

Terminado o arroz doce de dona Fafá, muito elogiado, os visitantes pediram licença para se retirar, as cadeiras de arruar já se enfileiravam à porta, e era hora de todas voltarem às suas casas. Uma tarde extremamente agradável, deveríamos fazer mais vezes, disseram elas, coradas e alegres.

24

Já faz quase duas semanas que, dia sim, dia não, vou até a casa de Maria Pia vê-la. Sou muito bem recebido sempre pela família, sento-me de um lado, ela de outro, e a mãe no meio, sempre tecendo alguma coisa. Então, primeiro lançamos olhares curiosos, depois eu comento alguma coisa, ela responde, há um momento de silêncio, e aí retomamos. A mãe cosendo, não arreda o pé do lugar. Que coisa mais chata.

Esta forma de os noivos se conhecerem me parece muito estranha. Como podem duas pessoas se conhecerem sem um pouco de romantismo, um caminhar de mãos dadas pelo mato, um agarramento aqui, um apertinho ali, como eu fazia com a Minga, que não me sai da cabeça. Mas é o costume, e a família Manoel dos Santos não abre mão. Sua filha mais velha há de se casar virgem, e segundo a forma com que todos se casaram. Ou quase.

Eu faço a minha parte. Sigo o ritual. Maria Pia parece-me uma menina encantadora. Um pouco tímida demais, mas entendo que as circunstâncias não permitem que seja muito diferente. As irmãs, eu as percebo espiando pelas frestas, curiosas. Dona Umbelina me diz que o enxoval está quase pronto, tudo guardado em um baú, em uma das alcovas da casa. Será a mesma do ouro? Me veio este pensamento à cabeça, trato de afastá-lo.

Maria Pia pede-me que fale novamente do Rio de Janeiro. Para ela é uma terra muito distante, com o mar que povoa nosso imaginário nas Minas, nós que só conhecemos rios e lagoas. Pede-me que descreva o mar. Eu digo que o mar é infinito. O que é infinito, pergunta. É uma água que se perde no horizonte azul, e que chega até a África e a Lisboa.

Ela parece visualizar melhor. E no Rio de Janeiro existem índios? Eu não os vi, mas certamente existem. Eles sempre viveram ali. E como são as igrejas? São enormes, mas não tão bonitas nem tão ricas como as nossas. E como é o povo? É um povo esquisito, arrogante, fingindo que vive na metrópole. Para eles, as Minas são apenas um lugar de gente rude e mal educada, que fala uma língua cheia de vícios, onde o ouro brota do chão e os mineradores indolentes o apanham quase sem fazer força. Até os negros lá no Rio de Janeiro são diferentes. São cheios de gírias, maliciosos, astutos.

Maria Pia fica me escutando, embevecida. Para ela, eu sou um semi-herói. Para mim, eu sou a expressão maior do fracasso. Um perdedor nato.

A notícia de meu casamento foi saudada na esnoga com muita alegria. Até que enfim, disseram eles. Vosmicê será agora uma pessoa séria, de respeito, e deixará de ficar por aí de amores com negras, bebendo cachaça pelos becos. Eu apenas sorria.

Mas por que casar na Igrejinha do Ó, quando o costume era realizar o casamento na própria casa, nas pequenas ermidas e oratórios que existiam, com poucos convidados?

Eu expliquei que o senhor Manoel dos Santos quer também pagar uma promessa a Nossa Senhora, e achou que a Igrejinha era mais apropriada, ficava mais perto do Arraial do João Velho, não era uma igreja tão grande como a Matriz.

E vão morar onde?

Inicialmente vamos morar lá mesmo no arraial do João Velho, com a família. Depois, pretendo me mudar para um arraial mais perto, talvez na Barra, próximo da minha oficina.

Encontrei o Túlio meio desnorteado. Parece que *Mademoiselle* encontrou aqui no Sabará, de passagem, um amigo, que fala castelhano. O Túlio está furioso. Diane d'Anjour já cancelou dois compromissos com ele por causa deste castelhano. E como ele se chama? Vosmicê não vai acreditar, o nome dele é Don Beraldo Sarreipa. Lembra-se que umas senhoras andaram me perguntando se eu conhecia uma pessoa com este nome, e eu menti que já tinha visto este nome lá no cartório? Mas como elas sabiam da existência deste homem, se ele nem havia aparecido aqui na Vila do Sabará, que eu saiba? Será bruxaria?

Eu me lembrei imediatamente do nome que a tal mãe Antônia tinha falado para Minga. Gelei.

O Túlio subitamente abaixou o tom de voz e, talvez por despeito, contou-me uma coisa surpreendente. Descobriu que Diane d'Anjour tinha alguma coisa a ver com uma companhia inglesa chamada *Enchanted Valley Mining Company*, e que ela em conversa com Maria Gertrudes apenas se referia a esta companhia como a *Vale*. Eu pedi para repetir. Estava tudo ficando muito confuso na minha cabeça, eu que agora só pensava em casamento, comprar móveis, estas coisas.

O Túlio então, meio revoltado, me explicou melhor.

"Meu rapaz, depois daquela vez em que escutei a conversa das duas em português tão claro como o nosso, eu fiquei meio desconfiado, apesar da paixão que nutro por esta francesinha. Então, passei a ser mais audacioso, entrar sem ser convidado, fingir que estava dormindo, olhar anotações e bilhetes, coisas assim. Repulsivo, eu sei. Mas acho que tem um pouco de ciúme nisso também, reconheço."

"E apurou o quê exatamente?"

"Eu começo a achar que *Mademoiselle* não chegou aqui no Sabará por acaso. Tudo isso foi muito bem pensado. Vosmicê notou, como eu, que ela é versada em pedras? Acho que o maior interesse dela aqui não sou eu, infelizmente, meu rapaz. É o ouro."

"Mas será possível, Túlio, que elas disfarçaram o tempo todo? Estou achando meio louca esta sua teoria", respondi.

"E agora me aparece este castelhano que demonstra, pelo que apurei, uma certa intimidade com ela. Só de falar já me dá raiva."

"Túlio, não entendo como uma francesa pode ter alguma coisa com ingleses. Não soa meio fora de propósito?"

"Só se ela não for francesa como aparenta ser. O

português que ela falou com Maria Gertrudes pareceu-me mais de alguém da metrópole. Ela pode ser portuguesa, igualzinha a Maria Gertrudes."

"Estou surpreso. Nunca pensei que fôssemos testemunhar tantos acontecimentos estapafúrdios aqui no Sabará. Será o Apocalipse anunciado na Bíblia?"

"E de onde vosmicê tirou esta companhia inglesa? Sabia que nenhum estrangeiro pode pensar em contratar algum trecho para exploração de ouro ou diamante? Só se *Mademoiselle* veio aqui aprender para usar em outro lugar. Mesmo assim acho muito estranho que uma mulher viesse aqui para isto. Seria mais fácil colocar a serviço deles um destes donos de lavras, ou algum contratador de diamantes."

O Túlio não tinha respostas para as minhas indagações. Tudo estava muito confuso, mesmo para ele, que tinha a cabeça tão boa e tão despreocupada. Este nome da *Enchanted Valley* apareceu numa carta que alguém escreveu para Diane, dizendo que o pagamento dela estava à disposição no Rio de Janeiro. Pagamento? Não seria pelas aulas de canto, certamente.

Hoje fomos eu e Maria Pia, acompanhados de dona Umbelina e um séquito que incluía uma senhora que se intitulava de cerimonialista para percorrermos a Igrejinha do Ó, onde iríamos nos casar. O senhor Manoel dos Santos tinha determinado que queria um casamento *comme il faut*. Agora todo mundo deu para falar palavras em francês. Eu acho horrível. Mas era tudo que esta tal de cerimonialista queria ouvir. Isto significava que muitas oitavas de ouro haviam sido reservadas para o casamento. Seria o vestido, o celebrante, as flores, os arranjos, o vinho do Porto.

Eu estava achando aquela história toda muito desagradável. Preferia ficar lá fora, no Largo do Ó, sentado nas escadas com Maria Pia, segurando as suas mãos. As mãos pode segurar, não pode? Mas, não, a tal cerimonialista me queria lá dentro da igrejinha, estudando os mínimos detalhes, que lugar devo ocupar no altar, que gestos devo fazer, que leituras serão feitas.

Em determinado instante passamos à sacristia, praticamente vazia desde que padre Malaquias fora assassinado, e ensaiamos a assinatura de documentos, na presença do celebrante. Ali estaria selada, definitivamente, a minha sorte ou desdita. Enquanto as mulheres discutiam mais uma vez dezenas de detalhes, dos quais eu queria distância, passei a abrir, por curiosidade, as gavetas da cômoda da sacristia.

Tive um calafrio. Na última gaveta, bem no fundo, estava uma imagem de São José de Botas. Vi perfeitamente. Estava lá aquela imagem de madeira, igualzinha como me foi descrita a que desaparecera da Igreja do Carmo. São Simão Stock me proteja. O que eu tinha de abrir este gavetão?

Não disse nada. As mulheres continuavam entretidas, ninguém prestara atenção nos meus movimentos, e eu pude fechar vagarosamente a gaveta, sem fazer muito ruído. O destino me colocara, mais uma vez, numa encruzilhada. Agora, o que faço?

Pedi licença e saí da igrejinha, fui lá fora respirar um pouco. Meu coração batia acelerado. Eu pensava. Devo sair correndo e avisar o padre Correia onde está a imagem? Mas e se esta não fosse para ser mesmo encontrada? Aquele bilhete que eu tinha apanhado na casa do padre Malaquias ainda estava comigo, e eu não tinha tido coragem de contar a ninguém. Lembrei-me de que o padre Malaquias, coitado, havia sido assassinado, talvez por isso, e ele era o celebrante das missas na Igrejinha do Ó. Praticamente só ele tinha acesso aos gavetões da cômoda da sacristia. Lembrei-me também de minha conversa com o senhor José Teles e decidi procurá-lo. Ele saberia dar prosseguimento à investigação, afinal ele tinha sido o designado para isso pela Ordem do Carmo.

Dei uma desculpa qualquer para dona Umbelina e Maria Pia, deixei a cerimonialista ainda querendo me segurar pelo braço, e fui a pé mesmo procurar a casa do senhor José Teles, que eu sabia morar em Tapanhoacanga.

Um escravo alto e forte, chamado Clemente, foi ver se o

senhor poderia me receber. Eu disse-lhe que tinha uma importante informação a dar para o doutor Teles. O próprio Teles veio me receber à porta, saudou-me como Irmão do Carmo, e convidou-me a entrar.

Quando nos sentamos, em uns bancos toscos, ele me perguntou: "Então vosmicê tem alguma coisa para me contar?".

"Doutor Teles, vossa mercê não vai acreditar, mas eu penso ter encontrado a imagem tão procurada de São José de Botas."

O Teles ficou lívido. Seu olhar revelava total surpresa. Como este jovem encontra uma coisa que estamos procurando há tanto tempo? Ele só conseguiu dizer uma palavra.

"Onde?"

"Aqui mesmo, ao seu lado. Dentro de um gavetão da cômoda da sacristia da Igrejinha do Ó."

O Teles pôs-se de pé e me disse "venha comigo". Chamou Clemente e saiu a pé, caminhando a passos rápidos. Maria Pia e família já tinham ido embora, então foi preciso mandar Clemente pegar a chave da igreja na casa de dona Mulce.

Enquanto esperávamos, o senhor José Teles não disse uma palavra. Pela ansiedade dele podia-se notar como aquela imagem tinha mexido com sua vida nos últimos tempos. Quanta coisa havia acontecido em decorrência do sumiço da imagem, e agora finalmente ela tinha aparecido.

Clemente voltou com a chave e nós voamos para a sacristia. Lá estava realmente a imagem, e tudo levava a crer que era a mesma que havia desaparecido. O senhor José Teles examinou-a atentamente, com os olhos e com os dedos, tentando descobrir alguma coisa em seu interior. Achou.

Dentro da imagem encontrava-se um documento, com um timbre da *Enchanted Valley Mining Company*, de Londres, relacionando todas as lavras que deveriam ser compradas por umas pessoas, testas de ferro desta companhia, na região do Rio das Velhas, e os valores que deveriam ser pagos, verdadeiras ninharias, com instruções detalhadas de diversas formas de pressão a serem exercidas sobre os donos das lavras, chegando até à execução sumária daqueles que resistissem.

Ali estavam os nomes do doutor José Teles, do padre Correia, e de muitos outros conhecidos, chegando a incluir até a lavra do Gongo Soco em Catas Altas.

Ficamos, os dois, boquiabertos. Aquilo era um verdadeiro plano de subversão na região das Minas, à revelia do Reino de Portugal. Os ingleses, provavelmente atraídos pela enorme quantidade de ouro produzida nos últimos anos nas Minas, queriam apoderar-se delas. Para isso estariam dispostos a usar os métodos mais sujos e violentos.

Isto era demais para nós. Sentamo-nos em um banco da sacristia, e ficamos tomando fôlego. Eu olhava para o doutor Teles o tempo todo, aguardando suas instruções. Aí o Teles falou.

"Então era isso que o padre Malaquias tinha para me dizer. Ele sabia de tudo. A imagem foi guardada aqui, provavelmente por ele mesmo, porque seria altamente improvável que alguém viesse procurar na sacristia desta capela, que muito raramente é aberta, e quando o era, ele estava presente."

Eu pensava no que o Túlio havia me dito sobre *Mademoiselle*. Agora também fazia sentido. Esta *Valley* era uma mineradora inglesa interessada em ter a posse da maior parte da região aurífera, mas como os ingleses não tinham permissão de atuar aqui, então ela o faria através de prepostos, de empregados locais, até que pudessem pressionar El-Rey para que mudasse as regras do jogo. Aí, ela passaria a atuar livremente, e adeus ouro das Minas.

Eu e o doutor Teles pensamos ao mesmo tempo "e quem seriam estes prepostos?"

O papel não dizia nomes. O documento era dirigido a um tal de *Mining Operations Manager*, e este deveria saber exatamente a quem se dirigir. Ficamos os dois lendo e relendo o documento, escrito em duas línguas, inglês e português. Era, portanto, um documento oficial, muito detalhado e objetivo. Um verdadeiro plano de batalha, que os ingleses sabiam fazer tão bem. A diferença aqui é que não se tratava do Rei da Inglaterra, ou de um marechal de campo, mas de uma companhia privada, com sede em Londres. Meu Deus, deste jeito estas companhias inglesas vão dominar o mundo.

O senhor José Teles pensou em fazer uma coisa que aprovei imediatamente. Esconder o documento e devolver a imagem para a Ordem Terceira do Carmo. Os prepostos, ou este *manager*, ficariam loucos para ter o documento de volta, e quando não o encontrassem, provavelmente teriam que se revelar. Só pedi uma coisa ao doutor Teles. Que ele me aliviasse deste encargo. Eu estava para casar e não queria que nada me acontecesse agora, ou à minha inocente Maria Pia. Pedi que ele dissesse que havia sido ele mesmo quem encontrara a imagem.

O doutor Teles disse que ia fazer melhor. Para todos os efeitos a imagem havia sido entregue em sua casa por um escravo desconhecido, que logo desaparecera. Aprovei e saímos cautelosamente da igreja, Clemente carregando a imagem, para que ninguém nos visse.

Eu estava louco para contar tudo ao Túlio. Agora achava que as desconfianças dele tinham fundamento. Diane d'Anjour e Maria Gertrudes deveriam ser agentes desta *Enchanted Valley*. Eu diria até que elas deveriam ser consideradas traidoras do Reino, mas acho que neste mundo dos negócios, e nestes tempos, não se aplicam estes termos. Elas seriam apenas leais funcionárias de uma companhia inglesa.

25

Dona Amélia mal podia acreditar no que lhe estavam dizendo dona Belinha e dona Mulce. Se arrependesse dos seus pecados como se arrependia agora de não ter ido ao chá, estaria salva para a eternidade.

Então, ao invés da francesa aparecer com o doutor Túlio, que deveria nos dar alguma pista do tal senhor Sarreipa, aparece com o próprio a tiracolo? Inacreditável. Onde estariam aquelas idiotas das irmãs Machado? Elas é que deveriam estar ali, para ficarem com cara de bobonas.

"Minhas amigas, estou verdadeiramente chocada. Então, ele existe afinal. Aleluia!"

"Dona Amélia, desculpe lá o que vou dizer, mas acho que vosmicê fez mal juízo deles todos. Olha, nós ficamos encantadas com a atenção e gentileza que demonstraram conosco. A Diane d'Anjour e a Maria Gertrudes, a senhora precisa conhecê-las, são raparigas de muito valor. O que elas estão fazendo pela infância aqui da Vila do Sabará nunca ninguém fez, desde Borba Gato."

Dona Amélia escutava, com ar divertido, as duas falando meio de atropelo de tão excitadas. Que bom que tenha sido assim. Aquela mãe Antônia deve ser doida, e a gente confiando nela e ainda dando oitavas de ouro para ouvir maluquice.

"Acho que nem vou tocar neste assunto com o Zé", disse dona Amélia para as amigas, "ainda bem que mantive segredo do que me disse mãe Antônia, só contei para vosmicês, senão a esta hora eu teria que desfazer todas as intrigas."

E continuou, assumindo um ar de profunda reflexão.

"Agora, vejam vosmicês como são as coisas. Uma forra lá no arraial da Esperança disse um nome totalmente inusitado, desconhecido até para as irmãs Machado, que não deixam passar nada naquela rua Direita, e de repente ele aparece em pessoa. Não é um verdadeiro milagre? Eu estou aqui fazendo um mau juízo de mãe Antônia, mas a verdade é que ela não é tão boba assim. Por que será que desapareceu? Deve ser por outro motivo, claro. Vai ver que fez alguma coisa errada. Com certeza."

"Dona Amélia, eles adoraram o chá de dona Fafá", disse dona Belinha, "pensam que nós fazemos isto habitualmente. Ficou a sugestão de todas nós de fazermos outras vezes. Talvez possamos criar uma motivação qualquer, costurar para os pobres, por exemplo. Padre Coimbra iria adorar. Que admirável, senhoras da maior respeitabilidade no Sabará dedicando parte do seu precioso tempo para os menos favorecidos. Que edificante!"

"Concordo plenamente, minhas amigas. Não podemos permitir que esta Diane d'Anjour seja a única a fazer benemerência em nossa própria terra. Não senhora, vamos assumir esta responsabilidade. Alguém oferece a casa e o chá, as outras providenciam as quitandas. Passamos horas agradáveis e ainda por cima fazemos algum trabalho para distribuir no Natal nos arraiais mais pobres. Perfeito, já me vejo ganhando várias indulgências", disse dona Amélia, tão religiosa, sentindo-se leve como uma pluma.

De repente, entrou apressado o senhor José Teles. Dona Amélia, que conhecia bem o marido, percebeu que algo de muito sério havia acontecido.

"O que foi seu Zé?"

"A imagem de São José de Botas foi finalmente encontrada", respondeu secamente o Teles.

As mulheres ficaram mudas. Pensaram na mesma hora, milagre do padre Malaquias. O doutor José Teles, mesmo sem cumprimentar as senhoras presentes, tratou de arrefecer aquele sentimento de júbilo religioso.

"O pior de tudo é que o padre Malaquias estava envolvido neste roubo."

"O padre Malaquias?", disseram em uníssono as três

senhoras. Aquilo era uma verdadeira catástrofe. Teria sido uma briga entre as irmandades?

"Não, o finado padre Malaquias nos deve algumas explicações."

O senhor José Teles já havia falado demais. Mas dona Belinha e dona Mulce eram, por assim dizer, da copa e cozinha da casa. Amigas fiéis, não iriam dar com a língua nos dentes. O Teles pediu sigilo, até que ele comunicasse oficialmente à Irmandade a recuperação da imagem.

O senhor José Teles tomou pequenas providências antes de comunicar ao padre Correia o fim de suas diligências. Guardou em lugar secreto o documento encontrado dentro da imagem. Este valia ouro. Procurou o padre Tirrino e disse-lhe que tinha algumas reservas com relação ao padre Malaquias, mas que não poderia explicar agora. Que se viessem lhe perguntar pelos bens pessoais do padre, dissesse que estes foram enviados para o bispo de Mariana. Mas que prestasse bem atenção em quem estava interessado nisso.

Em seguida dirigiu-se para a Igreja do Carmo e solicitou uma reunião de emergência da Mesa da Ordem Terceira. Pediu que esta fosse presidida pelo reverendo padre-comissário. Depois foi procurar o sargento-mor. Queria saber dos últimos passos do padre Malaquias.

Ficou sabendo que o inquérito fora arquivado a pedido do Senado da Câmara, por absoluta impossibilidade de se chegar ao culpado. E a Irmandade do Amparo, não teria outras informações? A Irmandade também manifestou a vontade de ver encerradas as diligências. Mas e o Ouvidor-Geral não teria interesse em solucionar este caso? O senhor José de Góes teria dito que estava muito atarefado. Nada fora encontrado que desse uma pista? Apenas a arma utilizada, ainda assim de pouca valia porque uma arma comum na Vila do Sabará.

O senhor José Teles concluiu que havia muita gente querendo pôr uma pá de cal, por assim dizer, neste incidente. Pobre padre Malaquias. No que ele teria se envolvido?

A reunião da Mesa da Venerável Ordem Terceira do Carmo do Sabará estava completa. Todos os membros presentes. Padre Correia passou a palavra ao doutor José Teles.

"Irmãos da Mesa, tenho a alegria de anunciar que a imagem desaparecida de São José de Botas foi finalmente encontrada, e tenho a honra de passá-la novamente às mãos do reverendíssimo padre-comissário, aqui presente."

Fez um sinal e Clemente entrou carregando a imagem e colocou-a sobre a mesa do consistório. Foi um alvoroço. Todos quiseram vê-la de perto, e tocá-la. Parecia encantada.

Padre Correia pediu uma salva de palmas para o doutor Teles, e em seguida tomou assento novamente à mesa.

"Doutor José Teles, o seu esforço foi memorável e esta era uma questão de honra para a nossa Ordem. Pode nos dizer onde foi encontrada e quem a levou?"

"Ela foi entregue em minha casa em Tapanhoacanga por um desconhecido. Quanto ao autor do desaparecimento tenho apenas suspeitas. Mas o certo é que ela nunca saiu da Vila Real."

Em seguida, falou o capitão Armindo Barbosa, irmão-tesoureiro.

"Encontrou vossa mercê alguma coisa dentro da imagem que justificasse seu desaparecimento?"

"Não encontrei nada", começou a responder o Teles, "mas como de fato o interior da imagem é oco, e pode-se chegar ao seu interior pela base, alguma coisa poderia estar aí dentro e desapareceu."

Neste instante, todos se ergueram e examinaram a imagem de cabeça para baixo, podendo constatar que ela realmente era oca.

O padre Correia agradeceu novamente o esforço e o tempo dispendido pelo doutor José Teles e propôs que dessem por encerrado o assunto, no que foi apoiado por todos os membros da Mesa.

Ao saírem, o capitão Armindo Barbosa aproximou-se do Teles e pediu-lhe desculpas por algum mal entendido, e disse-lhe não guardar nenhuma mágoa da suspeita de má administração dos recursos da Ordem, e queria que tudo continuasse como antes. O senhor José Teles sorriu e concordou. Quando já se despediam o capitão Armindo virou-se e disse uma coisa importante.

"Doutor Teles, se voltar a ter notícias do paradeiro de algo que estivesse dentro da imagem, eu teria muito interesse em recuperá-lo pessoalmente. Para mim é uma questão de honra também."

"Pois não, capitão Armindo Barbosa", respondeu o Teles, "farei isso com muita alegria porque já estou farto deste assunto." Disse isso e pensou "apareceu o primeiro, quem diria, justo o nosso irmão-tesoureiro".

O senhor José Teles precisava de aliados. Não poderia enfrentar uma verdadeira organização criminosa sozinho. Pensou em chamar o Chico, mas este estava certamente no Arraial da Lapa com siá Donde, e era melhor que ficasse por lá mesmo. Os donos das lavras mencionadas no documento seriam os maiores interessados, mas ele não podia saber ainda quem estava do lado de quem. Então, pensou em procurar aquele rapaz, filho dos Miranda. Ele poderia ter outras pessoas de confiança com quem contar, muito embora tivesse dito que queria ficar no anonimato.

E foi assim que o doutor José Teles, antigo prior do Carmo e Imperador do Divino, adentrou a esnoga secreta do Sabará, território de cristãos-novos. A família Miranda convocou rapidamente seus membros para que estivessem presentes na Casa Cinza todos os dezoito, e o Teles pôde, então, abrir o coração. Ele havia descoberto, juntamente com o filho mais novo dos Miranda, uma conspiração para tomar posse da região aurífera. Não era uma invasão militar, era uma tomada sutil, quase pacífica, sem que o próprio Reino de Portugal pudesse se opor.

Uma companhia inglesa, proibida de atuar nesta região, teria se aliado a algumas pessoas que seriam suas testas de ferro e obteriam, a qualquer custo, as licenças das lavras. Eles entendiam que o processo de exploração do ouro usado aqui ainda era primitivo e poderiam transformar a extração a céu aberto em minas subterrâneas. Para conseguir este intento eles estavam dispostos a ir até as últimas consequências.

Todos ouviram atentamente e surpresos. O Teles disse que possivelmente o padre Malaquias era um membro destacado daquele grupo, mas que teria se arrependido na última hora. Quis entregar a imagem roubada para alguém que ele sabia estar tentando recuperá-la e era também um dos alvos da conspiração. Por isso, talvez, tenha sido assassinado. Agora, ele Teles tentava descobrir quem seriam estes prepostos desta malfadada *Enchanted Valley*.

Falou, em seguida, do senhor Manoel de Paredes da Costa, que teria mandado a imagem. Ele deveria ser o representante da *Valley* no Rio de Janeiro. Mas quem teria mapeado aqui as lavras e passado as informações sobre a região? Os portugueses não mantinham estes registros detalhados.

Os membros da esnoga entreolharam-se. Paredes da Costa era um nome conhecido. Será que alguém da esnoga faria parte daquele grupo? Houve um certo desconforto, rompido pelo senhor José Miranda.

"Eu sou parceiro do senhor Manoel Paredes na venda de prata. Ele nunca esteve aqui no Sabará e nunca me falou a respeito deste assunto dos ingleses. Portanto, se houvesse algum dentre nós envolvido, teria que ser eu. Mas não sou."

O Teles respirou aliviado, e também os outros.

Foi, então, que surgiu o nome de Diane d'Anjour. O que faria uma francesa aqui no Sabará? Agora tornara-se muito suspeita esta vinda para cá. O filho dos Miranda contou as últimas revelações de seu amigo Túlio, a possível ligação dela com a *Valley,* a desconfiança de que ela na realidade poderia ser portuguesa mesmo, ou até nascida no Brasil, e o fato de que ela teria um amigo castelhano chamado Don Beraldo Sarreipa, uma figura muito estranha que andava pelo Sabará por estes dias. Ele seria alguém ligado aos paulistas. O Teles lembrou-se daqueles forasteiros que o irmão Zelador observara muito interessados em visitar a Igreja do Carmo.

A esnoga, transformada em conciliábulo, pôs-se a discutir o que fazer. Uma denúncia pura e simples ao Ouvidor-Geral, sem saber de que lado ele se colocaria, estava afastada. Uma reunião com os donos de lavras, alguns deles muito distantes, também estava afastada. Será que poderíamos confiar no Senado da Câmara? De jeito nenhum, foi a opinião geral. Então, pelo menos, alguém vá falar com o doutor Túlio e vamos tentar cercar a francesa. Ela poderá deixar escapar alguma coisa.

O doutor José Teles se propôs a falar ele mesmo com o doutor Túlio. Não queria intermediários. Os outros membros da esnoga se comprometeram a buscar informações sobre onde estava hospedado este senhor Sarreipa. Talvez fosse uma indicação de quem o estava acobertando.

O senhor José Teles pegou o Túlio de jeito, numa hora em que ele não poderia escapar. Acabara de entrar no cartório da Câmara. O Túlio ficou surpreso com o que o Teles sabia de suas relações com Diane d'Anjour. O que não era exatamente uma novidade no Sabará inteiro, mas mesmo assim ele percebeu que o Teles havia conversado com o seu amigo Miranda.

O Túlio ainda tentou defendê-la, uma rapariga maravilhosa, dedicada, que tinha tido ideias formidáveis para modernizar a Vila Real. A criação de uma banda de música, um coral, uma esplanada, um clube para festas, e outras coisas que foi recitando. Mais do que o Senado da Câmara havia realizado nos últimos dez anos. Um rol enorme. De fato, *Mademoiselle* Diane havia feito uma diferença no Sabará. Não poderia ser tratada, agora, como uma malfeitora, argumentou o Túlio. O Teles concordou. Queria apenas saber quem seriam os possíveis prepostos desta tal de *Valley* e quem teria assassinado o padre Malaquias. Só isso.

"Só isso?", indagou o Túlio.

"Gostaria muito, doutor Túlio, que vossa mercê pudesse ajudar-nos, dada a sua intimidade com esta senhora. Não se esqueça de nos dizer também que papel desempenha esta aia. E, ainda há pouco, me disseram sobre um castelhano chamado Sarreipa, que seria amigo da senhora D'Anjour. Conhece?"

"Ainda não tive o desprazer", respondeu secamente o Túlio.

26

Ando atrás do Túlio há dois dias. Queria convidá-lo para ser testemunha no meu casamento com Maria Pia. Nada mais justo. Túlio é o meu grande amigo aqui no Sabará. Amigo de todas as horas, daqueles com os quais uma pessoa pode se abrir, chorar suas mágoas, repetir não sei quantas vezes a mesma história, e ele ainda se surpreender com o desfecho.

Depois da sua conversa com o doutor José Teles ele anda me evitando. É pena. Ele pensa que eu coloquei Diane d'Anjour no fogo por vingança. Apenas porque ela sempre me ignorou. Não é verdade. Deus é testemunha. Diane d'Anjour não é nenhuma Joana D'Arc. Nem francesa ela é de verdade. Agora sabemos de tudo. Ela é portuguesa da Beira, e cedo foi morar em Paris, mas nunca deixou de ser portuguesa. Aí está a explicação de porque ela e Maria Gertrudes circulavam livremente pelas Minas. Não era por interferência do Rei de França, que ela nem sabe direito quem é, nem do nosso Vice-Rei, que ela nunca viu na vida, mas simplesmente porque ela era uma súdita do Reino de Portugal.

O argentino paulista, que se apresentava solenemente como Don Beraldo Sarreipa seria o *Mining Operations Manager* citado naquele documento secreto. Ele funcionaria como um administrador com mão de ferro, quando a região aurífera fosse transformada quase toda em propriedade dos ingleses, nas barbas de El-Rey. Assim acabou revelando Diane d'Anjour, frente a um Túlio verdadeiramente arrasado. E ela, cretina, ainda continuava com seu teatro, dizendo para ele "*je suis desolée*". E o Túlio acredita. Idiota.

O padre Malaquias, coitado, era fascinado com assuntos

de mineralogia, apesar de clérigo. E não era um clérigo miserável. Havia acumulado considerável fortuna nas Minas. Pelo que disse ainda Diane d'Anjour ele havia mapeado a região que interessava à *Valley*, separando o joio do trigo. Inacreditável. Uma pessoa tão afável, tão simples, tão piedosa.

Depois, movido pelo remorso, quis se recuperar, dando um sumiço na imagem, que ele sabia conter as instruções detalhadas da operação. Quem deveria ter tido acesso ao documento, em primeiro lugar, seria o capitão Armindo Barbosa, justamente pela função que ocupava na Ordem do Carmo. Foi para ele, um futuro preposto dos ingleses, que o documento teria sido enviado, da forma mais segura possível. Um verdadeiro Cavalo de Troia. Mas o padre Malaquias foi mais rápido, e sumiu com a imagem. Queria, antes de todo mundo, saber das reais intenções dos ingleses. Quando leu o documento, provavelmente se assustou, e quis entregá-lo a alguém de confiança, neste caso o doutor José Teles. Talvez por isso tenha morrido.

Don Beraldo Sarreipa deve ter sido alertado por alguém que seu nome estava sendo citado em previsões de uma calunduzeira no arraial da Esperança, daí estarem umas senhoras atrás dele. Para se usar um termo do futuro, diremos que *vazou* a informação, antes sigilosa. Então, tomou-se uma providência drástica para assustá-las. Nada mais do que isto.

O padre Correia, ele próprio um grande dono de lavra, está feliz. Desbaratou-se uma conspiração contra a propriedade privada, alimentada por uma companhia de mineração inglesa. Vejam só até onde vai a arrogância destes ingleses. Querem tomar de vez a riqueza do Brasil e de Portugal. E ele está se livrando do capitão Armindo Barbosa na Ordem do Carmo, uma presença incômoda. Talvez seja por causa dele mesmo que as obras estão tão lentas e saindo tão mais caras. Depois, no futuro, vão querer falar mal do padre-comissário.

As irmãs Machado estão contando para quem quiser ouvir que elas foram as primeiras a dar notícia de um senhor muito alinhado conhecido como Don Beraldo Sarreipa. De excelente linhagem castelhana.

Fiquei sabendo, agora mesmo, que Diane d'Anjour e Maria Gertrudes partiram de madrugada para Vila Rica, sem se despedirem de ninguém. Que pena. Moças tão boas, tão interessantes, tão prendadas, mas tão ambiciosas. E o pior de tudo. O Túlio foi com elas. Arrumou as suas coisas em dois tempos, deixou um curto bilhete para mim, e desapareceu também. Vou sentir muita falta do Túlio. Ainda mais que ficarei morando uns bons tempos lá no arraial do João Velho. O senhor Manoel dos Santos, meu futuro sogro, quer que eu vá me inteirando das coisas dele, ajudando na lavra, e organizando as terras de plantação. Tudo bem. O que eu nunca consegui mesmo foi me esquecer daquelas dez arrobas de ouro.
Maria Pia é realmente uma menina de muitas qualidades. Meiga, atenciosa e muito paciente comigo. Acho que será uma companheira e tanto. Planejamos ter quatro filhos, se Deus quiser. Um menino e três meninas. Já falamos isto, conversando lá fora, numa das raras vezes em que dona Umbelina nos deixou sozinhos.
Achei melhor fechar minha oficina por uns tempos. Vai ficar muito difícil vir todos os dias trabalhar no arraial da Barra. Passei meus poucos clientes para o Móti, logo abaixo do Kaquende, e guardei minhas ferramentas e instrumentos. O futuro vai me dizer se teria sido melhor ser ourives do que genro de um rico dono de lavra. Não sei, ainda tenho uns sonhos de ser o melhor ourives que o Sabará já conheceu.

Hoje é o dia do nosso casamento. Poucas pessoas convidadas e a Igrejinha do Ó já está lotada. Eu acabei de perguntar se alguém se lembrou de buscar o padre Tirrino, que aceitou ser o nosso celebrante. Todo mundo se esqueceu, meu tio sai correndo para buscá-lo. Estou bastante nervoso, enfiado em uma roupa apertada que me emprestaram.
Chega a noiva, trazida numa espécie de carruagem, toda enfeitada com flores. Seu Manoel, orgulhoso, a conduz até o

altar. Minha família toda, inclusive as crianças, estão presentes. Senti um grande orgulho nisso. Eu tinha uma família, apesar de ser um exposto.

Quando fomos assinar uns documentos, conduzidos daqui e dali pela tal de cerimonialista, senti um tremor ao ver a cômoda da sacristia. Foi ali mesmo que um grande mistério se desfez.

Convidei o doutor José Teles e a senhora dona Amélia para serem minhas testemunhas de casamento, no lugar do meu amigo Túlio. O casal agora me tem em alta consideração, e eu gosto disso. Quando fui convidá-los, ele me contou, sorrindo, que dona Amélia tinha rompido relações com suas amigas por uns tempos. Não conseguia aceitar que elas tivessem sido enganadas tão facilmente por Diane d'Anjour e seus comparsas. Se ela tivesse comparecido a um certo chá, do qual não faço a menor ideia, ela os teria desmascarado na hora.

Na saída da cerimônia, todos ficaram do lado de fora da Igreja, e quando aparecemos à porta de entrada, as irmãs de Maria Pia jogaram arroz sobre nós. Mas, para minha infelicidade, pude ver, parada num canto do largo em frente à Igreja, sozinha, a minha Minga. Foi assistir, de longe, ao meu casamento.

E próximo às escadas que dão acesso à Igrejinha vejo o padre Sarmento, sorridente, com um saco na mão, que ele me entregou ali mesmo. Era um presente, disse ele, para afastar os vampiros. Um saco com algumas réstias de alho, alho este plantado e colhido por ele próprio.

Orgânico, ainda fez questão de frisar.

Notas Finais

O autor sabe que não é comum terminar um romance com explicações e agradecimentos. Mas sente uma vontade irresistível de fazê-lo. Tenham paciência.

Primeiro, o que era uma esnoga? Alguns cristãos-novos da Península Ibérica, pejorativamente apelidados de marranos, conseguiram manter, de forma muito precária, um vínculo com o judaísmo, religião de seus antepassados. Eram pequenas tradições, mantidas em segredo pelo temor das denúncias ao Santo Ofício, passadas de geração em geração. Muitos destes cristãos-novos vieram para o Brasil, e se estabeleceram em vários pontos da Colônia. O lugar onde secretamente eles se reuniam para relembrar alguns cânticos e celebrações muito antigas era chamado de "esnoga", uma corruptela de sinagoga. É famosa a Esnoga de Amsterdã, também conhecida como Sinagoga Portuguesa.

Vou explicar um assunto que talvez tenha ficado meio obscuro para alguns leitores. É sobre os expostos. A roda dos expostos, existente em algumas vilas coloniais na segunda metade do século XVIII, foi uma forma que o Reino encontrou para cuidar do grande número de crianças enjeitadas no nascimento. Em Sabará era costume as crianças serem abandonadas às portas das casas. Por isso, ficavam expostas. Em outros lugares criou-se uma roda à entrada de conventos ou Santas Casas de Misericórdia onde as crianças eram colocadas, sem que o doador fosse identificado. A roda era girada e a criança aparecia do lado de dentro. Em seguida, procedia-se ao batismo e à adoção. A maioria sendo filhos de negras e pardas, mas um número significativo provinha de mães brancas.

Quero registrar de onde vem este número 18. Foi estranhamente o mesmo número de diferentes casas onde viveram, em certa época, pessoas ligadas ao autor, em Sabará. O número 18 tem um significado muito especial na Cabala. É equivalente ao valor numérico da palavra em hebraico "Chai", que significa "Vivo", ou podemos também dizer "vida longa". Com isto quis fazer uma homenagem silenciosa a várias pessoas queridas que não estão mais entre nós.

Nomes antigos, de vilas e arraiais no século XVIII, foram usados aqui. Vila Rica é Ouro Preto, São José d'El Rey é a atual Tiradentes, Curral del Rey cedeu espaço para Belo Horizonte, Itabira do Campo é agora Itabirito, Arraial da Lapa é Ravena, Vila do Príncipe é o Serro, Tijuco é Diamantina, Bom Retiro é Santa Luzia, Congonhas das Minas de Ouro é a atual Nova Lima, Vila Nova da Rainha é Caeté, Vila da Ilha Grande é chamada agora de Angra dos Reis.

Quero agradecer a ajuda de Izabel Cristina Vidigal Erichsen, que numa prova de grande confiança no autor, há mais de trinta anos, entregou-lhe um mapa antigo do Sabará, na expectativa de um livro que só agora foi escrito.

E, finalmente, quero prestar um pequeno tributo ao grande sabarense Zoroastro Viana Passos, cujo livro "Em torno da história do Sabará" foi de fundamental valia para que o Autor se situasse na Vila Real de Nossa Senhora da Conceição.

Made in the USA
Lexington, KY
13 March 2015